全国应用型人才培养工程指定教材
IT 技术类

软件设计与开发

IT 技术类教材编写组　组编

夏慧军　张　晋　　　主编

北京航空航天大学出版社

内 容 简 介

本书是作者根据"全国应用型人才培养工程"培养应用型人才的标准和要求,在长期从事"软件设计与开发"课程教学与应用开发的基础上编写的。全书共 11 章,主要内容包括 Java 基础知识、Java 语法基础、Java程序流程控制、方法和数组、面向对象程序设计、字符和字符串、多线程技术、Applet、HTML 基础、图形用户界面和 Java 输入/输出等。

本书既可作为高职高专院校各专业相关课程的教材,同时也适合软件开发技术人员用做参考。

图书在版编目(CIP)数据

软件设计与开发/夏慧军等主编. —北京:北京航空航天大学出版社,2009.9
ISBN 978 - 7 - 81124 - 873 - 9

Ⅰ.软… Ⅱ.夏… Ⅲ.软件设计 Ⅳ.TP311.5

中国版本图书馆 CIP 数据核字(2009)第 138986 号

软件设计与开发

IT 技术类教材编写组 组编
夏慧军 张 晋 主编
责任编辑 史海文 杨 波 李保国
*
北京航空航天大学出版社出版发行
北京市海淀区学院路 37 号(100191) 发行部电话:(010)82317024 传真:(010)82328026
http://www.buaapress.com.cn E-mail:bhpress@263.net
北京市松源印刷有限公司印装 各地书店经销
*
开本:787×1 092 1/16 印张:16 字数:410 千字
2009 年 9 月第 1 版 2009 年 9 月第 1 次印刷 印数:5 000 册
ISBN 978 - 7 - 81124 - 873 - 9 定价:29.00 元

丛书前言

社会要发展，人才是关键。随着知识经济时代的到来，人才资源在经济发展中的地位和作用日益突出，已经成为现代经济社会发展的第一资源。目前，国内各行业对于应用型人才的需求日益迫切，无论是 IT 技术、工程制造领域，还是经济管理，甚至社会科学领域，都是如此。

全国应用型人才培养工程是由中外科教联合现代应用技术研究院组织开展的面向现代企业用人需要的人才工程。工程坚持以"职业能力为导向，职业素质为核心"的课程设计原则，重点突出"职业精神、职业素质、职业能力"的培养，以提高学员的职业能力为目的，弥补技术人才与岗位要求的差距，提高学员的从业竞争力，培养适应现代信息社会需要的高技能应用型专业人才。

全国应用型人才培养工程包括培训、测评和就业三大部分。以企业对特定岗位的实际技术要求以及对从业人员的职业精神和素质要求为依据，通过课程嵌入或者集中培训的方式解决企业在岗前培训设置方面的诸多问题。人才工程还集合各专业、各方向社会普遍认可的考核、评测体系，通过整合及学分互认等方式，实现国家认证、国际学历的有益结合；实现职业资格、职业能力、专项技能和人才资格等多种认证的有益互补；实现紧缺人才库入库、技能大赛选拔以及人才择优推荐的有益支持，从而实现始于培训、专于认证、达于就业的完整的人才培养和服务体系。

全国应用型人才培养工程培训课程包括 IT 技术类、工程制造类、经济管理类和社会科学类 4 大类，13 个专业方向，共 100 多门课程。

为了更好地配合全国应用型人才培养工程在全国的推广工作，我们专门成立了教材编写组，负责指定教材的编写工作。在编写过程中，依照人才工程所开设课程的考核标准，设定教材的编写纲目，分解知识点，选择常用经典实例，组织知识模块。

本套指定教材的特点体现在以下几个方面。

1. 行业特点

人才工程标准教材根据全国各级院校的专业教师、大中型培训机构培训师和企业相关技术人员提出的对新世纪本、专科学生培养的明确目标而设定内容，因此具备了明显的符合当前行业细分原则的侧重点与方向，更加符合企业用人的技术要求。

2. 内容侧重

人才工程主要解决当前本、专科学生所学知识内容与企业实际需要之间的差距问题；人才工程的指定教材则以企业对用人的实际技能需求为设定依据，按照"理论够用为度"的原则，对各个专业的核心课程进行了梳理整合，并以实训内容为侧重点编写。因此，本套教材不仅适用于人才工程培训，亦适用于普通的本、专科院校。

3. 编写团队

全国应用型人才培养工程教研中心负责标准教材的组织和编写工作。本套教材由教研工作经验较为丰富的专业团队负责编写，既可以解决教学实践与工程案例的接口问题，也可以有效地提高实训教材的实用性。

4. 编写流程

注重整体策划。本套教材在策划以及编写过程中,严格按照"岗位群→核心技能→知识点→课程设置→各课程应掌握的技能→各教材的内容"的编写流程,保证了教学环节内容的设定和教材的编写与当前企业的实际工作需要紧密衔接。

为了方便教学,我们免费为选择本套教材的教师提供部分专业的整体教学方案以及教学相关资料:

◇ 所有教材的电子教案。

◇ 部分教材的习题答案。

◇ 部分教材的实例制作过程中用到的素材。

◇ 部分教材中实例的制作效果以及一些源程序代码。

本套教材的编写是在教育部、中国科学院、工业和信息化部、人力资源和社会保障部众多领导和专家的支持和帮助下才顺利完成的,在此我们表示衷心的感谢。同时,我们也欢迎读者朋友们能够对于本套教材给予指正和建议。来信请发至 napt.untis@gmail.com。

全国应用型人才培养工程指定教材编委会

2009 年 6 月

前　言

随着软件技术的发展,Java 语言及其开发技术越来越受到计算机软件开发人员的青睐。Java 语言所具有的跨平台、面向对象和可移植性等特点推动了 Java 软件开发技术的应用、普及和发展。

本书作为全国应用型人才培养工程指定教材之一,全面、系统地讲述了 Java 语言的基础知识和开发技巧。全书共分 11 章。第 1 章是 Java 基础知识,使读者对于 Java 语言的一些基础知识有一个基本的认识;第 2 章讲述 Java 的基本语法知识;第 3 章为 Java 程序流程控制,详细介绍了 Java 程序设计中的各种流程控制;第 4 章主要讲述 Java 中的方法和数组的知识及应用;第 5 章讲述了 Java 的面向对象程序设计方面的相关知识;第 6 章介绍了字符和字符串的相关内容;第 7 章讲述了多线程技术的知识和应用;第 8 章是 Applet,即 Java 小程序,讲述了它的工作原理以及在多媒体中的应用等内容;第 9 章主要介绍了 HTML 语法基础,为使用 Java 语言进行网页设计提供基础;第 10 章主要讲述了 AWT 和 Swing 的知识和应用,让读者能够更加深入地了解和应用 Java 语言;第 11 章主要讲述 Java 的输入和输出,着重介绍了流的概念以及输入流和输出流的应用。

本书的编排组织充分体现了 Java 软件设计与开发技术的教学特点。每章的各节中对各个知识点进行了深入的阐述,并且辅以相应的程序进行说明;每章的最后都配有针对性很强的习题。全书结构合理,详略得当,会对读者掌握 Java 软件设计与开发技术有很大的帮助。

本书的参考课时是 60 学时。

本书由夏慧军、张晋主编。此外,参与本书编写的人员还有吴洪伟、徐振成、彭小琦、史磊、陈赞等,在此表示衷心的感谢。

由于编写时间较为仓促,书中难免会有疏漏和不足之处,恳请广大读者提出宝贵意见。如果有任何的问题,可以通过电子邮件(wooystudio@263.net)与编者联系。

编　者

2009 年 7 月

目　　录

第1章 Java 基础知识

本章要点

- Java 概述
- Java 的特点
- Java 程序的开发工具
- Java 开发环境的配置

学习要求

- 了解 Java 的产生和特点
- 了解 Java 程序的开发工具
- 掌握 Java 开发环境的配置

1.1 Java 概述

Java 是由 Sun Microsystems 公司于 1995 年 5 月推出的 Java 程序设计语言(以下简称 Java语言)和 Java 平台的总称。

1.1.1 Java 的诞生

现在,熟悉 IT 的人都知道 Java 编程语言是一种简单的、面向对象的、分布式的、解释型的、健壮安全的、结构中立的、可移植的、性能优异和多线程的动态语言。

但是,有谁会想到,当初 Java 刚被开发出来的时候,还有一个有意思的小故事呢。

早在 1990 年 12 月,SUN 公司就由 Patrick Naughton,Mike Sheridan 和 James Gosling 成立了一个叫做 Green Team 的小组。这个小组的主要目标是要发展一种分散式系统架构并使用 C++为这种消费性电子产品——嵌入式设备,开发一种新的控制平台。

但是 C++太过于复杂和缺乏安全性,所以计划的负责人 James Gosling 便决定另行开发一套全新的程序语言,称做 C++++-- (给 C++加点好的,再减点不好的)。但是很明显,这不是个好名字。在 James Gosling 办公室的窗外,正好有一棵橡胶树(Oak),于是,James Gosling 顺便就把这种语言重新命名为 Oak。

Oak 主要的用途便是用来编写在 star 7 上的应用程序,以及解决诸如电视机、电话、闹钟、烤面包机等家用电器的控制和通信问题。后来,Sun 开设了一家名叫 FirstPerson 的公司,James Gosling 和整个团队都转移到这里开发机顶盒,程序员们开发出了一种高交互性的设备。由于这些智能化家电的市场需求没有预期的高,Sun 放弃了该项计划。就在 Oak 几近夭折之时,随着 Internet 的发展,Sun 看到了 Oak 在计算机网络上的广阔应用前景,于是改造了 Oak。

当以 Oak 注册商标时,发现已经有另外一家公司先用了 Oak 这个名字,因此该计划的成员便重新讨论这种程序语言的命名,当时他们正在咖啡馆里喝着印尼爪哇(Java)岛出产的咖啡,于是有一个人灵机一动说:就叫 Java 怎么样?之后他的这个提议得到了其他人的赞赏,于是他们就将这种程序语言命名为 Java。

1.1.2　Java 的特点

Java 语言有下面一些特点:简单、面向对象、分布式、解释执行、鲁棒、安全、体系结构中立、可移植、高性能、多线程以及动态性。

1. 简单性

Java 语言是一种面向对象的语言,它通过提供最基本的方法来完成指定的任务,只需理解一些基本的概念,就可以用它编写出适合于各种情况的应用程序。Java 略去了运算符重载、多重继承等模糊的概念,并且通过实现自动垃圾收集,大大简化了程序设计者的内存管理工作。另外,Java 也适合于在小型机上运行,它的基本解释器及类的支持只有 40 KB 左右,加上标准类库和线程的支持也只有 215 KB 左右。库和线程的支持也只有 215 KB 左右。

2. 面向对象

Java 语言的设计集中于对象及其接口,它提供了简单的类机制以及动态的接口模型。对象中封装了它的状态变量以及相应的方法,实现了模块化和信息隐藏;而类则提供了一类对象的原型,并且通过继承机制,子类以使用父类所提供的方法,实现了代码的复用。

3. 分布性

Java 是面向网络的语言。通过它提供的类库可以处理 TCP/IP 协议,用户可以通过 URL 地址在网络上很方便地访问其他对象。

4. 鲁棒性

Java 在编译和运行程序时,都要对可能出现的问题进行检查,以消除错误的产生。它提供自动垃圾收集来进行内存管理,防止程序员在管理内存时容易产生的错误。通过集成的面向对象的例外处理机制,在编译时,Java 提示出可能出现但未被处理的例外,帮助程序员正确地进行选择以防止系统的崩溃。另外,Java 在编译时还可捕获类型声明中的许多常见错误,防止动态运行时不匹配问题的出现。

5. 安全性

用于网络、分布环境下的 Java 必须要防止病毒的入侵。Java 不支持指针,一切对内存的访问都必须通过对象的实例变量来实现,这样就防止程序员使用"特洛伊木马"等欺骗手段访问对象的私有成员,同时也避免了指针操作中容易产生的错误。

6. 体系结构中立

Java 解释器生成与体系结构无关的字节码指令,只要安装了 Java 运行时系统,Java 程序就可在任意的处理器上运行。这些字节码指令对应于 Java 虚拟机中的表示,Java 解释器得到字节码后,对它进行转换,使之能够在不同的平台运行。

7. 可移植性

与平台无关的特性使 Java 程序可以方便地移植到网络上的不同机器中。同时,Java 的类库中也实现了与不同平台的接口,使这些类库可以移植。另外,Java 编译器是由 Java 语言实现的,Java 运行时系统由标准 C 实现,这使得 Java 系统本身也具有可移植性。

8. 解释执行

Java 解释器直接对 Java 字节码进行解释执行。字节码本身携带了许多编译时信息,使得连接过程更加简单。

9. 高性能

和其他解释执行的语言如 BASIC,TCL 不同,Java 字节码的设计使之能很容易地直接转换成对应于特定 CPU 的机器码,从而得到较高的性能。

10. 多线程

多线程机制使应用程序能够并行执行,而且同步机制保证了对共享数据的正确操作。通过使用多线程,程序设计者可以分别用不同的线程完成特定的行为,而不需要采用全局的事件循环机制,这样就很容易地实现网络上的实时交互行为。

11. 动态性

Java 的设计使它适合于一个不断发展的环境。在类库中可以自由地加入新的方法和实例变量而不会影响用户程序的执行,并且 Java 通过接口来支持多重继承,使之比严格的类继承具有更灵活的方式和扩展性。

1.2　第一个 Java 程序

先来看一段程序:

```
class HelloWorldApp{
    public static void main(String[] args)
    {
        System.out,println("Hello Wprld!");
    }
}
```

在编译和运行这个程序之前,必须对这个程序的内容作简要介绍。

① Java 中的程序必须以类(class)的形式存在,一个类要能被解释器直接启动运行,这个类中必须有 main 函数。Java 虚拟机运行时首先调用这个类中的 main 函数,main 函数的写法是固定的,必须是 public static void main(String[] args),等学到后面的章节时,就明白这个函数的各组成部分的具体意义了。

② 如果要让程序在屏幕上打印出一串字符信息(包括一个字符),可以用 System. out. println 语句,或者是 System. out. print 语句。前者会在打印完的内容后再多打印一个换行符(\n),窗口中光标的位置会移动到打印行下一行的开始处;而后者只打印字符串,不增加换行符,窗口的光标停留在所打印出的字符串的最后一个字符后面。也就是说,println()等于 print("\n")。

③ 如果在 class 之前没有使用 public 修饰符,源文件的名可以是一切合法的名称。而带有 public 修饰符的类名必须与源文件名相同,如上面程序第 1 行改为 public class HelloWorldApp 的形式,源文件名必须是 HelloWorld.java,但与源文件名相同的类却不一定要带

有 public 修饰符。

1.3　Java 程序开发工具

编写 Java 源程序的工具软件有很多,只要是能编辑纯文本的都可以,比如记事本、写字板、LJltraEidt、EditPlus 等,对于 Java 软件开发人员来说,他们一般倾向于用一些 IDE(集成开发环境)来编写程序,以提高效率,缩短开发周期,下面介绍一些比较流行的 IDE 及其特点。

1. Borland 的 JBuilder

有人说 Borland 的开发工具都是里程碑式的产品,从 Turbo C,Turbo Pascal 到 Delphi, C++ Builder 等都是经典,JBuilder 是第一个可开发企业级应用的跨平台开发环境,支持最新的 Java 标准,它的可视化工具和向导使得应用程序的快速开发变得可以轻松实现。

2. IBM 的 Eclipse

Eclipse 是一种可扩展、开放源代码的 IDE,由 IBM 出资组建。Eclipse 框架灵活、易扩展,因此深受开发人员的喜爱,目前它的支持者越来越多,大有成为 Java 第一开发工具之势。

3. Oracle 的 JDeveloper

JDeveloper 的第一个版本采用的是购买的 JBuilder 的代码设计的,不过已经完全没有了 JBuilder 的影子,现在 JDeveloper 不仅是很好的 Java 编程工具,而且还是 Oracle Web 服务的延伸。

4. Symantec 公司的 Visual Cafe for Java

很多人都知道 Symantec 公司的安全产品,但很少有人知道 Symantec 的另一项堪称伟大的产品:Visual Cafe。有人认为 Visual Cafe 如同当年 Delphi 超越 Visual Basic 一样,今天,它也超越了 Borland 的 Delphi。

5. IBM 的 VisualAgefor Java

Visual Age 是一款非常优秀的集成开发工具,但用惯了微软开发工具的人在开始时可能会感到非常不舒服,因为 Visual Age for Java 采取了与微软截然不同的设计方式。

6. Sun 公司的 NetBeans 与 SunJavaStudio 5

以前叫 Forte for Java,现在 Sun 将其统一称为 Sun Java Studio 5,出于商业考虑,Sun 将这两个工具合在一起推出,不过它们的侧重点是不同的。

7. Sun 公司的 JavaWorkshop

Java WorkShop 是完全用 Java 语言编写的,是当今市场上销售的第一个完整的 Java 开发环境。目前 JavaWorkShop 支持 Solaris 操作环境 SPARC 和 Intel 版、Windows 95、WindowsNT 以及 HP/UX。

8. BEA 公司的 WebLogic Workshop

BEA WebLogic Workshop 8.1 是一个统一、简化、可扩展的开发环境,除了提供便捷的 Web 服务之外,它还能用于创建更多种类的应用。作为整个 BEA WebLogic Platform 的开发环境。不管是创建门户应用、编写工作流,还是创建 web 应用,Workshop 8.1 都可以帮助开发人员更快更好地完成。

9. Macromedia 公司的 JRUN

提起 Macromedia 公司,大家知道 Flash,Dreamweaver,但很少有人知道还有一款出色的 Java 开发工具 JRUN,JRun 是第一个完全支持 JSP 1.0 规格书的商业化产品。

10. Sun 公司的 JCreator

JCreator 的设计接近 Windows 界面风格,用户对它的界面比较熟悉,但其最大特点却是与 JDK 的完美结合,这是其他任何一款 IDE 所不能比的。

11. Microsoft Visual J＋＋

严格地说,Visual J＋＋已经不是真正的 Java 了,而是微软版的 Java,作为开发工具它保留了微软开发工具一贯具有的亲和性。

12. Apache 开放源码组织的 Ant

国内程序员中 Ant 的使用者很少,但它却很受硅谷程序员的欢迎。Ant 在理论上有些类似于 C 中的 make,但没有 make 的缺陷。

13. IntelliJ IDEA

IntelliJ IDEA 的界面非常漂亮,但用户在一开始很难将它的功能配置达到 perfect 境界,不过正是由于可自由配置功能这一特点让不少程序员眷恋难舍。

综上所述,大家看到可以用来开发 Java 的利器很多,在计算机开发语言的历史中,从来没有哪种语言像 Java 那样受到如此众多厂商的支持,有如此多的开发工具,这些工具各有所长,都没有绝对完美的。但是大家要记住的是,它们仅仅是集成的开发环境,而在这些环境中,有一样东西是共同的,也是最核心和关键的,那就是 JDK(Java Development Kits),中文意思是 Java 开发工具集,JDK 是整个 Java 的核心,包括了 Java 运行环境(Java Runtlme Envimment)、大量 Java 工具和 Java 的基础类库(rt. jar)等,所有的开发环境都需要围绕它来进行,缺了它就什么都做不了。事实上,对于初学者而言,JDK＋记事本就足够了,因为掌握 JDK 是学好 Java 的第一步也是最重要的一步。首先用记事本来编辑源程序,然后再利用 JDK 来编译、运行 Java 程序。这种开发方式虽然简陋,但却是学好 Java 语言的有效途径。

1.4　Java 开发环境的配置

像使用其他语言进行开发一样,在使用 Java 之前,也需要对其开发环境进行配置,包括 Java 开发工具的下载、安装和配置。

1.4.1　Java 开发工具的下载

Java 是一个系统式的开发工具,一个完整的 Java 系统应该包括 4 个部分,即 Java 环境(Environment),Java 语言(Language),Java API 应用程序接口(Application Programming Interface)和 Java 类别库(Class Libraries)。

JDK 是 Java Developer's Kit 的简称,意思是 Java 开发工具,这是旧的名称,新的名称是 Java 2 SDK。Java2 SDK 包含上述 4 个部分,要想获得 Java2 SDK 开发工具,可以从 Sun 公司的网站上免费下载,该网站的网址是:http://java. sun. com/j2se/。

1.4.2　Java 开发工具的安装

当从网络上下载完成需要的 Java 开发工具以后就可以将其安装到计算机中,安装的具体过程如下。

① 运行安装程序,打开【许可证协议】对话框,如图 1-1 所示。单击【接受】按钮,打开【自定义安装】对话框,在这里可以选择要安装的组件并可以设置安装路径,如图 1-2 所示。

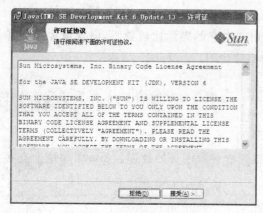

图 1-1　单击【接受】按钮

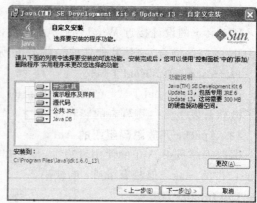

图 1-2　选择安装组件

② 程序的默认安装路径在系统盘下,可以更改该路径,单击【更改】按钮,打开【更改当前目标文件夹】对话框,在这里可以设置程序的安装路径,如图 1-3 所示。设置完成单击【确定】按钮返回上一个对话框,单击【下一步】按钮,程序将开始安装进程,如图 1-4 所示。

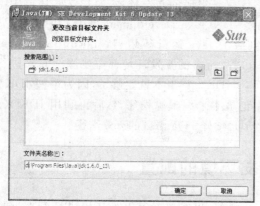

图 1-3　设置安装路径

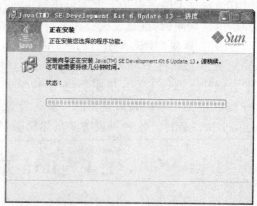

图 1-4　正在安装

③ 稍后打开【目标文件夹】对话框,在这里需要设置 Java 的安装路径,如图 1-5 所示。单击【更改】按钮,打开进行更改,更改完成单击【确定】按钮,然后继续单击【下一步】按钮打开【正在安装 Java】对话框,如图 1-6 所示。

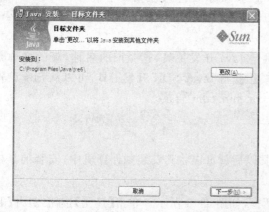

图 1-5　更改目标文件夹

图 1-6　正在安装 Java

④ 安装完成程序会提示已经完成安装,单击【完成】按钮即可。

以上就是安装 JDK 的全部过程,在实际操作中,可以根据自己的实际情况更改安装路径和选择安装选项。

1.4.3　Java 开发环境的配置

安装完毕后,打开安装目录下,可以看到在这里有一些子目录。

(1) bin 文件夹

bin 文件夹中包含编译器(javac.exe)、解释器(java.exe)和 Applet 查看器(appletviewer. exe)等 Java 命令的可执行文件,如图 1-7 所示。

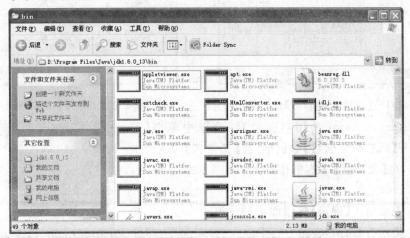

图 1-7　bin 文件夹

(2) demo 文件夹

demo 文件夹包含一些源代码的程序示例。

(3) lib 文件夹

lib 文件夹中存放了一系列 Java 类库。

(4) jre 文件夹

jre 文件夹中存放着 Java 运行时可能需要的一些可执行文件和类库。

(5) include 文件夹

Include 文件夹存放着一些头文件。

以上目录中,bin 目录是大家需要特别注意的,因为这个目录中的编译器(javac.exe)、解释器(java.exe)是后面需要用到的,另外,最好将这个目录的绝对路径设置到环境变量 path 中,这样在进入命令行窗口后就可以直接调用编译和执行命令了。

配置环境变量主要是为了进行"寻径",即让程序能够找到它所需要的文件,所以设置的内容就是一些路径。

在 Windows 操作系统中配置环境变量的操作步骤如下。

① 在桌面上的【我的电脑】图标上右击鼠标,从弹出的快捷菜单中选择【属性】菜单项,打开【系统属性】对话框,切换到【高级】选项卡下,如图 1-8 所示。单击【环境变量】按钮,打开【环境变量】对话框,如图 1-9 所示。

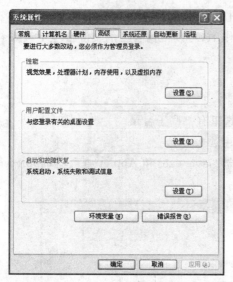

图 1-8　切换到【高级】选项卡

图 1-9　单击【新建】按钮

②　在【Administrator 的用户变量】组合框中单击【新建】按钮,打开【新建用户变量】对话框,在【变量名】文本框中输入 PATH,在【变量值】文本框中输入 bin 文件夹的路径,如图 1-10 所示。

图 1-10　创建 path 用户变量

③　输入完成单击【确定】按钮即可创建该用户变量。接着打开【命令提示符】窗口,在命令行中输入 javac 命令,即可显示出如图 1-11 所示的信息。

图 1-11　输入 javac 命令检测

图 1-12　创建 classpath 用户变量

④　接着再重复上面的步骤创建 classpath 用户变量,将 lib 文件夹的路径输入到【变量值】文本框中,如图 1-12 所示。接着再在【命令提示符】窗口的命令行中输入 set 命令,来检测设置是否成功,如图 1-13 所示。

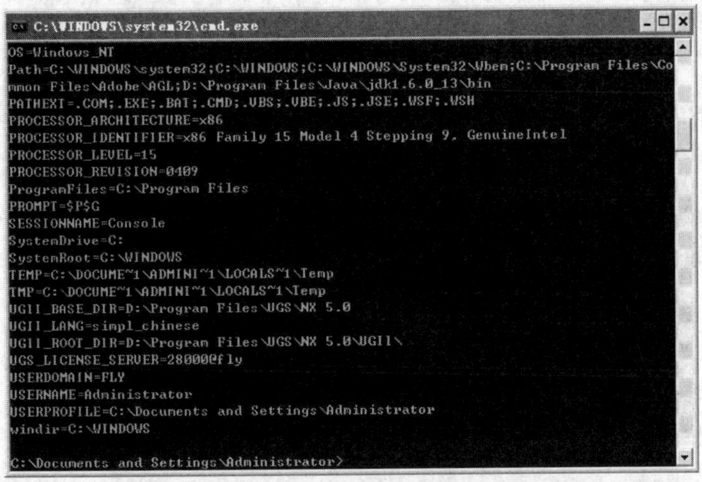

图1－13 输入set命令检测

1.5 Java程序的编译和运行

把1.2节中的程序写入记事本中,然后保存为HelloWorld.java文件,注意,该文件的扩展名为.java。接下来,在设置好环境变量以后,就可以在命令行模式下编译和运行该Java程序了。

首先,将HelloWorld.java文件保存在一个目录下,为了方便运行,将其保存在E盘根目录下,然后选择【开始】|【所有程序】|【附件】|【命令提示符】菜单项,打开【命令提示符】窗口。

在执行该程序之前需要首先对该程序进行编译,编译的过程需要用到编译器(javac.exe),因此需要在命令行中输入javac HelloWorld.java命令,这时会在窗口中显示出如图1－14所示的信息。

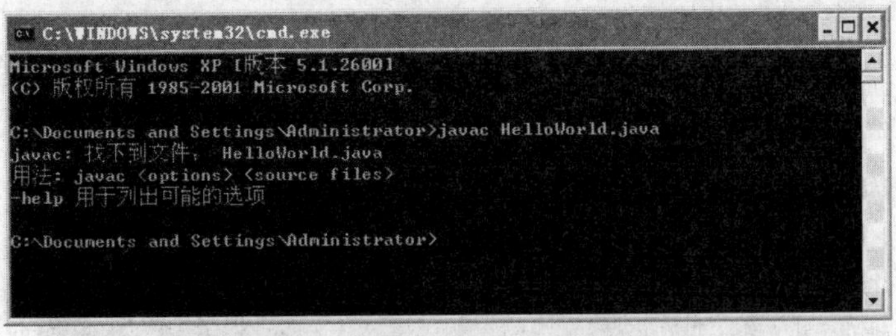

图1－14 找不到文件

编译器提示找不到要编译的文件HelloWorld.java,这是因为当前的命令行是在C盘的根目录下,而并非在HelloWorld.java文件所在的目录,所以编译器找不到源文件,编译出错。这时的解决办法就是先进入HelloWord.java文件所在的目录,然后再次输入该命令,这时会显示如图1－15所示的信息。

此时,源程序编译成功,系统将自动在与源文件相同的目录下生成一个字节码文件HelloWorld.class,这是一个二进制格式的文件,供解释运行时使用。由于程序一般都不太可能一次编写成功,尤其是对初学者来说。因此,当图编译编写有错误的源程序时,系统将不会生成二进制的字节码文件,而是在命令行窗口中用"^"符号将可能出错的地方指示出来,并给出相应的提示信息,以方便程序员修改。

如图1-16显示的就是编译失败时的情形。

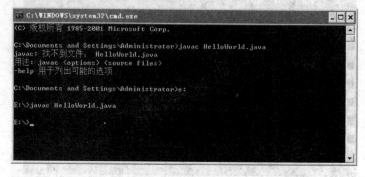

图1-15　已编译

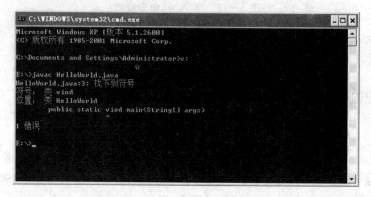

图1-16　编译出错

现在回到图1-15所示的命令行中,接下来的工作就是执行该程序,即使用解释器(java.exe)来执行。

在命令行中输入 java HelloWorld 命令并按下【Enter】键。注意在 java 命令和 HelloWorld 之间至少有一个空格隔开,图1-17显示了执行后的效果。

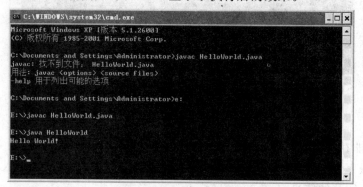

图1-17　执行 Java 程序

图1-17所示为成功执行了 java 程序,由于程序中仅有一条 System. out, println()输出语句,输出内容为"HelloWorld!",因此在命令行中会看到该字符串原样输出。

　　另外,在保存程序时需要注意将其扩展名保存为.java 格式。默认情况下,使用记事本程序编辑并保存 java 程序时,该文件会被默认地保存为记事本文件,即扩展名为.txt(即便是在保存时输入了.java 扩展名)。这是因为,默认情况下,Windows 中的文件是不显示文件扩展名的,因此无论怎么保存文件,文件多会带着默认的文件扩展名。

　　这时如果编译和运行该程序,则一定会出现错误。解决的方法是,打开【我的电脑】窗口,选择【工具】|【文件夹选项】菜单项,打开【文件夹选项】对话框,切换到【查看】选项卡下,在【高级设置】列表框中撤选【隐藏已知文件的扩展名】复选框,如图 1-18 所示。然后单击【确定】按钮退出该对话框,接着再查看相应的文件即可发现该文件的扩展名显示出来了,如图 1-19 所示。

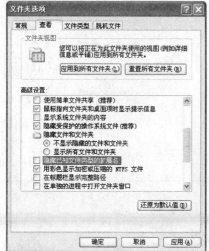

图 1-18　撤选相应复选框

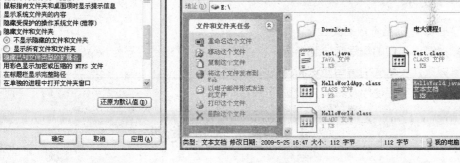

图 1-19　显示文件扩展名

习　题

1. 简述 Java 的诞生过程。
2. Java 语言有哪些特点?
3. Java 程序开发有哪些工具?
4. 如何配置 Java 开发环境?
5. 简述 Java 程序的编译和运行过程。

第 2 章　Java 语法基础

◎ **本章要点**

- 📖 基本数据类型
- 📖 程序语句
- 📖 运算优先级

◎ **学习要求**

- 📖 掌握 Java 的基本数据类型
- 📖 掌握赋值语句的编写方法和结构
- 📖 掌握条件表达式的编写方法和意义
- 📖 掌握运算符的使用及其优先级顺序

2.1　基本数据类型

程序中最核心的就是一系列的数据,或者叫程序状态,计算机为了方便地管理数据,就为数据设定了一组类型,这样在为数据分配内存以及操作数据时都比较方便,这就是数据类型的由来。其实现实生活中也存在各种数据类型,例如数字型、字符型等。数字型又可以划分为整数型和小数型。

在数据类型中,最常用也是最基础的数据类型,被称做基本数据类型。可以使用这些类型的值来代表一些简单的状态。

学习数据类型的目的就是在需要代表一个数值时,能够选择合适的类型。当然,有时几种类型都适合,这就要看个人的习惯了。

学习数据类型需要掌握每种数据类型的特征,以及对应的细节知识,这样会有助于对类型的选择。所以在初次学习时,需要记忆很多的内容。下面是按照用途划分出的 4 个类别:

整型:byte,short,int 和 long。

浮点型:float 和 double。

字符型:char。

布尔型:boolean。

Java 语言的基本数据类型总共有以下 8 种。

1. 整　型

整型是一类代表整数值的类型。当需要代表一个整数的值时,可以根据需要从 4 种类型中挑选合适的,如果没有特殊要求,则一般选择 int 类型。4 种整数型区别主要在于每个数据在内存中占用的空间大小和代表的数值的范围。具体说明如表 2-1 所列。

表 2-1　整型参数表

类型名称	关键字	占用空间/字节	取值范围	默认值
字节型	byte	1	$-2^7 \sim 2^7-1$	0
短整型	short	2	$-2^{15} \sim 2^{15}-1$	0
整型	int	4	$-2^{31} \sim 2^{31}-1$	0
长整型	long	8	$-2^{63} \sim 2^{63}-1$	0

说明:

① Java 中的整数都是有符号数,也就是有正有负。

② 默认值指在特定的情况下才自动初始化。

③ 程序中的整数数值默认是 int 以及 int 以下类型,如果需要书写 long 型的值,则需要在数值后面添加字母 L,大小写均可。

2. 浮点型

浮点型是一类代表小数值的类型。当需要代表一个小数的值时,可以根据需要从以下两种类型中挑选合适的。如果没有特殊要求,一般选择 double 类型。

由于小数的存储方式和整数不同,小数都有一定的精度,因此在计算机中运算时不够精确。根据精度和存储区间的不同,设计了两种浮点类型,具体见表 2-2。

表 2-2　浮点型参数表

类型名称	关键字	占用空间/字节	取值范围	默认值
单精度浮点型	float	4	$-3.4E+38 \sim 3.4E+38$	0.0f
双精度浮点型	double	8	$-1.7E+308 \sim 1.7E+308$	0.0

说明:

① 取值范围以科学计数法形式进行描述。

② 在程序中,小数的运算速度要低于整数运算。

③ float 类型的小数,需要在小数后加字母 f,不区分大小写,例如 1.01f。

3. 字符型

字符型代表特定的某个字符,按照前面介绍的知识,计算机中都是以字符集的形式来保存字符的,所以字符型的值实际只是字符集中的编号,而不是实际代表的字符,由计算机完成从编号转换成对应字符的工作。字符型参数表如表 2-3 所列。

Java 语言中为了更加方便国际化,使用 Unicode 字符集作为默认的字符集,该字符集包含各种语言中常见的字符。

在程序代码中,字符使用一对单引号加上需要表达的字符来标识,例如'A','a'等,当然也可以直接使用字符编码,也就是一个非负整数进行表示。

表 2-3　字符型参数表

类型名称	关键字	占用空间/字节	取值范围	默认值
字符型	char	2	$0\sim216-1$	0

说明：

① 字符型的编号中不包含负数。

② 字符型由于存储的是编号的数值，所以可以参与数学运算。

③ 字符型可以作为 Java 语言中的无符号整数使用。

④ 字符型的默认值是编号为 0 的字符，而不是字符 0。

4. 布尔型

布尔型代表逻辑中的成立和不成立。Java 语言中使用关键字 true 代表成立，false 代表不成立。布尔型是存储逻辑值的类型，其实很多程序中都有逻辑值的概念，Java 把逻辑的值用布尔型来进行表达。布尔型参数表如表 2-4 所列。

表 2-4　布尔型参数表

类型名称	关键字	占用空间/字节	取值范围	默认值
布尔型	boolean		true 或 false	false

说明：

布尔型占用的空间取决于 Java 虚拟机(JVM)的实现，可能是 1 位也可能是 1 个字节。

2.2　程序语句

到目前为止，前面出现过的程序语句有：输出语句 System. out. println()以及变量声明语句。每一条程序语句的末尾都必须加上分号结束标志。本节将介绍一些其他常用程序语句。

2.2.1　赋值语句

赋值语句的一般形式如下：

```
variable=expression;
```

这里的"＝"不是数学中的等号，而是赋值运算符，这点初学者务必牢记，其功能是将右边表达式的赋值(即传递或存入)给左边的变量，例如：

```
int i, j;
char c;
i=100;
c='a';
j=i+ 100;
i=j* 10;
```

第一个赋值语句将整数 100 存入 i 变量的存储空间，第二个赋值语句将字符常量 a 存入字符变量 c，第三个赋值语句则首先计算表达式 i+100 的值，i 变量此时存放的值为 100，因此该表达式的值为 100＋100，即 200，然后再将表达式值 200 存放至变量 j 的空间中，第四条赋值语句同样先计算右边表达式的值，计算后值为 2 000，然后再将其存放至 i 变量的空间中。

注意：此时 i 变量的值变为 2 000 了，原本的值 100 也就不复存在了，或者说是旧值被新值覆盖了。

特别地，对于形如"i＝i＋1;"这样的赋值语句，可以将其简写为"i＋＋;"或者"＋＋i;"，并称之为自增语句，同样还有自减语句"i－－;"或者"－－i;"，它们等价于"i＝i－1;"语句。通常把"＋＋"和"－－"叫做自增和自减运算符，它们写在变量的前面与后面有时是有区别的，例如下面的程序。

```
public class Test
{
    public static void main(String[] args)
    {
        int i,j,k=1;
        i=k++ ;
        j=++k;
        System.out.println("i="+i);
        System.out.println("j="+j);
    }
}
```

程序运行结果如图 2－1 所示。

图 2－1   输出结果

当自增符号"＋＋"写在变量后面时，先访问后自增，即"i＝k＋＋;"语句其实等价于"i＝k;"和"k＋＋;"两条语句，而自增符号"＋＋"写在变量前面时，则先自增后访问，即"j＝＋＋k;"语句相当于"＋＋k;"和"j＝k;"两条语句，因此得到上述程序的运行结果。这点对于自减语句也是一样的。

下面再介绍一下复合赋值语句，常用的复合赋值运算有：

＋＝:加后赋值

－－:减后赋值

＊＝:乘后赋值

/＝:除后赋值

％＝:取模后赋值

下面的程序显示了复合赋值语句的使用。

第 3 章 Java 程序基础

```
public class Test
{
```

```
    public static void main(String[] args)
    {
        int i=0,j=30,k=10;
        i+=k;                    //相当于 i=i+k;
        j-=k;                    //相当于 j=j-k;
        i*=k;                    //相当于 i=-i* k;
        j/=k;                    //相当 j=j/k;
        k%=i+j;                  //相当于 k= k% (i+j);
        System.out.println("i= "+ i);
        System.out.println("j= "+ j);
        System.out.println("k= "+ k);
    }
}
```

程序运行结果如图 2-2 所示。

图 2-2　运行结果

上述程序中"k％＝i＋j;"语句等价于"k＝k％(i＋j);"语句,初学者常犯的错误是,将其等价于没有小括号的"k＝k％i＋j;"语句,显然二者结果是截然不同的。事实上,复合赋值语句仅是程序的一种简写方式,因此,建议初学者等到熟练掌握编程后再采用此方式。

2.2.2　条件表达式

条件表达式的一般形式如下:

Exp1? Exp2:Exp3

首先计算表达式 Exp1,当表达式 Exp1 的值为 true 时,计算表达式 Exp2 并将结果作为整个表达式的值,当表达式 Exp1 的值为 false 时,计算表达式 Exp3 并将结果作为整个表达式的值,看下面的程序。

```
public class Test
{
    public static void main(String[] args)
    {
        int i,j= 30,k= 10;
        i= j== k* 3? 1:0;
        System.out.println("i= "+ i);
    }
}
```

程序运行结果如图 2-3 所示。

图 2-3　输出结果

表达式 Exp1:j＝k＊3,其值为 true,因此,整个条件表达式的取值为 Exp2 的值,即 1。

2.2.3　运算符

运算符是一种特殊符号,用以表示数据的运算、赋值和比较。一般由 1～3 个字符组成,但在 Java 中则将其视为一个符号,运算符可以分为算术运算符、赋值运算符、比较运算符、逻辑运算符和移位运算符等几类。

1. 算术运算符

表 2-5 列出了算术运算符的种类及其示例。

表 2-5　算术运算符的种类及其示例

算术运算符			
运算符	运　算	范　例	结　果
＋	正号	＋3	3
－	负号	b＝4;－b;	－4
＋	加号	5＋5	10
－	减号	6－2	4
＊	乘号	2＊3	6
/	除号	6/3	2
％	取模	6％3	0
＋＋(前)	自增(前)	a＝2;b＝＋＋a;	a＝3;b＝3
＋＋(后)	自增(后)	a＝2;b＝a＋＋;	a＝3;b＝2
－－(前)	自减(前)	a＝2;b＝－－a;	a＝1;b＝1
－－(后)	自减(后)	a＝2;b＝a－－;	a＝1;b＝2
＋	字符串相加	"Wo"＋"rld"	World

"＋"除字符串相加功能外,还能将字符串与其他的数据类型相连成为一个新的字符串,条件是表达式中至少有一个字符串,例如:"x"＋123;的结果就是"x123"。

＋＋a 是变量在参与其他运算之前现将自己加 1,然后再使用新的值参与其他运算,而 a＋＋是先用原来的值参与其他运算,然后再将自己的值加 1。例如:b＝＋＋a 是 a 先自增,接着再将改变值以后的 a 赋值给 b,而 b＝a＋＋则是先将值赋给 b,然后 a 再自增。

如果对负数取模,可以把模数负号忽略不计,例如 5％－2＝1。但被模数是负数就另当别论了。对于除号"/",它的整数除和小数除是有区别的。整数之间做除法时,只保留整数部分而舍弃小数部分。

例如,先看看下面三行代码:

```
int x= 3150;
x= x/1000* 1000;
System.out,println(x);
```

在运行这三行代码之前,先考虑一下运行结果是怎样的。相信一定有人认为这个结果是3 150,但是实际的运行结果是3 000。其原因很简单,在程序运行到表达式"x/1 000"时,它的运行结果是3,而非3.15,所以最终的结果是3 000,而非3 150。

2. 赋值运算符

赋值运算符的作用是将一个值赋给一个变量,最常用的赋值运算符是等号(=),并由等号赋值运算符和其他一些运算符组合产生的一些新的赋值运算符,例如+=,*=等,表2-6列出了赋值运算符的种类及其范例。

表2-6 赋值运算符的种类及其范例

赋值运算符			
运算符	运 算	范 例	结 果
=	赋值	a=3;b=2;	a=3;b=2
+=	加等于	a=3;b=2;a+=b;	a=5;b=2
-=	减等于	a=3;b=2;a-=b;	a=1;b=2
*=	乘等于	a=3;b=2;a*=b;	a=6;b=2
/=	除等于	a=3;b=2;a/=b;	a=1;b=2
%=	模等于	a=3;b=2;a%=b;	a=1;b=2

在Java中可以把赋值语句连在一起使用,例如x=y=z=5;在这条语句中,所有的3个变量x,y和z都得到同样的值5。

"+="是将变量与所赋的值相加后的结果再赋给该变量,例如x+=3等价于x=x+3,其他的运算符可以以此类推。

3. 比较运算符

比较运算符用于比较符号两边的操作数,结果都是boolean类型的,即要么是true,要么是false。表2-7列出了比较运算符的种类及其范例。

表2-7 比较运算符的种类及其范例

比较运算符			
运算符	运 算	范 例	结 果
==	相等于	4==3	false
!=	不等于	4!=3	true
<	小于	4<3 ,	false
>	大于	4>3	true
<=	小于等于	4<=3	false
>=	大于等于	4>=3	false
instanceof	检查是否是类的对象	"Hello"instanceof String	true

在此需要注意:比较运算符"=="不能误写为"=",如果少了一个"=",那就不是比较了,整个语句变成了赋值语句。

4. 逻辑运算符

逻辑运算符用于对 boolean 类型结果的表达式进行运算,运算的结果都是 boolean 类型。表 2-8 列出了逻辑运算符的种类及其范例。

表 2-8　逻辑运算符的种类及其范例

逻辑运算符			
运算符	运 算	范 例	结 果
&	与(AND)	false&true	false
|	或(OR)	false|true	true
^	异或(XOR)	true^false	true
!	非(NOT)	!true	false
&&	短路(AND)	false&&true	false
||	短路(OR)	false||true	true

& 和 && 的区别在于,如果使用前者连接,则无论任何情况,& 两边的表达式都会参与计算。如果使用后者连接,当 && 的左边为 false 时,则不会计算其右边的表达式。

例如下面的一段程序。

```
public class TestAnd
{
    public static void main(String[] args)
    {
        int x= 0;
        int y= 0;
        if(x!= 0&&y== y/x)
            System.out.println("y= "+ y);
    }
}
```

上面的这段程序中,由于 if 语句判断条件中的第一个布尔表达式是不成立的,程序就不会判断第二个布尔表达式的值,这就是"短路"。如果两个表达式之间用"&"来连接,而且恰好又碰到上面所示的特殊情况,程序在运行时就会出错。

OR 运算符叫做逻辑或,由"|"或"||"连接两个布尔表达式,只要运算符两边任何一个布尔表达式为真,则该组合就会返回 true 值。

"|"和"||"之间的区别与"&"和"&&"的区别一样。

XOR 运算符叫做异或,只有当"^"连接的两个布尔表达式的值不相同时,该组合才返回 true 值。如果两个都是 true 或 false,则该组合将返回 false 值。

5. 位运算符

如大家所知,任何信息在计算机中都是以二进制的形式保存的,"&""|"和"^"除了可以作为逻辑运算符以外,还可以作为位运算符,它们对两个操作数中的每一个二进制位都进行

运算。

只有参加运算的两位都为 1,& 运算的结果才为 1,否则为 0。

只有参加运算的两位都为 0,| 运算的结果才为 0,否则为 1。

只有参加运算的两位不同,̂ 运算的结果才为 1,否则为 0。

除了上述的位运算符以外,还可以对数据按二进制位进行移位操作,Java 中的移位运算符有 3 种,分别是左移(<<)、右移(>>)和无符号右移(>>>)。

左移很简单,就是将左边操作数在内存中的二进制数据左移右边操作数指定的位数,右边移空的部分补零。右移则要复杂一些,对于 C 语言来说,无符号位的整数右移时,左边移空的高位都会填入 0;有符号的数右移时,如果最高位为 0,左边移空的高位都会填入 0,但对最高位为 1 时,左边移空的高位是填入 0 还是 1,取决于所在的计算机系统,有的系统会填入 0,而有的会填入 1,这也是 C 语言不跨平台性的一个细节。

Java 语言是跨平台的,不能像 C 语言有这样的二义性。对 Java 来说,有符号的数据(Java 于严重没有无符号的数据类型)用">>"移位时,如果最高位是 0,左边移空的高位就填入 0;如果最高位是 1,左边移空的高位就填入 1。同时 Java 也提供了一个新的移位运算符,即">>>",不管通过">>>"移位的整数最高位是 0 还是 1,左边移空的最高位都填入 0。

为了能够更加深入地了解">>"和">>>"之间的区别,编写了一个程序,来查看其输出结果。

程序清单:ShiftTest. java

```java
public class ShiftTest
{
    public static void main(String[] args)
    {
        int x= 0x80000000;
        int y= 0x80000000;
        x= x> > 1;
        y= y> > > 1;
        System.out.println("0x800000000> > 1= "+ Integer.toHexString(x));
        System.out.println("0x80000000> > > 1= "+ Integer.toHexString(y));
    }
}
```

运行程序的结果如图 2-4 所示。

图 2-4　运行结果

在上面的程序中,用 0x80000000 这个十六进制表示的整数来作为用例数据,因为很容易看出它的二进制形式为 1000 0000 0000 0000 0000 0000 0000 0000。

为了直观,对移位后的结果也用十六进制表示,Java 提供的 Integer. toHexString 静态函数正好可以完成这种需求。

0xc0000000 的二进制形式为 1100 0000 0000 0000 0000 0000 0000 0000。

0x40000000 的二进制形式为 0100 0000 0000 0000 0000 0000 0000 0000。

通过上面的程序,可以很清楚地看到">>"和">>>"之间的区别。

位运算符也可以与"="赋值运算符组合产生一些新的赋值运算符,例如">>>=""<<="">>=""&=""^="以及"|="等。

以上移位运算符使用的数据类型包括 byte,short,char,int 和 long。使用时需要注意以下几点:

① 对低于 int 类型的操作数将先自动转换为 int 类型,然后再进行移位操作。

② 对于 int 类型整数移位 a>>b,系统先将 b 对 32 取模,得到的结果才是真正移位的位数。例如,a>>33 和 a>>1 的结果是一样的,a>>32 的结果还是 a 原来的值。

③ 对于 long 类型整数移位 a>>b,则是现将移位位数 b 对 64 取模。

6. 运算符的优先级

运算符有着不同的优先级,所谓优先级就是在表达式运算中的运算顺序。图 2-5 列出来所有运算符的优先级顺序,其中上一行中的运算符总是优先于下一行的。

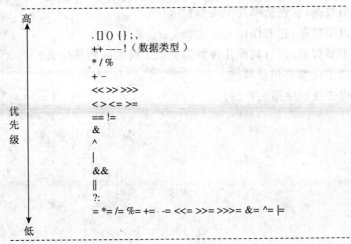

图 2-5 运算符优先级

根据图 2-5 中显示的运算符的优先级别,来分析一下下面两行语句的执行过程:

```
int a= 2;
int b= a+ 3* a;
```

程序将先执行 3 * a,然后将得到的结果再与 a 相加,最后将结果赋值给等号左边的 b,所以 b 的结果为 8。

可以使用括号改变运算符的优先级,例如将第二句代码修改为下面的形式:

```
int b= (a+ 3)* a;
```

再次执行程序时将先执行括号中的 a+3,然后再将结果与 a 相乘,最后将结果赋值给等号左边的 b,所以修改后的 b 的结果为 10。

对于这些优先级的顺序,不用刻意去记,有个印象就行。如果实在弄不清楚运算的先后顺序,就用括号或者分成多条语句来完成相应的功能,因为括号的优先级别是最高的,多使用括号也能增加程序的可读性,这是一种良好的编程习惯。

2.2.4 复合语句

语句是程序的基本元素,任何一条单独的语句都称之为简单语句,而复合语句则是指由一条或多条语句构成的语句块,在 Java 语言中,复合语句是用大括号括起来的,可以将其从整体上看成是一条语句,复合语句主要用于流程控制结构中,如选择,循环等,它体现的是程序的一种结构性或者说是局部性,复合语句所包含的简单语句要么都执行,要么都不执行,或者都被重复执行若干次。另外,复合语句的概念几乎在所有编程语言中都存在,实际上,编程语言的本质都是类同和相通的,掌握了其中一种,再学习其他编程语言就容易多了。

习 题

1. Java 的数据类型分为哪几类?
2. 什么是整型数据,它包括哪几个类型?
3. 什么是浮点型数据,它的作用是什么?
4. 什么是布尔型数据,它与其他几种数据类型之间的区别是什么?
5. Java 中的赋值运算符包括哪些?
6. 运算符的优先级顺序是怎样的?

第 3 章　Java 程序流程控制

◎ 本章要点

- 顺序结构
- 选择结构
- 循环结构
- 特殊循环流程控制

◎ 学习要求

- 掌握顺序结构程序的编写方法
- 掌握使用 if 条件句和 switch 选择语句的方法
- 掌握 3 种循环语句的使用方法
- 掌握 break 语句和 continue 语句的使用方法

3.1　顺序结构

顺序结构的意思就是从上到下一行一行地执行的结构,中间没有跳转和判断,直到程序结束。一般情况下,一些比较简单的程序可以使用顺序结构,但是对于一些比较复杂的程序来说,往往会是 3 种结构的组合。

下面看一段程序。

程序清单:交换两个变量的值

```java
public class Test
{
    public static void main(String[] args)
    {
        int a=5,b=8,c;
        System.out.println("a,b 的初始值:");
        System.out.println("a= "+a);
        System.out.println("b= "+b);
        c= a;
        a= b;
        b= c;
        System.out.println("a,b 的新值:");
        System.out.println("a= "+a);
```

```
            System.out.println("b= "+b);
        }
    }
```

程序运行结果如图 3-1 所示。

图 3-1　输出结果

通过运行结果,可以看出 a 和 b 两个整型变量的值发生了对调,而在这里起关键作用的就是下面的 3 行语句:

```
c= a;
a= b;
b= c;
```

这里的 c 相当于辅助空间,程序先将 a 变量的值保存在 c 这个临时辅助空间中,然后将 b 变量的值赋给 a 变量,最后通过 c 变量将原 a 变量的值赋给 b 变量。在程序设计中,常常引入 c 这样的中间变量来达到互换变量值的目的。

事实上,即便是不用类似于 c 这样的辅助存储空间,也可以实现变量值互换的效果,例如下面的代码:

```
a= a+b;
b= a-b;
a= a-b;
```

这 3 条语句与前面的 3 条语句的作用是一样的,都实现了变量值的对调,并且这 3 条语句"似乎"更好,因为它节省了存储空间。但是这些语句的可读性很差,尤其对于初学者,可能看了很久也不见得能理解。所以,在编写程序时应该本着既简洁又明了的原则。

3.2　选择结构

选择结构也被称为分支结构,它是使用条件句实现程序的判断和跳转的一种结构。条件语句使部分程序可根据某些表达式的值被有选择地执行。

Java 编程语言支持双路 if 和多路 switch 分支语句。

3.2.1　if 条件句

if 语句是使用最为普遍的条件语句,每一种编程语言都有一种或几种形式的该类语句,在编程中总是避免不了要用到它。if 语句有多种形式的应用。

第一种应用的格式为:

```
if(条件句)
{
    执行语句块
}
```

其中,条件语句可以是任何一种逻辑表达式,如果条件语句的返回结果为 true,则限制性后面花括号对({})中的执行语句,然后再顺序执行后面的其他程序代码;反之,程序跳过条件语句后面的花括号对({})中的执行语句,直接去执行后面的其他程序代码。

花括号对的作用就是将多条语句组合成一个复合语句,作为一个整体来处理;如果花括号中只有一条语句,也可以省略这个大括号对({}),例如:

```
int x=0;
if(x==1)
    System.out.println("x=1");
```

上面的条件句先判断 x 的值是否等于 1,如果条件成立,则打印出"x=1",否则什么也不做。由于 x 的值等于 0,所以打印出"x=1"的语句不会执行。

上面程序代码的流程如图 3-2 所示。

第二种应用的格式为:

```
if(条件语句)
{
    执行语句块 1
}
else
{
    执行语句块 2
}
```

这种格式在 if 从句的后面添加了一个 else 从句,在上面单一的 if 语句基础上,在条件语句的返回结果为 false 时,执行 else 后面部分的从句,例如:

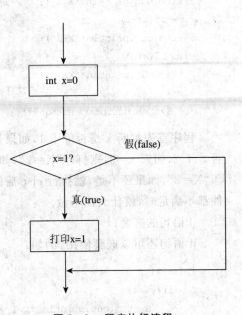

图 3-2 程序执行流程

```
int x=0;
if(x==1)
    System.out.println("X=1");
else
    System.out.println("X!=1");
```

如果 x 的值等于 1,则打印出"x=1",否则将打印出"x!=1"。

上面的代码执行的流程如图 3-3 所示。

第三种应用的格式为:

```
if(条件语句 1)
{
    执行语句块 1
}
```

```
else if(条件语句 2)
{
    执行语句块 2
}
...
else if(条件语句 n)
{
    执行语句块 n
}
else
{
    执行语句块 n+1
}
```

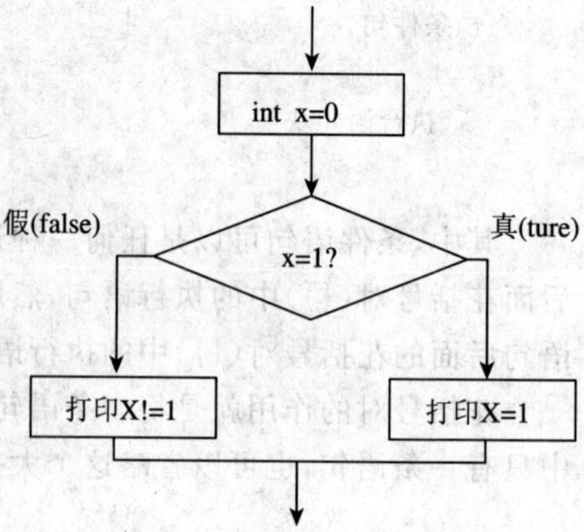

图 3-3 代码执行流程图

这种格式用 else if 进行更多的条件判断,不同的条件对应不同的执行代码块,例如:

```
if(x== 1)
System.out,println("X=1");
else if(x==2)
System.out.println("X=2");
else if(x==3)
System.out.println("X=3");
else
    System.out.println("oher");
```

程序首先判断 x 是否等于 1,如果是,就执行打印"X=1";如果不是,程序将继续判断 x 是否等于 2,如果 x=2,则打印"X=2";如果也不等于 2,程序将判断 x 是否等于 3,如果是,则打印"X=3",如果还不是,就执行 else 后的语句。也可以不要最后的 else 语句,那就是上面的条件都不满足时,就什么都不做。

if 语句的嵌套:

if 语句还可以嵌套使用,例如:

```
if(x==1)
    if(y==1)
        System.out.println("x=1,y=1");
    else
        System.out.println("x=1,y! =1");
else
    if(y==1)
        System.out.println("x! =1,y=1");
    else
        System.out.println("x!=1,y!=1");
```

在使用 if 嵌套语句时,最好使用{}来确定相互的层次关系,例如下面的语句:

```
if(x==1)
    if(y==1)
```

```
    System.out.println("x=1,y=1");
        else
            System.out.println("x=1,y! =1");
    else if(x! =1)
        if(y==1)
            System.out.println("x! =1,y=1");
        else
            System.out.println("x! =1,y! =1");
```

通常很难判定最后的 else 语句到底属于哪一层,编译器是不能根据书写格式来判定的,因此,可以使用{}来加以明确。

```
    if(x==1)
    {
        if(y==1)
            System.out.println("x=1,y=1");
        else
            System.out.println("x=1,y! =1");
    }
    else if(x! =1)
    {
        if(y==1)
            System.out.println("x! =1,y=1");
        else
            System.out.println("x! =1,y! =1");
    }
```

或者改为下面的格式,来表达另外的一种意思。

```
    if(x==1)
    {
        if(y==1)
            System.out.println("x=1,y=1");
        else
            System.out.println("x=1,y! =1");
    }
    else if(x! =1)
    {
        if(y==1)
            System.out.println("x! =1,y=1");
    }
        else
            System.out.println("x! =1,y! =1");
```

在 Java 中,if()和 else if()括号中的表达式的结果必须是 boolean 类型的(即 true 或者 false),这一点和 C/C++不一样。

对于 if…else…语句,还有一种更加简洁的写法:

变量＝布尔表达式? 语句 1:语句 2;

例如,下面的代码:

```
if(x>0)
y=x;
else
y=-x;
```

可以简写成下面的样式:

```
y=x>0? x:-x;
```

这是一个求绝对值的语句,如果 x＞0,就把 x 赋值给变量 y,如果 x 不大于 0,就把－x 赋值给前面的 y。也就是:如果问号(?)前面的表达式为真,则计算问号和冒号中间的表达式,并把结果赋值给变量 y,否则将计算冒号后面的表达式,并把结果赋值给变量 y,这种写法的好处在于代码简洁,并且有一个返回值。

3.2.2 switch 选择语句

switch 语句用于将一个表达式的值同许多其他值比较,并按照比较结果选择下面该执行哪些语句,switch 语句的使用格式如下:

```
switch(表达式)
{
case  取值 1:
    语句块 1
    break;
……
case  取值 n:
    语句块 n
    break;
default:
    语句块 n+1
    break;
}
```

例如,要将 1~5 对应的星期几的英文单词打印出来,则可编写下面的程序代码:

```
class Week
{
    public static void main(String[] args)
    {
        int x= 3;
        switch(x)
        {
            case 1:
                System.out.println("Monday");
                break;
```

```
case 2:
    System.out.println("Tuesday");
    break;
case 3:
    System.out.println("Wednsday");
    break;
case 4:
    System.out.println("Thursday");
    break;
case 5:
    System.out.println("Friday");
    break;
default:
    System.out.println("Sorry,I don't know!");
    }
}
}
```

执行程序的结果如图 3-4 所示。

图 3-4　执行结果

在上面的代码中,default 语句是可选的,它接受上面接受值以外其他值,通俗地讲,就是谁也不要的都归它。switch 语句判断条件可以接受 int,byte,char 和 short 等类型,不可以接受其他的类型。

注意:不要混淆 case 和 else if。else if 是一旦匹配就不再执行后面的代码的 else 语句,而case 语句只是相当于定义了一个标签位置,switch 一旦碰到第一次 case 匹配,程序就会跳转到这个标签位置,开始顺序执行后面所有的程序代码,而不管其后面的 case 条件是否匹配,后面 case 条件下的所有代码都将被执行,直到碰到 break 语句为止。

如非刻意,一定要记住在每个 case 语句后面用 break 退出 switch,最后的匹配条件语句后没有 break 语句,效果都是一样的,例如上面的 default 语句后面就省略了 break 语句。case后面可以跟多个语句,这些语句可以不用花括号括起来。

下面来思考另一个问题:如果要使用同一段语句来处理多个 case 条件,应当如何编写程序?

示例代码如下:

```
case 1:
case 2:
case 3:
```

```
    System.out.println("You are very bad.");
    System.out.println("You must make great efforts!");
    break;
case 4:
case 5:
    System.out.println("You are good!");
```

对于上面这种应用,不用死记硬背,要从原理上去思考,要记住前面曾经讲到过的"case 是一旦碰到第一次匹配,如果没有 break 就会继续执行"这个原理。

3.3 循环结构

循环语句使语句或块的执行得以重复进行。Java 编程语言支持 3 种类型的循环,即 for,while 和 do loops。for 和 while 循环是在执行循环体之前测试循环条件,而 do loops 是在执行完循环体之后测试循环条件。这就意味着 for 和 while 循环可能连一次循环体都未执行,而 do loops 将至少执行一次循环体。

3.3.1 for 循环

for 循环语句的基本使用格式如下:

for(初始化表达式;循环条件表达式;循环后的操作表达式)
{
    执行语句
}

请看下面的代码:

```
for(int x=1;x<10;x++)
{
    System.out.println("x="+x);
}
```

执行程序的结果如图 3-5 所示。

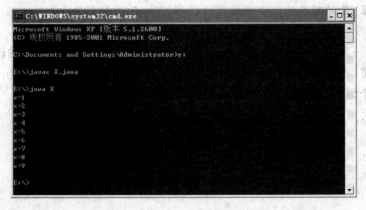

图 3-5   输出结果

上面程序代码的流程如图 3-6 所示。

在这里，介绍一下 for 语句后面小括号中的部分，这部分内容又被"；"隔离成 3 部分，其中第一部分 x=1 是赋给 x 的一个初值，只在刚进入 for 时执行一次；第二部分 x<3 是一个条件语句，满足后就进入 for 循环，循环执行一次后又回来执行这条语句，直到条件不成立为止；第三部分 x++ 是对变量 x 的操作，在每次循环的末尾执行，可以把 x++ 分别换成 x+=2 和 x-=2 来试验每次加 2 和每次减 2 的情景。

如上所述，上面的代码可以改写为下面的形式：

```
int x=1;
for(;x<10;)
{
    System.out.println("x="+x);
    x++;
}
```

通过这样改写，应该能够更好地理解 for 后面小括号中 3 部分语句的各自的作用了。

for 语句还可以有下面的特殊语法格式：

```
for(;;)
{
    ……
}
```

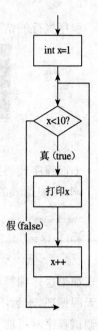

图 3-6　程序流程

3.3.2　while 循环语句

while 语句是循环语句，也是条件判断语句，while 语句的语法结构如下所示：

```
while(条件表达式语句)
{
    执行语句
}
```

当条件表达式的返回值为真时，则执行{}中的执行语句段，当执行完{}中的语句后，检测到条件表达式的返回值，直到返回值为假时循环终止。

例如下面的代码：

```
class  X
{
    public static void main(String[] args)
    {
        int x=1;
        while(x<3)
        {
            System.out.println("x="+x);
            x++ ;
        }
    }
}
```

```
}
```

程序执行的结果如图 3-7 所示。

图 3-7 执行结果

上面程序代码执行的流程图如图 3-8 所示。

while 表达式的括号后一定不要加";",例如下面的代码:

```
int x=3;
while(x==3);
System.out.println("x=3");
```

如果这样编写程序的话,程序将认为需要执行一条空语句,而进入无限循环,永远不去执行后面的代码,Java 编译器又不会报错,所以在调试程序时可能会花费很多时间却检测不到错误在哪里。

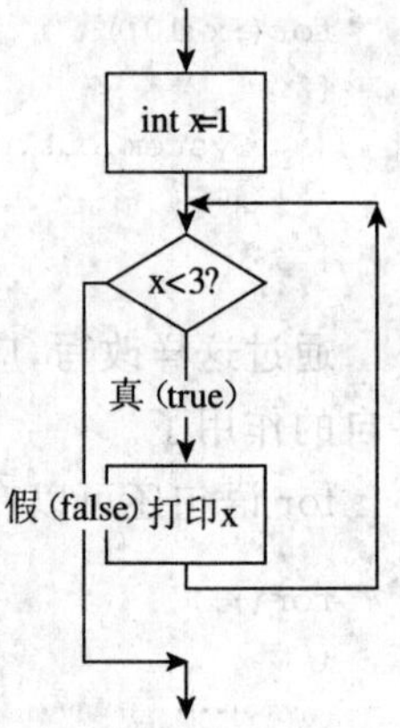

3.3.3　do while 循环语句

do while 语句的功能和 while 语句差不多,只不过它是在执行完第一次循环之后才检测条件表达式的值,这意味着包含在花括号中的程序段至少要被执行一次。do while 语句的语法结构如下所示:

图 3-8 执行流程图

```
do
{
    执行语句
}while(条件表达式语句);
```

将上面的 while 循环代码用 do while 语句改写成如下形式:

```
class  X
{
    public static void main(String[] args)
    {
        int x=1;
        do
        {
            System.out.println("x="+x);
            x++;
        }
        while (x<3);
    }
}
```

执行该程序会得到与使用 while 循环编写的程序一样的结果。上面程序代码执行的流程图如图 3-9 所示。

与 while 语句一个明显的区别是,do while 语句的结尾处多了一个分号(;),下面的示例程序演示了 while 语句和 do while 语句在执行流程上的区别,尽管条件不成立,do while 循环中的代码还是执行了一次。

程序清单:TestDo.java

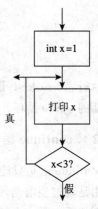

图 3 - 9　程序执行流程

```java
public class TestDo
{
    public static void main(String[] args)
    {
        int x=1;
        while(x==0)
        {
            System.out.println("Ok1");
            x++;
        }
        int y=3;
        do
        {
            System.out.println("Ok2");
            y++;
        }
        while (y==0);
    }
}
```

执行该程序的结果如图 3 - 10 所示。

图 3 - 10　执行结果

3.4　特殊循环流程控制

特殊循环流程控制包括 break 语句和 continue 语句。

在使用循环语句时,只有循环条件表达式的值为假时才能结束循环。有时候,想要提前中断循环,要实现这一点,只需要在循环语句块中添加 break 语句。也可以在循环语句块中添加 continue 语句,跳过本地循环要执行的剩余语句,然后开始下一次循环。

3.4.1　break 语句

break 语句可以在中止循环体中的执行语句和 switch 语句,一个无标号的 break 语句会把控制传给当前(最内)循环(while,do,for 或者 switch)的下一条语句。如果有标号,控制会被传递给当前方法中的带有这一标号的语句。

例如下面的代码:

```
st:while(true)
{
    while(true)
    {
        break st;
    }
}
```

执行完 break st;语句后,程序会跳出外面的 while 循环,如果不是用 st 标号,程序只会跳出里面的 while 循环。

3.4.2　continue 语句

continue 语句只能出现在循环语句(while,do,for)的子语句块中,无标号的 continue 语句的作用是跳过当前循环的剩余语句块,接着执行下一次循环。

例如下面是一个输出 1～100 之间的所有奇数的例子,当 i 是偶数时就跳过本次循环后的代码,直接执行语句中的第三部分,然后进入下一次循环的比较,是奇数的就输出 i。

程序清单:PrintOddNum. java

```
public class PrintOddNum
{
    public static void main(String[] args)
    {
        for(int i=0;i<100;i++)
        {
            if(i% 2==0)
                continue;
            System.out.println(i);
        }
    }
}
```

执行该程序后的输出结果如图 3－11 所示。

图 3－11　程序执行结果

习　题

1. 假设乘坐飞机时,每位乘客可以免费托运 15 kg 以内的行李,超过部分按照每千克 1.2 元的收费制度进行收费,以下是相应的计算收费程序,但是该程序存在错误,请找出错误。

程序如下:

```
public class Test
{
    public static void main(String[] args) throws IOException
    {
        float w,fee;
        //以下代码为通过控制台交互输入行李重量
        InputStreamReader   reader= new InputStreamReader(System.in);
        BufferedReader input= new BufferedReader(reader);
        System.out.println("请输入旅客的行李重量:");
        String temp= input.readLine();
        w= Float.parseFloat(temp);               //字符串转换为单精度浮点型
        fee=0;
        if(w>15);
            fee=(float)1.2* (w-15);
        System.out.println("该旅客需交纳的托运费用为:"+fee+"元");
    }
}
```

2. 统计 1～1 000 之间共有多少个数是素数,并将这些素数的清单打印出来。

3. 打印输出斐波纳契数列的前 12 项。

斐波纳契数列的前 12 项如下:

第 1 项:0

第 2 项:1

第 3 项:1

第 4 项:2

第 5 项:3

第 6 项:5

第 7 项:8

第 8 项:13

第 9 项:21

第 10 项:34

第 11 项:55

第 12 项:89

4. 给出下面程序的输出结果。

程序清单:

```
importjava.io.* ;
public class Sex
{
    public static void main(String[] args) throws IOException
    {
        char sex= 'f';
        switch(sex)
        {
            case 'm':System.out.println("Men");
            case 'f':System.out.println("Women");
            case 'u':System.out.println("Unkown");
        }
    }
}
```

5. 编写一个程序,使之能够输出个位数是 6 而且能被 3 整除的所有四位数。

6. 给出下面一段程序的输出结果。

程序清单:

```
public class
{
    public static void main(String[] args)
    {
        int i,s=0;
        for(i=1;i<=100;i++)
        {
            if(i% 3==0)
                continue;
            s+=i;
        }
        System.out.println("s="+s);
    }
}
```

第4章 方法和数组

4.1 变量及变量的作用域

4.1.1 变量的概念

在程序运行期间,系统可以为程序分配一块内存单元,用来存储各种类型的数据。系统分配的内存单元要使用一个标记符来标识,这种内存单元中的数据是可以更改的,所以叫变量。定义变量的标记符就是变量名,内存单元中所装在的数据就是变量值。用一个变量定义一块内存以后,程序就可以用变量名代表这块内存中的数据。根据所存储数据类型的不同,有各种不同类型的变量。

用一个变量定义一块内存以后,程序就可以用变量名代表这块内存中的数据。来看下面的语句:

```
int x= 0,y;
```

```
y= x+ 3;
```

第一句代码分配了两块内存用于存储整数,分别用 x,y 作为这两块内存的变量名,并将 x 标识的内存中的数据置为 0,y 标识的内存中的数据为其原始状态,可以认为是一个未知数。第二句代码的执行过程是:程序首先取出 x 代表的那块内存单元的数,加上 3,然后把结果放到 y 所在的那块内存单元,这样就完成了 y＝x＋3 的运算。

4.1.2　Java 中的变量类型

在 Java 中,包含 8 种基本变量类型来存储整数、浮点数、字符和布尔值。其结构如图 4-1 所示。

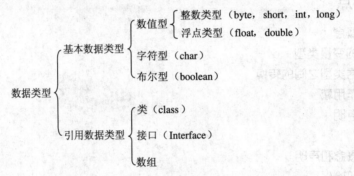

图 4-1　Java 中的变量类型结构示意图

其中引用数据类型会在以后详细介绍,这里只介绍基本数据类型。

与其他编程语言不同的是,Java 的基本数据类型在任何操作系统中都具有相同的大小和属性,不像 C 语言,在不同的系统中变量的取值范围不一样。在所有系统中,Java 变量的取值都是一样的,这也是 Java 跨平台的一个特性。

有 4 种数据类型用来存储整数,它们具有不同的取值范围,表 4-1 列出了这 4 种类型以及它们的取值范围。

表 4-1　4 种整数型的取值范围

类型名	大小/位	取值范围
byte	8	−128～127
short	16	−32 768～32 767
int	32	−2 147 483 648～2 147 483 647
long	64	9 223 372 036 854 775 808～9 223 372 036 854 775 807

这些类型都是有符号的,所有整数变量都无法可靠地存储其取值范围以外的数据值,因此定义数据类型时一定要谨慎。

有两种数据类型用来存储浮点数,它们是单精度浮点型(float)和双精度浮点型(double)。单精度浮点型和双精度浮点型的取值范围如表 4-2 所列。

表 4-2　单精度浮点型和双精度浮点型的取值范围

类型名	大小/位	取值范围
float	32	$1.4E-45 \sim 3.4E+38, -1.4E-45 \sim -3.4E+38$
double	64	$4.9E-324 \sim 1.7E+308, -4.9E-324 \sim -1.7E+308$

char 类型用来存储诸如字幕、数字、标点符号以及其他符号之类的单一字符。与 C 语言不同,Java 的字符占两个字节,是 Unicode 编码的。

boolean 类型用来存储布尔值,在 Java 中布尔值只有 2 个,即 true 和 false。

Java 中的这 8 种基本类型都是小写的,有一些与它们同名但大小写不同的类,例如 Boolean 等,在 Java 里具有不同的功能,切记不要互换使用。

4.1.3　基本数据类型之间的转换

在编写程序过程中,经常会遇到的一种情况就是需要将一种数据类型的值赋给另一种不同的数据类型的变量,由于数据类型之间有差异,所以在赋值时就需要进行数据类型的转换,这里就涉及到两个关于数据转换的概念,即自动类型转换和强制类型转换。

1. 自动类型转换

也叫做隐式类型转换。要实现自动类型转换,需要同时满足两个条件,即两种类型彼此兼容和目标类型的取值范围要大于源类型。例如,当 byte 类型向 int 类型转换时,由于 int 类型的取值范围大于 byte 类型,因此可以发生自动转换;但是如果反过来,将 int 类型转换为 byte 类型,则可能造成数据溢出。

所有的数字类型,包括整型和浮点型彼此都可以进行这样的转换。如下面的例子:

```
byte b= 3;
int x= b;   //没有问题,程序会把 b 的结果自动转换为 int 类型
```

2. 强制类型转换

也叫显示类型转换。当两种类型彼此不兼容或者目标类型取值范围小于源类型时,自动转换无法进行,这时就可以使用强制类型转换。

强制类型转换的通用格式是:目标类型 变量=(目标类型)值

例如:

```
byte a;
int b;
a= (byte)b;
```

这段代码的含义就是现将 int 类型的变量 b 的取值强制转换为 byte 类型,再将该值赋给变量 a。注意,变量 b 本身的数据类型并没有改变。由于这类转换中,源类型的值可能大于目标类型,因此强制类型转换可能会造成数值不准确,从图 4-2 就可以看出强制类型转换时数据传递的过程。

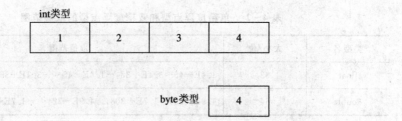

图 4-2　强制转换方式示意图

请看下面的程序。

程序清单:Converson.java

```java
public class Conversion
{
    public static void main(String[] args)
    {
        byte b;
        int i=1000;
        b=(byte)i;
        System.out.println("byte to int is"+" "+b);
    }
}
```

执行程序以后的运行结果如图 4-3 所示。

```
C:\WINDOWS\system32\cmd.exe                        _□×
E:\>javac Conversion.java

E:\>java Conversion
byte to int is -24

E:\>_
```

图 4-3　运行结果

字符串可以使用加号(＋)同其他的数据类型相连而形成一个新的字符串,只要明白二进制和十进制之间的转换关系,就不难明白上面程序输出的结果了。

4.1.4　表达式的数据类型自动提升

先来看下面一个错误的程序。

程序清单:Test.java

```java
class Test
{
    public static void main(String[] args)
    {
        byte b=5;
        b=(b-2);
        System.out.println(b);
    }
}
```

这段代码中,(b-2)的值并未超出 byte 类型的取值范围,但是当执行这段代码时,Java 会报出如图4-4所示的错误。

图4-4 错误信息

这是因为在表达式求值时,变量值被自动提升为 int 类型,表达式的结果也就成了 int 类型,这时要想把它赋给 byte 类型变量就必须使用强制转换。因此,前面代码中的粗体部分就应该改为 b=(byte)(b-2);

这种特殊情况在编程过程中如果遇到了,只要知道怎么解决就可以了。

关于类型的自动提升,Java 定义了若干用于表达式的类型提升规则。

① 所有的 byte 类型、short 类型和 char 类型的值将被提升为 int 类型。

② 如果一个操作数是 long 类型,计算结果就是 long 类型。

③ 如果一个操作数是 float 类型,则计算结果就是 float 类型。

④ 如果一个操作数是 double 类型,则计算结果就是 double 类型。

以下代码显示了 Java 中的类型自动提升规则。

程序清单:Promote.java

```java
class Promote
{
    public static void main(String[] args)
    {
        byte b=50;
        char c= 'a';
        short s=1024;
        int i=50000;
        float f=5.67f;
        double d=.1234;
        double result= (f*b)+(i/c)-(d*s);
        System.out.println((f* b)+"+"+(i/c)+"-"+(d*s));
        System.out.println("result="+result);
    }
}
```

执行该程序的结果如图4-5所示。

图4-5 运行结果

来看一下在下面的代码行中的类型提升：

```
double result= (f*b)+ (i/c)-(d*s);
```

在第一个子表达式(f * b)中，变量 b 被提升为 float 类型，该子表达式的结果也被提升为 float 类型。接下来，在子表达式(i/c)中，变量 c 被提升为 int 类型，该子表达式的结果也被提升为 int 类型。然后，子表达式(d * s)中的变量 s 被提升为 double 类型，该子表达式的结果也被提升为 double 类型。

因此，最后这 3 个子表达式的结果分别是 float 类型、int 类型和 double 类型。float 类型与 int 类型相加的结果是 float 类型，接着 float 类型减去 double 类型，得到该表达式的最后结果就是 double 类型。

4.1.5 变量的作用域

大多数程序设计语言都提供了"变量作用域(Scope)"这一概念。在 C/C++和 Java 语言里，一对花括号({})中间的部分就是一个代码块，该代码块决定其中定义的变量的作用域。代码块由若干语句组成，必须用花括号括起来形成一个复合语句，多个语句可以嵌套在另外的一对花括号中形成更复杂的复合语句，例如下面的语句。

```
{
    int x=0;
    {
        int u=0;
        y=y+1;
    }
    x=x+1;
}
```

代码块决定了变量的作用域，作用域决定了变量的"可见性"以及"存在时间"。现在来看一个例子。

程序清单：TestScope.java

```
public class TestScope
{
    public static void main(String[] args)
    {
        int x= 12;
        {
            int q= 96;                          //x和q都可用
            System.out.println("x is "+x);
            System.out.println("q is "+q);
        }
        q= x;/* 错误的行,只有 x可用,q超出了作用域范围* /
        System.out.println("x is "+x);
    }
}
```

运行该程序会出现如图 4-6 所示的错误信息。

```
C:\WINDOWS\system32\cmd.exe                          _ □ ×
E:\>javac TestScope.java
TestScope.java:11: 找不到符号
符号：变量 q
位置：类 TestScope
            q=x;/*错误的行，只有 x 可用，q 超出了作用域范围*/
            ^
1 错误

E:\>
```

图 4-6　错误信息

q 作为在里层的代码块中定义的一个变量,只有在那个代码块中位于这个变量定义之后的语句才可以使用这个变量,q＝x 语句已经超过了 q 的作用域,所以在编译时无法通过。记住这样一个道理:在定义变量的语句所属的那层花括号之间,就是这个变量的有效作用范围,但不能违背变量先定义后使用的原则。

在 C/C++中可能会书写下面的一段代码:

```
{
    int x=12;
    {
        int x=96;
        x=x+4;//x 运算后的结果为 100
    }
    x=x-5;//x 运算后的结果为 7,而不是 95
}
```

在 C/C++里面,上面的两个 x 相当于定义了两个变量,第二层花括号中的代码对 x 的操作都是对第二个 x 的操作,不会影响到第一个 x。第一层花括号里面的代码对 x 的操作,都是对第一个 x 的操作,与第二个 x 没有任何关系。

但是这种做法在 Java 中是不允许的,因为 Java 的设计者认为这样做会使程序产生混淆,编译器会认为变量 x 已经在第一层花括号中被定义,因此不能在第二层花括号中重复定义。

4.1.6　局部变量的初始化

在一个函数和函数里面的代码块中定义的变量称为局部变量,局部变量在函数和代码块被执行时创建,在函数和代码块结束时被销毁。局部变量在进行取值操作前必须被初始化和进行过赋值操作,否则会出现编译错误,例如下面的代码:

程序清单:TestVar.java

```
public class TestVar
{
    public static void main(String[] args)
    {
        int x;                              //应修改为 int x= 0;
        x=x+1;                              //该 x 由于没有初始化,所以在编译时会报错
        System.out.println("x is"+x);
    }
```

```
}
```

该程序的运行结果如图 4 - 7 所示。

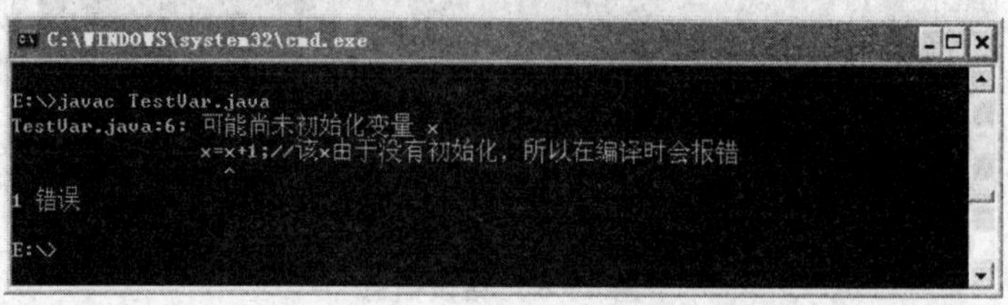

图 4 - 7　程序报错

4.2　方　法

Java 中的方法本质上和 C 中的函数是一样的。

方法的实现包括两个部分，即方法声明和方法体，例如：

```
[public|protected|private][static][final|abstract][native][synchronized]
returnType methodName([paramList])[throws exceptionList]
{statements}
```

4.2.1　方法声明

最简单的方法声明包括方法名和返回类型，例如：

```
returnType methodName(){
      ……    //方法体
}
```

其中返回类型可以是任意的 Java 数据类型，当一个方法不需要返回值时，则必须声明其返回类型为 void。

1. 方法的参数

在很多方法的声明中，都要给出一些外部参数，为方法的实现提供信息。这在声明一个方法时，通过列出它的参数表来完成的。参数表指明每个参数的名字和类型，各参数之间用逗号分隔，例如：

```
returnType methodName(type name[,type name[,…]]){
      ……
}
```

对于类中的方法，与成员变量相同，可以限定它的访问权限，可选的修饰和限制项有如下几种：

static：限定它为类方法。

abstract 或 final：指明方法是否可被重写。

naitive：用来把 Java 代码和其他语言的代码集成起来。

synchronized：用来控制多个并发线程对共享数据的访问。

throws ExceptionList：用来处理异常。

方法中的参数使用如下例所示：

```
class Circle
{
        int x,y,radius;                                    //x,y,radius 是成员变量
        public Circle(int x,int y,int radius){             //x,y,radius 是参数
        ……
        }
}
```

Circle 类有 3 个成员变量，即 x,y 和 radius。在 Circle 类的构造函数中有 3 个参数，名字也是 x,y 和 radius。在方法中出现的 x,y 和 radius 指的是参数名，而不是成员变量名。如果要访问这些同名的成员变量，必须通过"当前对象"指示符 this 来引用它。例如：

```
class Circle
{
    int x,y,radius;
    public Circle(int x,int y,int radius)
    {
        this.x= x;
        this.y= y;
        this.radius= radius;
    }
}
```

带 this 前缀的变量为成员变量，这样，参数和成员变量便一目了然了。this 表示的是当前对象本身，更准确地说，this 代表了当前对象的一个引用。对象的引用可以理解为对象的另一个名字，通过引用可以顺利地访问该对象，包括访问、修改对象的成员变量、调用对象的方法等。

2. 方法的参数传递

在 Java 中，可以把任何有效数据类型的参数传递到方法中，这些类型必须预先定义好。另外，参数的类型既可以是简单数据类型，也可以是引用数据类型（数组类型、类或接口）。对于简单数据类型，Java 实现的是值传递，方法接收的是参数的值，但并不能改变这些参数的值；如果要改变参数的值，就要用到引用数据类型，因为引用数据类型传递给方法的是数据在内存中的地址，方法中对数据的操作可以改变数据的值。

下面的程序说明了简单数据类型和引用数据类型的区别：

```
public class PassTest
{
    float ptValue;
    public static void main(String args[])
    {
        int val;
        PassTest pt=new PassTest();          //生成一个类的实例 pt
        val=11;
```

```
        System.out.println("Original Int Value is:"+val);
        pt.changeInt(val);                    //简单数据类型
        System.out.println("Int Value after change is:"+val);
        pt.ptValue=101f;
        System.out.println("Original ptValue Value is:"+pt.ptValue);
        pt.changeObjValue(pt);                //引用数据类型
        System.out.println("ptValue after change is:"+pt.ptValue);
    }
    public void changeInt(int value)
    {
        value= 55;
    }
    public void changeObjValue(PassTest ref)
    {
        ref.ptValue= 99f;
    }
}
```

执行该程序后的运行结果如图 4 - 8 所示。

图 4 - 8　运行结果

在类 PaaTest 中定义了两个方法,即 changeInt(int value)和 changeObjValue(PassTest ref),changeInt(int value)接收的参数是 int 类型的值,方法内部对接收到的 value 值进行了重新赋值,但用于该方法接收的是值参数,所以方法内进行的 value 值的修改不影响方法外的 value 值;而 changeObjValue(PassTest ref)接收的参数值是引用类型的,所以在该方法中对引用参数所指的对象的成员方法进行修改,是对该对象所占实际内存空间的修改,经过该方法作用之后,pt. ptValue 的值发生了真实的变化。

4.2.2　方法体

方法体是对方法的实现。它包括局部变量的声明以及所有合法的 Java 指令。方法体中可以声明该方法中所用到的局部变量,它的作用域只在该方法的内部,当方法返回时,局部变量也不再存在。如果局部变量的名字和类的成员变量的名字相同,则类的成员变量被隐藏。

下面的代码显示了成员变量和局部变量的作用域。

```
class Variable
{
    int x= 0,y= 0,z= 0;          //类的成员变量
    void init(int x,int y)
```

```
    {
        this.x= x;
        this.y= y;
        int z= 5;                    //局部变量
        System.out.println("* * * * in init* * * * ");
        System.out.println("x="+x+ "  y="+y+ "   z="+z);
    }
}
public class VariableTest
{
    public static void main(String args[])
    {
        Variable v= new Variable();
        System.out.println("* * * * before init* * * * ");
        System.out.println("x-"+v.x+"  y= "+v.y+ "  z="+v.z);
        v.init(20,30);
        System.out.println("* * * * after init* * * * ");
        System.out.println("x= "+v.x+"  y="+v.y+ "  z="+v.z);
    }
}
```

执行该程序的输出结果如图 4-9 所示。

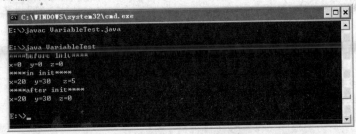

图 4-9　运行结果

从本例中可以看出,局部变量 z 和类的成员变量 z 的作用域是不相同的。

4.2.3　main( )方法

main( )方法是 Java 应用程序(Application)必须具备的方法,其格式如下:

```
public static void main(String args[]){
    ……
}
```

所有 Java 的独立应用程序都从 main( )开始执行,把 static 放在方法名前表示该方法变静态的方法,即类方法而非实例方法。

4.2.4　finalize( )方法

在对对象进行垃圾收集前,Java 运行时系统会自动调用对象的 finalize( )方法来释放系统

资源,如打开的文件或 socket 连接。该方法的声明必须如下所示:

```
protected void finalize() throws throwable
```

finalize()方法在类 java.lang.Obect 中实现,它可以被所有类使用。如果要在一个自定义的类中实现该方法以释放该类所占用的资源(即要重载父类的 finalize()方法),则在对该类所使用的资源进行释放后,一般要调用父类的 finalize()方法以清除对象使用的所有资源,包括由于继承关系而获得的资源,通常的格式如下:

```
protected void finalize() throws throwable{
……              //clean up code for this class
}
```

例如下面的代码:
程序清单:myClass

```
class myclass
{
    int m_DataMember1;
    float m_DataMember2;
    public myClass()
    {
        m_DataMember1= 1;                    //初始化变量
        m_DataMember2= 7.25;
    }
    void finalize()                          //定义 finalize 方法
    {
        m_DataMember1= null;                 //释放内存
        m_DataMember2= null;
    }
}
```

注意:如果不定义 finalize 方法,Java 将调用默认的 finalize 方法进行扫尾工作。

4.3 数 组

由于有了数组,可以用相同名字引用一系列变量,并用数字(索引)来识别它们。在许多场合,使用数组可以缩短和简化程序,因为可以利用索引值设计一个循环,高效处理多种情况。

4.3.1 数组的概念

通过一个应用问题来引入对数组的讲解,以让大家了解什么是数组以及数组的作用。假设需要在程序中定义 100 个整数变量,并要求显示这些变量相加的结果,如果没有用过数组,这个程序该怎么写呢? 至少需要定义 100 个整数变量,如下所示:

```
int x0;
int x1;
```

......
......
```
int x98;
int x99;
```

一次就要定义 100 个相似的变量,然后还要将这些变量一个个地相加,这是一件十分繁琐而又令人畏惧的事情,那么有什么简单的方法来代替上述变量的定义方式呢?

可以将上面的定义改写为下面的形式:

```
int x[]= new int[100];
```

上述语句的作用就相当于一次定义了 100 个 int 变量,变量的名称分别为 x[0],x[1],…,x[98],x[99]。注意,第一个变量名为 x[0],而不是 x[1];最后一个变量名为 x[99],而不是 x[100]。这种定义变量的方式就是数组。定义了这个数组,接着就可以使用简单的 for 循环语句来实现数组中所有元素的相加了。程序代码如下:

```
int sum= 0;
for(int i= 0;i< 100;i+ + )
    sum+ = x[i];
```

为了充分和深入地了解数组,有必要讲解一些有关内存分配背后的知识。Java 把内存划分成两种,即栈内存和堆内存。

在函数中定义的一些基本类型的变量和对象的引用变量都是在函数的栈内存中分配,当在一段代码块(也就是一对花括号{}之间)定义一个变量时,Java 就在栈中为这个变量分配内存空间;当超过变量的作用于后,Java 会自动释放掉为该变量所分配的内存空间,该内存空间可以立即被另作他用。

堆内存用来存放由 new 创建的对象和数组,在堆中分配的内存,由 Java 虚拟机的自动垃圾回收器来管理。在堆中产生了一个数组或对象后,还可以在栈中定义一个特殊的变量,让栈中这个变量的取值等于数组或对象在栈内存中的首地址,栈中的这个变量就成了数组或对象的引用变量,以后就可以在程序中使用栈中的引用变量来访问堆中的数组或对象,引用变量就相当于是为数组或对象起的一个名称。引用变量是普通的变量,定义时在栈中分配,引用变量在程序运行到其作用域之外后被释放,而数组和对象本身在栈中分配,即使程序运行到使用 new 产生数组和对象的语句所在的代码块之外,数组和对象本身占据的内存不会被释放,数组和对象在没有引用的那个变量指向它时,才会变为垃圾,不能再被使用,但仍然占据内存空间不放,在随后一个不确定的时间被垃圾回收器收走(释放掉)。这也是 Java 比较占内存的原因。

数组是多个相同类型数据的组合,实现对这些数据的统一管理,数组中的每一个数据也叫数组的一个元素。下面来解释如下这行代码的语法。

```
int x[]= new int[100];
```

等号左边的 int[] 相当于定义了一个特殊的变量符号 x,x 的数据类型是一个对 int 型的数组对象的引用,x 就是一个数组的引用变量,其引用的数组的元素个数不定,就像定义一个基本类型的变量,变量值开始也是不确定的。等号右边的 new int[100] 就是在堆内存中创建一个具有 100 个 int 变量的数组对象。int x[]＝new int[100];就是将右边的数组对象赋值给左边的数组引用变量,因此也可以将这一行代码分成两行来写。

```
int x[];          //定义了一个数组 x,这条语句执行完后的内存状态如图 4-10 所示
x= new int[100]; //数组初始化,这条语句执行完后的内存状态如图 4-11 所示
```

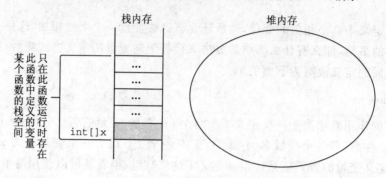

图 4-10   执行完第 1 条语句后的内存状态

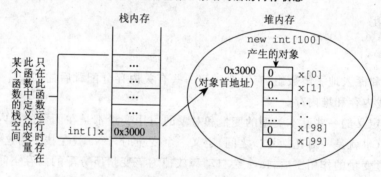

图 4-11   执行完第 2 条语句以后的内存状态

执行第 2 句(即 x=new int[100];),在堆里面创建了一个数组对象,为这个数组对象分配了 100 个整数单元,并将数组对象赋值给了数组引用变量 x。熟悉 C 语言的人可能已经明白,数组引用变量不就是 C 语言中的指针变量吗?数组对象不就是指针变量要指向的那个内存块吗?是的,Java 内部是有指针的,只是把指针的概念对用户隐藏起来了。

可以改变 x 的值,让它指向另外一个数组对象,或者不指向任何数组对象。要想让 x 不指向任何数组对象,只需要将常量 null 赋值给 x。如"x=null;",这条语句执行完后的内存状态如图 4-12 所示。

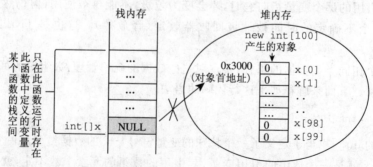

图 4-12   执行完上述语句后的内存状态

执行完"x＝null;"语句后,原来通过 new int[100]产生的数组对象不再被任何引用变量所引用,变成了"孤儿",也就成了垃圾,直到垃圾回收器来将其释放掉。

new int[100]产生的数组对象中的每个元素的初始值都是 0,通常可以用下面的程序来测试一下。

程序清单:TestArray.java

```java
public class TestArry
{
    public static void main(String[] args)
    {
        int x[];
        x=new int[100];
        for(int i=0;i<100;i++)
        {
            System.out.println("x"+i+"is"+x[i]);
        }
    }
}
```

4.3.2 数组的声明

典型的数组是用来集合相同类型的对象并通过一个名称来引用这个集合。

通常可以声明任何类型的数组——原始类型或类类型:

```java
char s[];
Point p[];
```

在 Java 编程语言中,即使数组是由原始类型构成,或者带有其他类类型,数组也是一个对象。声明不能创建对象本身,而创建的是一个引用,该引用可被用来引用数组。数组元素使用的实际存储器可由 new 语句或数组初始化软件动态分配。

在以下部分,将看到如何创建和初始化实际数组。

上述这种将方括号置于变量名之后的声明数组的格式,是用于 C,C＋＋和 Java 编程语言的标准格式。

这种格式会使声明的格式复杂难懂,因此,Java 编程语言允许一种替代的格式,该格式中的方括号位于变量名的左边:

```java
char[]s;
Point[]p;
```

这样的结果是,可以认为类型部分在左,而变量名在右。上述两种格式并存,使用者可以根据自己的习惯加以选择。在此需要注意的是,声明不指出数组的实际大小。

4.3.3 创建数组

可以像创建对象一样,使用关键字 new 来创建一个数组。

```java
s= new char[20];
```

```
p= new Point[100];
```

第一行创建了一个 20 个 char 值的数组,第二行创建了一个 100 个类型 Point 的变量。然而,它并不创建 100 个 Point 对象;创建 100 个对象的工作必须分别完成:

```
p[0]= new Point();
p[1]= new Point();
……
……
……
```

用来指示单个数组元素的下标必须总是从 0 开始,并保持在合法范围之内——大于 0 或等于 0,并小于数组长度。任何访问在上述界限之外的数组元素的企图都会引起运行时出错。下面还要谈到一些更好的数组初始化方法。

4.3.4 数组的初始化

当创建一个数组时,每个元素都被初始化。在上述 char 数组 s 的例子中,每个值都被初始化为 0(\u0000-null)字符。在数组 p 的例子中,每个值都被初始化为 null,表明它还未引用一个 Point 对象。在经过赋值 p[0]=newPoint() 之后,数组的第一个元素引用为实际 Point 对象。

注意:所有变量的初始化(包括数组元素)是保证系统安全的基础,变量绝不能在未初始化状态使用。

Java 编程语言允许使用下列形式快速创建数组:

```
String names[]=
{
    "Georgianna",
    "Jen",
    "Simon",
};
```

其结果与下列代码等同:

```
String names[];
names=new String[3];
names[0]="Georgianna";
names[1]="Jen";
names[2]="Simon";
```

这种"速记"法可用在任何元素类型。例如:

```
Myclass array[]=
{
    new Myclass(),
    new Myclass(),
    new Myclass()
};
```

适当的类型的常数值也可被使用：

```
Color palette[]=
{
    color.blue,
    color.red,
    color.white
};
```

4.3.5 使用数组时需要注意的一些问题

必须对数组引用变量赋予一个有效的数组对象（通过 new 产生或是用{}静态初始化而产生）后，才可以引用数组中的每个元素。下面的代码将会导致运行时出错，如图 4-13 所示。

程序清单：TestArray. java

```
public class TestArray
{
    public static void main(String[] args)
    {
        int a[]= null;
        a[0]= 1;
        System.out.println(a[0]);
    }
}
```

图 4-13 错误信息

图 4-13 中的错误信息告诉使用者，运行时会有指针异常错误（NullPointerException），因为 a 还没有指向任何数组对象（相当于 C 语言中的指针还没有指向任何内存块），所以还无法引用其中的元素。

还有一点需要注意，例如下面的代码：

```
int ia[]= new int[]{1,2,3,4,5};
```

这行代码中定义了一个 ia 数组，它里面包含了 5 个元素，分别是：

```
ia[0]= 1
ia[1]=2
ia[2]=3
```

```
ia[3]=4
ia[4]=5
```

也就是说,数组的第一个元素是 ia[0],而不是 ia[1]。最后一个元素是 ia[4],而不是 ia[5],如果不小心使用了 ia[5],如下面的程序:

程序清单:TestArray.java

```java
public class TestArray
{
    public static void main(String[] args)
    {
        int ia[]=new int[]{1,2,3,4,5};
        System.out.println(ia[5]);
    }
}
```

在执行该程序时就会发生"数组越界异常(ArrayIndexOutOfBoundsException)",如图4-14所示。读者必须学会根据程序所报出的异常来判断究竟出了什么错误,并且看到这样的错误就应该明白错误的原因。

图 4-14 错误信息

要想避免"数组越界异常"这样的错误,必须知道数组长度。数组引用对象的 length 属性可以返回数组的长度。示例程序代码如下:

```java
public class TestArrayLength
{
    public static void main(String[] args)
    {
        int ia[]=new int[]{1,2,3,4,5};
        System.out.println(ia.length);
        for(int i=0;i<ia.length;i++)
        {
            System.out.println("ia["+i+"] is"+ia[i]);
        }
    }
}
```

4.3.6 多维数组

在 Java 中并没有真正的多维数组,只有数组的数组,虽然在应用上很像 C 语言中的所谓数组,但是还是有区别的。在 C 语言中定义一个二维数组,必须是一个 x＊y 二维矩阵块,类似通常所见到的棋盘,如图 4－15 所示。

Java 中多维数组不一定是规则矩阵形式,如图 4－16 所示。

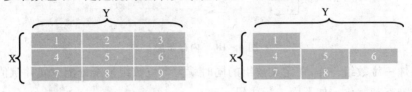

图 4－15　二维矩阵块　　　　图 4－16　Java 中的矩阵形式

可以这样定义一个多维数组:

```
int xx[][];
```

它表示定义了一个数组引用变量 xx,第一个元素变量为 xx[0],第 n 个元素变量为 xx[n-1]。xx 中的每个元素变量(x[0]到 xx[n-1])正好又是一个整数类型的数组引用变量,注意,这里只是要求每个元素都是一个数组引用变量,并没有要求它们所引用数组的长度是多少,也就是每个引用数组的长度可以不一样,还是看看下面的程序代码。

```
int[][] xx;
xx= new int[3][];
```

这两句代码表示数组 xx 有 3 个元素,每个元素都是 intp[]类型的一维数组。相当于定义了 3 个数组引用变量,分别为 int xx[0][],int[]xx[1],int[]xx[2]。

由于 xx[0],xx[1],xx[2]都是数组引用变量,必须对它们赋值,指向真正的数组对象,才可以引用这些数组中的元素。

```
xx[0]= new int[3];
xx[1]= new int[2];
```

注意,xx[0]和 xx[1]的长度可以不一样,数组对象中也可以只有一个元素,程序运行到这之后的内存分配情况如图 4－17 所示。

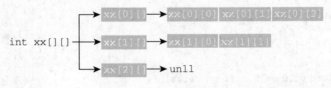

图 4－17　内存分配情况

xx[0]中的第二个元素用 xx[0][1]来表示,如果要将整数 5 赋值给 xx[0]中的第二个元素,写法如下:

```
xx[0][1]=5;
```

如果数组对象正好是一个 x＊y 形式的规则矩阵,通常不必像上面的程序一样,先产生高维的数组对象后,再注意产生低维的数组对象,完全可以用一句代码在产生高维数组对象的同时,产生所有的低维数组对象。

```
int xx[][]= new int[2][3];
```

上面的代码产生了一个 2 * 3 形式的二维数组,其内存布局如图 4 - 18 所示。

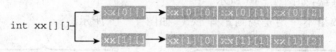

图 4 - 18 内存布局

也可以像一维数组一样,在定义数组的同时就为多位数组元素分配空间并赋值,也就是对多维数组的静态初始化。如下面一行代码:

```
int [][] xx= {{3,2,7},{1,5},{6}};
```

定义了一个如图 4 - 19 所示的多维数组。

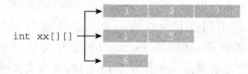

图 4 - 19 定义一个多维数组

与一维数组一样,在生命多位数组时不能指定其长度,例如下面的定义是非法的。

```
int xx[3][2]= {{3,2},{1,3},{7,5}};    //编译时出错
```

4.3.7 一些与数组操作相关的函数

下面介绍两个域数组操作相关的函数。

1. 使用 System. arraycopy( )函数复制数组

可以从 JDK 的帮助文档中了解到 arraycopy 详细的使用说明。例如,语句 System. array-copy(source,0,dest,0,x);的意思是:复制源数组中从下标 0 开始的 x 个元素到目的数组,从目标数组的下标 0 所对应的位置开始存储。

下面是使用 System. arraycopy()函数复制数组的示例程序。

程序清单:TestArrayCopy. java

```
public class TestArrayCopy
{
    public static void main(String[] args)
    {
        int ia[]=new int[]{1,2,3,4,5};
        int ib[]=new int[]{9,8,7,6,5,4,3};
        System.arraycopy(ia,0,ib,0,3);
        //复制源数组中从下标 0 开始的 3 个元素到目的数组,从下标 0 的位置开始存储
        for(int i=0;i< ia.length;i+ + )
            System.out.print(ia[i]);
```

```
        System.out.println();
        for(int j=0;j< ib.length;j++ )
            System.out.print(ib[j]);
        System.out.println();
    }
}
```

注意：复制的数组元素的个数一定不要超过目标数组的长度，否则会产生异常。

2. 用 Arrays. sort 来排序数组

下面的例子把里面的元素按照从小到大的顺序逐一排列，然后把排序后的数组输出到命令行窗口中。

程序清单：ArrSort. java

```
import java.util.*
//关于上面这条语句的细节，在这里暂且不用考虑，在后面的章节中会介绍
public class ArrSort;
{
    public static void main(String[] args)
    {
        int ia[]= new int[]{1,2,4,8,3};
        Arrays.sort(ia);                    //对数组 ia 进行排序
        for(int i= 0;i< ia.length;i+ + )
            System.out.print(ia[i]);        //输出数组 ia
    }
}
```

图 4 - 20 为执行该程序的显示结果。

图 4 - 20　输出结果

习　题

1. 给出下面一段程序的输出结果。

程序如下：

```
public class Test
{
    static void main(int x,int y,int z)
    {
        x= 110;
```

```
        y= 220;
        z= 330;
    }
    public static void main(String[] args)
    {
        int x= 100,y= 200,z= 300;
        main(x,y,z);
        System.out.println("x= "+ x+ "y= "+ y+ "z= "+ z);
    }
}
```

2. 编写一个判断某个整数是否为素数的方法。

3. 编写两个方法,分别求两个整数的最大公约数和最小公倍数,在主方法中由键盘输入两个整数并分别调用这两个方法,最后输出相应的结果。

4. 给出下面一段程序的输出结果。

程序如下:

```
public class Test
{
    static int a1(int a,int b)
    {
        int c;
        a+ = a;
        b+ = b;
        c= a2(a,b);
        return(c* c);
    }
    static int a2(int a,int b)
    {
        int c;
        c= a* b% 3;
        return(c);
    }
    public static void main(String[] args)
    {
        int x= 1,y= 3,z;
        z= a1(x,y);
        System.out.println("z= "+ z);
    }
}
```

5. 编写一个方法,实现求某个整数的各位上的数字之和的功能。

6. 利用数组编写一个程序,要求输入 6 个学生的 3 门课程的成绩,然后计算

① 每个学生的总分;

② 每门课程的平均分。

7. 编写一个方法,实现将输入的字符串倒序输出的功能。

第5章 面向对象程序设计

◎ **本章要点**

- 类
- 对象
- 修饰符
- 包
- 继承与多态
- 抽象类和接口
- Final 关键字
- 实例成员和类成员

◎ **学习要求**

- 掌握声明类的方法
- 掌握类体和类属性
- 掌握构造方法的使用
- 掌握创建、使用和清除对象的方法
- 掌握包的使用
- 掌握继承与多态的概念和使用
- 掌握抽象类和接口的使用
- 掌握 final 关键字的使用

5.1 类

类是 Java 中的一种重要的引用类型,是组成 Java 程序的基本要素。它封装了一类对象的状态和方法,是这一类对象的原型。

先来看一个简单的例子,代码如下所示:

```
public class Teacher
{
    private String name;
    protected int hours;
    protected long payment;
    public Teacher(String name,int hours)
```

```
    {
        this.name= name;
        this.hours= hours;
        this.payment= 0;
    }
    public void show()
    {
        System.out.println("teacher "+ name+ " has worked for "+ hours+ " should be paid
"+ payment);
    }
    public void countPayment()
    {
        payment=counting(1000,hours,50,0);
    }
    public void resetHour()
    {
        hours=0;
    }
    public void addHour(int h)
    {
        hours+=h;
    }
    protected long counting(int base,int h,int perHour,long other)
    {
        return(long)base+h* perHour+other;
    }
}
```

在上述代码中,包括以下几个组成类的部分:

(1) 类声明

该部分主要用来声明一个类的名称,为上段程序中的第 1 行代码。

(2) 类 体

所谓类体就是指类的主体,在上段程序中指的是从第 2 行到最后一行代码。

5.1.1 类声明

类声明的一般格式如下:

[类修饰符]class 类名 [extends 父类名][implenments 接口列表]
{
……//类体
}

这里的 class 是声明类的关键字,类名是要声明的类的名称,它必须是一个合法的 Java 标识符。根据声明类的需要,类声明还可以包含 3 个选项,即声明类的修饰符、说明该类的父类和说明该类所实现的接口。

class 关键字是必需的，所有其他的部分都是可选的。下面对类声明的 3 个选项给出更详细的介绍。

1. 类修饰符

类修饰符用于说明这个类是一个什么样的类。类修饰符可以是 public，abstract 或 final，如果没有声明这些可选的类修饰符，Java 编译器将给出默认值。

类修饰符的含义如下：

（1）public

public 关键字声明了类可以在其他任何的类中使用。省略时，该类只能被同一个包中的其他类使用。

（2）abstract

声明这个类不能被实例化，即该类为抽象类。

（3）final

声明了类不能被集成，即没有子类。

2. 说明类的父类

在 Java 中，除了 Object 之外，每个类都有一个父类。Object 是 Java 语言中唯一没有父类的类，如果某个类没有指明父类，Java 就认为它是 Object 的子类。因此，所有其他类都是 Object 的直接子类或间接子类。需要注意的是，在 extends 之后只能跟唯一的父类名，即使用 extend 只能实现单继承。

3. 说明一个类所实现的接口

为了声明一个类要实现的一个或多个接口，可以使用关键字 implements，并且在其后面给出由该类实现的接口的名称列表，这些名称列表以逗号分隔。

5.1.2　类　体

类体中定义了该类中所有的变量和该类所支持的方法。通常变量在方法前定义（不一定要求，在方法后定义也可以），类定义如下：

```
class className{                        //类声明
[public|protected|private][static][final][transient][volatile]
Type variableName;                      //成员变量
[public|protected|private][static][final|abstract][native][synchronized]
returnType methodName([paramList])[throws exceptionList]
{statements}                            //成员方法
}
```

类中所定义的变量和方法都是类的成员。对类的成员可以设定访问权限来限定其他对象对它的访问，访问权限可以有以下几种：public，protected，private 以及 default 等。

5.1.3　类的属性

类的属性又称为类的变量，或者称作成员变量。它是类的组成部分之一。

最简单的成员变量的声明方式如下：

```
type  成员变量名；
```

这里的 type 可以是 Java 中任意的数据结构,包括简单类型、类、接口和数组。在一个类中的成员变量应该是唯一的。

类的成员变量和在方法中所声明的局部变量是不同的,成员变量的作用域是整个类,而局部变量的作用域只是在方法内部。对于一个成员变量,还可以用以下的修饰符限定。

1. static

用来指示一个变量是静态变量(类变量),不需要实例化该类即可使用。所有该类的对象都使用同一个类变量。没有用 static 修饰的变量则是实例变量,必须实例化该类才可以使用实例变量。类的不同对象都各自拥有资深的实例变量的版本。类方法通常只能使用类变量,而不能使用实例变量。

2. final

用来声明一个常量,例如:

```
class FinalVar
{
    final int CONSTANT= 50;
    ……
}
```

此例中声明了常量 CONSTANT,并赋值为 50。对于用 final 限定的常量,在程序中不能改变它的值。通常常量名用大写字母表示。

3. transient

用来声明一个暂时性变量,例如:

```
class TransientVar
{
    transient TransientV;
    ……
}
```

在默认情况下,类中所有变量都是对象永久状态的一部分,当对象被存档时(串行化),这些变量必须同时被保存。而用 transient 限定的变量则指示 Java 虚拟机,该变量并不属于对象的永久状态,不需要序列化。它主要用于实现不同对象的存档功能。

4. volatile

用来声明一个共享变量,例如:

```
class VolatileVar
{
    volatile int volatileV;
    ……
}
```

由多个并发线程共享的变量可以用 volatile 来修饰,使得各个线程对该变量的访问能保持一致。

5.1.4 构造方法

在 Java 语言中,当一个对象被创建时,它的成员可以由一个构造方法(即函数)进行初始化。被自动调用的专门的初始化方法称为构造方法,它是一种特殊的方法,为了与其他的方法区别,构造方法的名字必须与类的名字相同,而且不返回任何数据类型。一般将构造方法声明为公共的 public 型,如果声明为 private 型,那么就不能创建对象的实例了,因为构造方法是在对象的外部被默认地调用。构造方法对对象的创建是必需的。实际上,Java 语言为每个类提供了一个默认的构造方法,也就是说,每个类都有构造方法,用来初始化该类的一个新对象。如果不定义构造方法,Java 语言将调用系统为它提供的默认构造方法对一个新的对象进行初始化。在构造方法的实现中,也可以进行方法重载。

1. 构造方法的定义与作用

看一下下面的程序。

程序清单:TestPerson

```java
class Person
{
    public Person()
    {
        System.out.println("The constructor 1 is calling!");
    }
    private int age= 10;
    public void shout()
    {
        System.out.println("Age is"+ age);
    }
}
class TestPerson
{
    public static void main(String[] args)
    {
        Person p1= new Person();
        p1.shout();
        Person p2= new Person();
        p2.shout();
        Person p3= new Person();
        p3.shout();
    }
}
```

执行该程序的输出结果如图 5-1 所示。

图 5-1　输出结果

通过运行的结果会发现,在 TestPerson. main 方法中并没有调用刚才新加的 Person()方法,但是它却被自动调用了,而且每创建一个 Person 对象,这个方法都会被自动调用一次。这就是"构造方法"。关于这个 Person 方法,有几点不同于一般方法的特征:

① 它具有与类相同的名称。

② 它不含返回值。

③ 它不能在方法中用 return 语句返回一个值。

在一个类中,具有上述特征的方法就是"构造方法"。构造方法在程序设计中非常有用,它可以为类的成员变量进行初始化工作,当一个类的实例对象刚产生时,这个类的构造方法就会被自动调用,可以在这个方法中加入要完成初始化工作的代码。这就好像规定每个"人"一出生就必须先洗澡,就可以在"人"的构造方法中加入完成"洗澡"的程序代码,于是每个"人"一出生就会自动完成"洗澡",程序就不必再在每个人刚出生时一个一个地告诉他们要洗澡了。

虽然初始化在程序设计中是一项非常重要的工作,但是仍然有很多程序员在编程过程中时常会忽略对变量的初始化,使用构造方法就可以避免这种情况,并且可以实现一次完成对类的所有实例对象的初始化,这免除了调用程序对每个实例对象都要进行初始化的繁琐工作。

2. 构造方法的重载

先来看一段程序。

程序清单:TestPerson

```
class Person
{
    private String name= "unknown";
    private int age=-1;
    public Person()
    {
        System.out.println("constructor1 is calling");
    }
    public Person(String n)
    {
        name=n;
        System.out.println("constructor2 is calling");
        System.out.println("name is"+name);
    }
    public Person(String n,int a)
    {
        name=n;
        age=a;
        System.out.println("constructor3 is calling");
        System.out.println("name and age is "+name+";"+age);
    }
    public void shout()
    {
        System.out.println("Listn to me!");
    }
```

```
}
class TestPerson
{
    public static void main(String[] args)
    {
        Person p1=new Person();
        p1.shout();
        Person p2=new Person("Jack");
        p2.shout();
        Person p3=new Person("Tom",18);
        p3.shout();
    }
}
```

执行该程序的输出结果如图 5-2 所示。

图 5-2　输出结果

在 Person 类里又添加了两个构造方法,其中一个构造方法接受外部传入的姓名,再赋值给类的成员变量,另外一个构造方法接受外部传入的姓名和年龄,再赋值给类的成员变量。上面定义了多个 Person 构造方法,这就是构造方法的重载。和一般的方法重载一样,它们具有不同个数或不同类型的参数,编译器就可以根据这一点判断出在用 new 关键字产生对象时,该调用哪个构造方法了。

在 TestPerson.main 方法中,用 new 关键字产生 3 个 Person 实例对象,产生对象的格式是:

new 类名(参数列表)

Java 会根据在括号中传递的参数,自动选择相应的构造方法。

从程序的运行结果中可以看出,这 3 个对象调用了不同的构造方法,可见,因为括号中传递的参数个数或类型不同,调用的构造方法也不同。

重载构造方法可以完成不同初始化的操作,当创建一个 Person 实例对象的同时,直接给人的姓名和年龄赋值,可以使用下面的方式去产生这个 Person 实例对象。

Person p1= new Person("Tom" 18);

不必先用"Person p1＝new Person();"语句产生 Person 实例对象,再单独对这个 Person 实例对象的姓名和年龄赋值。

5.2 对　象

定义类的最终目的是使用它,像使用系统类一样,程序也可以继承用户自定义类或创建并使用自定义类的对象。把类实例化,可以生成多个对象,这些对象通过消息传递来进行交互(消息传递即激活指定的某个对象的方法以改变其状态或让它产生一定的行为),最终完成复杂的任务。

一个对象的生命期包括 3 个阶段:创建、使用和清除。

5.2.1　创建对象

对象的创建包括声明、实例化和初始化等 3 个方面的内容。

通常的格式如下:

```
typeObjectName= new type([paramlist]);
```

① type objectName 声明了一个类型为 type 的对象(objectNarrle 是一个引用,标识该 type 类型的对象),其中 type 是引用类型(包括类和接口),对象的声明并不为对象分配内存空间(但 obiectName 分配了一个引用的空间)。

② 运算符 new 为对象分配内存空间,实例化一个对象。new 操作符调用对象的构造方法,返回对该对象的一个引用(即该对象所在的内存地址)。用 new 可以为一个类实例化多个不同的对象。这些对象分别占用不同的内存空间,因此,改变其中一个对象的状态不会影响其他对象的状态。

③ 生成对象的最后一步是执行构造方法,进行初始化。由于构造方法可以重写,所以通过给出不同个数或类型的参数会分别调用不同的构造方法。如果类中没有定义构造方法,系统会调用默认的空构造方法。

看下面的一段程序:

```
class Computer
{
    String Owner;//成员变量
    public static void main(String args[])
    {
    }
    void set_Owner(String owner)
    {
        //成员方法
        Owner= owner;
    }
    void show_Owner()
    {
        System.out.println("这台电脑是:"+ Owner+ "的");
    }
}
class DemoComputer
```

```
{
    public static void main(String args[])
    {
        System.out.println("使用类");
        ComputerMyComputer= newComputer();    //生成 Computer 类的对象 MyComputer
        Mycomputer.set_Owner("NAPT");
        Mycomputer.show_Owner();
    }
}
```

这里定义了 Computer 和 DemoComputer 两个类,其中 Computer 和 DemoComputer 是类的名称,用户可以任意命名,但要注意不能和保留字冲突。定义好之后,Computer 和 Demo-Computer 就可以看成一个数据类型来使用,这种数据类型的变量就是对象,例如下面的定义:

```
ComputerMyComputer= newComputer();
```

等价于:

```
ComputerMyComputer;
MyComputer= newComputer();
```

其中 MyComputer 是对象的名称,它是一个属于 Computer 类的对象,所以能够调用 Computer 类中的 set_Owner()和 show_Owner()方法。

虽然 new 运算符返回对一个对象的引用,但与 C/C++中的指针不同,对象的引用是指向一个中间的数据结构,它存储有关数据类型的信息以及当前对象所在的堆的地址,而对于对象所在的实际的内存地址是不可操作的,这就保证了安全性。

5.2.2 使用对象

对象的使用包括引用对象的成员变量和方法,通过"."运算符可以实现对变量的访问和方法的调用。

看下面的一段程序。

```
class Point
{
    int x,y;
    String name= "a point";
    Point()
    {
        x= 0;
        y= 0;
    }
    Point(int x,int y,String name)
    {
        this.x= x;
        this.y= 7;
        this.name= name;
```

```
        }
        int getX()
        {
            return x;
        }
        int getY()
        {
            return y;
        }
        void move(int newX,int newY)
        {
            x=newX;
            y=newY;
        }
        Point newPoint(String name)
        {
            Point newP=new Point(-x,-y,name);
            return newP;
        }
        boolean equal(int x,int y)
        {
            if(this.x==x&&this.y==y)
                return true;
            else
                return false;
        }
        void print()
        {
            System.out.println(name+ ":x= "+x+" y="+y);
        }
    }
    public class UsingObject
    {
        public static void main(String args[])
        {
            Point p= new Point();
            p.print();
            p.move(50,50);
            System.out.println("* * * * after moving* * * * ");
            System.out.println("Get x and y directly");
            System.out.println("x="+p.x+" y="+p.y);
            System.out.println("or Get x and y by calling method");
            System.out.println("x="+p.getX()+" y="+p.getY());
            if(p.equal(50,50))
                System.out.println("I like this point!");
```

```
        else
            System.out.println("I hate it!");
        p.newPoint("a new point").print();
        new Point(10,15,"another new point").print();
    }
}
```

程序运行结果如图 5-3 所示。

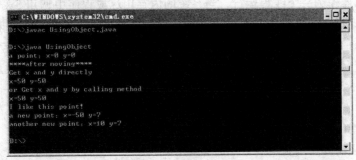

图 5-3 运行结果

（1）引用对象的变量

要访问对象的某个变量，其格式如下：

```
objectReference.variable
```

其中 objectReference 是对象的一个引用，它可以是一个已生成的对象，也可以是能够生成对象引用的表达式。

例如：用"Point＝new Point();"生成了类 Point 的对象 p 后，可以用 p. x 和 p. y 来访问该点的 x,y 坐标，如：

```
p.x= 10;
p.y= 20;
```

或者用 new 操作符生成对象的引用，然后直接访问，如：

```
tx= new point().x;
```

（2）调用对象的方法

要调用对象的某个方法，可以使用下面的格式：

```
objectReference.methodName([paramlist]);
```

例如要移动类 Point 的对象 p，可以用下面的语句：

```
p.move(30,20);
```

或者用 new 操作符生成对象的引用，然后直接调用它的方法，如下：

```
new point().move(30,20);
```

5.2.3 清除对象

对象的清除，即系统内无用单元的收集。在 Java 管理系统中，使用 new 运算符来为对象或变量分配存储空间。程序设计者不用刻意地在使用完对象或变量后,删除该对象或变量来收回它所占用的存储空间。Java 运行时系统会通过垃圾收集周期性地释放无用对象所使用的内存,完成对象的清除。当不存在对一个对象的引用(当前的代码段不属于对象的作用域或把对象的引用赋值为 null,如 p=null)时,该对象就成为一个无用对象。Java 运行时系统的垃圾收集器自动扫描对象的动态内存区,对被引用的对象加标记,然后把没有引用的对象作为垃圾收集起来并释放它,释放内存是系统自动处理的。该收集器使得系统的内存管理变得简单、安全。垃圾收集器作为一个线程运行。当系统的内存用尽或程序中调用 System. gc()要求进行垃圾收集时,垃圾收集线程将与系统同步运行。否则垃圾收集器在系统空闲时异步地执行。在 C 中,通过 free 来释放内存,C++中则通过 delete 来释放内存,这种内存管理方法需要跟踪内存的使用情况,不仅复杂而且还容易造成系统的崩溃,Java 采用自动垃圾收集进行内存管理,使程序员不需要跟踪每个对象,避免了上述问题的产生,这是 Java 的一大优点。

当下述条件满足时,Java 内存管理系统将自动完成收集内存工作。

① 当堆栈中的存储器数量少于某个特定水平时;

② 当程序强制调用系统类的方法时;

③ 当系统空闲时。

当条件满足时,Java 运行环境将停止程序操作,恢复所有可能恢复的存储器。在一个对象作为垃圾(不被引用)被收集前,Java 运行时的系统会自动调用对象的 finalize()方法,使它清除所使用的资源。

5.3　修饰符

Java 中的修饰符可以分为访问修饰符和方法修饰符。

访问修饰符包括 3 个,即 public,private 和 protected。

(1) public

即公有的,可以被该类的和非该类的任何成员访问。

(2) private

即私有的,仅仅可以被该类的成员访问,任何非该类的成员一概不能访问(主要是隐藏数据来保证数据的安全性)。

(3) protected

即保护的,仅仅可以被子类和类本身以及同一个包里的类访问。

方法修饰符包括以下几个:

(1) static

当要定义一个类成员,对它的使用不依赖于该类的任何对象,要创建这样的对象成员,变量前面必须加上 static,类的所有实例共享一些静态变量。因为静态变量没有副本,所以可以直接用类名来调用静态对象,如"java. lang. Math. PI;"可以直接调用 PI 的值,另外还要注意的就是:静态方法只能调用其他静态方法和静态数据,不能使用关键字 this 和 super。

(2) final

就是常量,但并不是一开始就存在于内存中的,所以必须初始化实例来定义这些常量。当然常量也是不能修改的。通常把 static+final 组合起来定义一些固定的标准常量。

（3）abstract

父类中的某些方法不包含任何逻辑，而且需要子类去重写。如果方法为抽象，那么类也为抽象，抽象方法必须在子类中重写。

5.4 包

利用面向对象技术进行实际系统的开发时，通常需要定义许多类一起协同工作。为了更好地管理这些类，Java 引入了包的概念。包是类和接口定义的集合，就像文件夹或目录把各种文件组织在一起，使硬盘保存的内容更清晰、更有条理性一样。Java 中的包把各种类组织在一起，使得程序功能清楚、结构分明。更重要的是包可用于实现不同程序之间类的重用。

包是一种松散的类和接口的集合。一般不要求处于同一个包中的类或接口之间有明确的联系，如包含、集成等关系。但是，由于同一包中的类在默认情况下可以互相访问，所以为了方便编程和管理，通常把需要在一起协同工作的类和接口放在同一个包中。Java 平台将它的各种类汇集到功能包中。通常可以使用由系统提供的标准类库，也可以编写自己的类。

Java 语言包含的标准包如表 5-1 所列。

表 5-1 Java 语言中包含的标准包

包名称	描　述
java.applet	包含一些用于创建 Java 小应用程序的类
java.awt	包含一些编写与应用平台无关的图形用户界面（GUI）应用程序的类。它包含几个子包，包括 java.awt.peer 和 java.awt.image 等
java.io	包含一些用做输入/输出（I/O）处理的类。数据流就包含在这个包里
java.lang	包含一些基本的 Java 类，java.lang 是被隐式地引入的，所以用户不必引入它的类
java.net	包含用于建立网络连接的类，与 java.io 同时使用以完成与网络有关的读/写操作
java.util	包含一些其他的工具和数据结构，如编码、解码、向量和堆栈等

Java 编程语言提供 package 机制作为把相关类组成组的途径。迄今为止，所有的这些例子都属于默认或未命名包。

可以用 package 语句表明在源程序文件中类属于一个特殊的包。

```
// Class Employee of the Finance department for the
// ABC company
package abc.financedept;

public class Employee {
...
}
```

包声明（如果有）必须放在源程序文件的开始处。只能以空白和注解开始，不能用其他方式。只允许有一个包声明，并且它控制整个源程序文件。

包名称是分层的，由圆点分隔。通常情况下，包名称的元素被整个地小写。然而，类名称通常以一个大写字母开始，而且每个附加单词的首字母可以被大写以区分类名称中的单词。

5.4.1　package 语句

Java 中的包是一组类,要想使某个类成为包中的成员,则必须使用 package 语句进行声明。而且,它应该是整个.java 文件的第一条语句,指明该文件中定义的类所在的包。若省略该语句,则指定为无名包。package 语句的一般格式如下:

package 包名;

Java 编译器把包对应于文件系统的目录管理,例如名为 myPackage 的包中,所有类文件都存储在目录 myPackage 下。同时,package 语句中,用来指明目录的层次结构,例如下面的语句:

package java.awt.image;

指定这个包中的文件存储在目录 path/java/awt/image 下。

包层次的根目录 path 是由环境变量 CLASSPATH 来确定的。

看下面的一段程序,该程序实现了用拖动鼠标的方式来移动程序中定义的图形对象。编写这一系列的图形的对象的类包括 circles,rectangles,lines,points 以及接口 Draggable,将这些类置于同一个包 packageGraphic 中。

程序如下:

```
package packageGraphics;                         //在 Graphic.java 文件的第一行
public abstract class Graphics
{
    ……
}
public class Circle extends Grahic implements Draggable
{
    ……
}
public class Rectangle extends Graphic implements Draggable
{
    ……
}
public interface Draggable
{
    ……
}
```

该程序的第一行就创建了名为 packageGraphic 的包。这个包中的类在默认情况下可以互相访问。对于这样一个 Java 文件,编译器可以创建一个与包名相一致的目录结构,即 javac 在 classes 目录下创建目录 packageGraphic。

此外,如果使用点运算符“.”,还可以实现包之间的嵌套,例如,如果有如下的 package 语句:

package myclasses.packageGraphic;

则 javac 将在 classes 目录下首先创建目录 myclasses,然后再在 myclasses 目录下创建 pack-ageGraphic 目录,并且把编译后产生的相应的类文件放在这个目录中。

5.4.2　import 语句

当需要使用包时,使用 import 语句来告诉编译器到哪儿去寻找类。事实上,包名称在包中(比如,abc. financedept)形成类的名称的一部分。可以引用 Employee 类作为 abc. fi-nancedept. Employee,或可以使用 import 语句及仅用类名称 Employee。

```
import abc.financeDept.* ;
public class Manager extends Employee
{
String department;
Employee [] subordinates;
}
```

注意:import 语句必须先于所有类声明。

当使用一个包声明时,不必引入同样的包或该包的任何元素。记住,import 语句被用来将其他包中的类带到当前名空间。当前包,不管是显式的还是隐含的,总是当前名空间的一部分。

5.4.3　目录布局及 CLASSPATH 环境变量

包被储存在包含包名称分支的目录树中。例如,来自前面页中的 Employee. class 文件必须存在于下述目录中:

```
path\abc\financeDept
```

查寻类文件的包的目录树的根目录是在 CLASSPATH 中。

编译器的-d 选项规定了包层次的根,类文件被放在它里面(前面所示的 path)。

Java 技术编译器创建包目录,并在使用-d 选项时将编译的类文件移到它当中。例如:

```
c:\jdk1.2\source\> javac - d . Employee.java
```

在当前目录中将创建目录结构 abc\financedept 。

CLASSPATH 变量以前没有使用过,因为如果它没被设定,那么,工具的默认行为将自动地包括类分布的标准位置和当前工作目录。如果想访问位于其他地方的包,那么必须设定CLASSPATH 变量来显式地覆盖默认行为。例如:

```
c:\jdk1.2\source\> javac - d c:\mypackages Employee.java
```

为了让编译器在编译前页中的 Manager. java 文件时给 abc. financedept. Employee 类定位,CLASSPATH 环境变量必须包括下述包路径(注意路径并不一定是 C 盘):

```
CLASSPATH= c:\mypackages;
```

5.5 继承与多态

5.5.1 继 承

面向对象的重要特色之一就是能够使用以前建造的类的方法和属性。通过简单的程序代码来建造功能强大的类,会节省很多编程时间,而且更为重要的是,这样做可以减少代码出错的机会。类的继承讲的就是这方面的问题。

下面还是通过一个实际应用问题来引出类的集成这个问题的讲解。先来看一段程序。

```
public class Person
{
    public String name;
    public int age;
    public String getInfo(){……}
}
public class Student
{
    public String name;
    public int age;
    public String school;
    publci String getInfo(){……}
    publci String study(){……}
}
```

在上面的程序中,先定义了一个 Person 类来处理个人信息,接着又定义了一个 Student 类来处理学生信息,结果发现 Student 类中包含了 Person 类的所有属性和方法。

针对这种情况,Java 引入了继承这个概念,只要表明类 Student 继承了类 Person 的所有属性与方法,就不用在类 Student 中重复书写类 Person 中的代码了,更确切地说是简化了类的定义。通过 extends 关键字来表明 Student 具有类 Person 的所有属性和方法。

如果让 Student 类来继承 Person 类,则 Person 类里面的所有可继承的属性和方法就都可以在 Student 类里面使用了,也就是说 Student 这个类继承了 Person 类,拥有了 Person 类所有的特性。除此之外,还有一些自己的特性,例如:学生有学校名和学习的动作。因此,就说 Person 是 Student 的父类(也叫基类或超类),Student 是 Person 的子类。例如上面的两个类,就可以简写成下面的代码:

```
public class Person
{
    public String name;
    public int age;
    public String getInfo(){……}
}
public class Student extends Person
{
```

```
    public String school;
    publci String study(){……}
}
```

完整的程序如下：

程序清单：Student. java

```
class Person
{
    public String name;
    public int age;
    public Person(String name,int age)
    {
        this.name= name;
        this.age= age;
    }
    public Person()            //如果不写这个构造函数,看看对类 Student 有什么影响
    {
    }
    public void getInfo()
    {
        System.out.println(name);
        System.out.println(age);
    }
}
class Student extends Person
{
    public void study()
    {
        System.out.println("Studding");
    }
    public static void main(String[] agrs)
    {
        Person p= new Person();
        p.name= "person";
        p.age= 30;
        p.getInfo();
        Student s= new Student();
        s.name= "student";
        s.age= 16;
        s.getInfo();
        s.study();
    }
}
```

执行该程序的输出结果如图 5 - 4 所示。

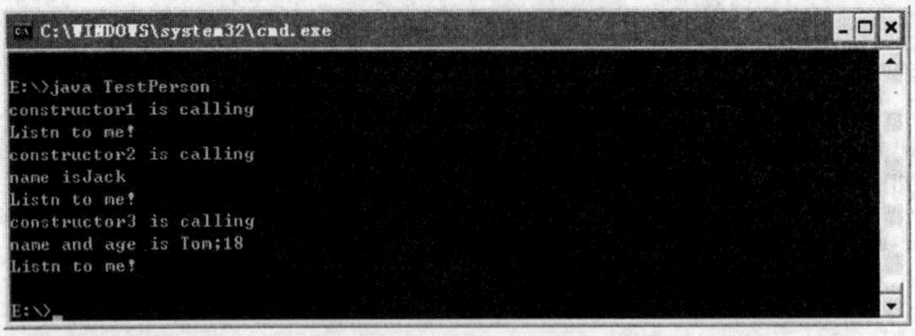

图 5 - 4   输出结果

要在以前的类上构造新类,必须在新类的声明中扩展以前的类。通过扩展一个超类,可以得到这个类的一个备份,并可以在这个基础上添加新的属性和方法。新类中会含有超类所声明或继承的所有属性和方法。在类的继承中,有这样一些细节问题:

① 通过继承可以简化类的定义,这已经在上面的例子中了解到了。

② Java 只支持单继承,不允许多重继承。在 Java 中,一个子类只能有一个父类,不允许一个类直接继承多个类,但一个类可以被多个类继承,如类 X 不可能既继承类 Y 又继承类 Z。

③ 可以有多层继承,即一个类可以继承某一个类的子类,如类 B 继承了类 A,类 C 又可以继承类 B,那么类 C 也间接继承了类 A。这种应用如下所示:

```
class A
{}
class B extends A
{}
class C extends B
{}
```

④ 子类继承父类所有的成员变量和成员方法,但不继承父类的构造方法。在子类的构造方法中可以使用语句 super(参数列表)调用父类的构造方法。如为 Student 类增加一个构造方法,在这个构造方法中用 super 明确指定调用父类的某个构造方法。

```
class Student extends Person
{
        public Student(String name,int age,String school)
    {
            super(name,age);
            this.school= school;
    }
}
```

⑤ 如果子类的构造方法中没有显式地调用父类构造方法,也没有使用 this 关键字调用重载的其他构造方法,则在产生子类的实例对象时,系统默认调用父类无参数的构造方法。也就是说,在下面的类 B 中定义的构造方法中,写不写 super()语句效果是一样的。

```
public class B extends A
{
    public B()
    {
```

```
        super();                                    //有没有这句,效果都一样
    }
}
```

如果子类构造方法中没有显式地调用父类构造方法,而父类中又没有无参数的构造方法,则编译出错。

5.5.2　多　态

1. 多态性的概念

多态性是由封装性和继承性引出的面向对象程序设计语言的另一特征。在面向过程的程序设计中,各个函数是不能重名的,否则在用名字调用时,就会产生歧义和错误。而在面向对象的程序设计中,有时却需要利用这样的"重名"来提高程序的抽象度和简洁性。

多态性是指同名的不同方法在程序中共存,即为同一个方法定义几个版本,运行时根据不同情况执行不同的版本。调用者只需使用同一个方法名,系统会根据不同情况,调用相应的方法,从而实现不同的功能。多态性又被称为"一个名字,多个方法"。

在 Java 中,多态性的实现有两种方式:

(1) 覆盖实现多态性

通过子类对继承父类方法的重定义来实现。使用时需要注意:在子类中重定义父类方法时,要求与父类中的方法与定义(参数个数、类型、顺序)完全相同。

在覆盖实现多态性的方式中,如何区别这些同名的不同方法呢? 由于这些方法是存在于一个类层次结构的不同子类中的,在调用方法时只需要指明调用哪个类(或对象)的方法,就可以很容易把它们区分开来。

(2) 重载实现多态性

通过定义类中的多个同名的不同方法来实现。编译时是根据参数(个数、类型、顺序)的不同来区分不同的方法。

由于重载发生在同一个类中,不能再用类名来区分不同的方法了,所以在重载中采用的区分方法是使用不同的形式参数表,包括形式参数的个数不同、类型不同或顺序的不同。

2. 覆盖实现多态性

子类对象可以作为父类对象使用,这是由于子类通过继承具备了父类的所有属性(私有的除外)。所以,在程序中凡是要求使用父类对象的地方,都可以用子类对象来代替。另外,子类还可以重写父类中已有的成员方法,实现父类中没有的功能。

(1) 重写方法的调用规则

对于重写的方法,Java 运行时系统将根据调用该方法的实例的类型来决定调用哪个方法。对于子类的一个实例,如果子类重写了父类的方法,则运行时系统会调用子类的方法;如果子类继承了父类的方法(未重),则运行时系统会调用父类的方法。因此,一个对象可以通过引用子类的实例来调用子类的方法。

例如下面的程序:

程序清单:Dispatch.java

```
class A
{
```

```
    void callme()
    {
        System.out.println("Inside A's callme() method");
    }
}
class B extends A
{
    void callme()
    {
        System.out.println("Inside B's callme() method");
    }
}
public class Dispatch
{
    public static void main(String args[])
    {
        A a= new B();
        a.callme();
    }
}
```

执行该程序后的输出结果如图 5-5 所示。

图 5-5　执行结果

在上面的程序中,声明了 A 类型的变量 a,然后用 new 操作符创建一个子类 B 的实例 b,并把对该实例的一个引用存储到 a 中,Java 运行时系统分析该引用是类型 B 的一个实例,因此调用子类 B 的 callme 方法。

用这种方法可以实现运行时的多态,它体现了面向对象程序设计中的代码复用的鲁棒性。已经编译好的类库可以调用新定义的子类的方法而不必重新编译,而且还提供了一个简明的抽象接口,如在上面的程序中,如果增加几个 A 类的子类的定义,则用 a.callme()可以分别调用多个子类的不同的 callme()方法,只需分别用 new 创建不同子类的实例即可。

（2）方法重写时应遵循的原则

方法重写有以下两个原则:

① 改写后的方法不能比被重写的方法有更严格的访问权限。

② 改写后的方法不能比被重写的方法产生更多的异常。

进行方法重写时必须遵守这两个原则,否则会产生编译错误。编译器加上这两个限定,是为了与 Java 语言的多态性特点保持一致。

3. 重载实现多态性

重载实现多态性是通过在类中定义多个同名的不同方法来实现的。编译时则根据参数

（个数、类型、顺序）的不同来区分不同的方法。通过重载可以定义多种同类的操作方法，调用时根据不同需要选择不同的操作。

例如下面的程序就是创建了一个重载的方法。

程序清单：MyRect.java

```java
import java.awt.Point;
class MyRect
{
    int x1=0,y1=0,x2=0,y2=0;
    MyRect buildRect(int x1,int y1,int x2,int y2)
    {
        this.x1=x1;
        this.y1=y1;
        this.x2=x2;
        this.y2=y2;
        return this;
    }
    MyRect buildRect(Point topLeft,Point bottomRight)
    {
        x1=topLeft.x;
        y1=topLeft.y;
        x2=bottomRight.x;
        y2=bottomRight.y;
        return this;
    }
    MyRect buildRect(Point topLeft,int w,int h)
    {
        x1=topLeft.x;
        y1=topLeft.y;
        x2=(x1+ w);
        y2=(y1+ h);
        return this;
    }
    void printRect()
    {
        System.out.println("MuRect:<"+x1+","+y1);
        System.out.println(","+x2+","+y2+ ">");
    }
    public static void main(String args[])
    {
        MyRect rect=new MyRect();
        rect.buildRect(25,25,50,50);
        rect.printRect();
        System.out.println("* * * * * * ");
        rect.buildRect(new Point(10,10),new Point(20,20));
```

```
        rect.printRect();
        System.out.println("* * * * * * ");
        rect.buildRect(new Point(10,10),50,50);
        rect.printRect();
        System.out.println("* * * * * * ");
    }
}
```

执行该程序的输出结果如图5-6所示。

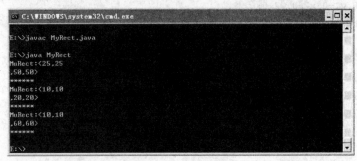

图5-6　输出结果

5.6　抽象类和接口

5.6.1　抽象类

有时在库开发中,要创建一个体现某些基本行为的类,并为该类声明方法,但不能在该类中实现该行为。取而代之,在子类中实现该方法。知道其行为的其他类可以在类中实现这些方法。

例如,考虑一个Drawing类。该类包含用于各种绘图设备的方法,但这些必须以独立平台的方法实现。它不可能去访问机器的录像硬件而且还必须是独立于平台的。其意图是绘图类定义哪种方法应该存在,但实际上,由特殊的从属于平台子类去实现这个行为。

正如Drawing类这样的类,它声明方法的存在而不是实现,以及带有对已知行为的方法的实现,这样的类通常被称做抽象类。通过用关键字abstract进行标记声明一个抽象类。被声明但没有实现的方法(即,这些没有程序体或{}),也必须标记为抽象。

```
public abstract class Drawing
{
    public abstract void srawDot(int x,int y);public void drawLine(int x1,int y1,int x2,
int y2)
    {
        //draw using the drawDot() method repeatedly.
    }
}
```

不能创建abstract类的实例。然而可以创建一个变量,其类型是一个抽象类,并让它指向具体子类的一个实例。不能有抽象构造函数或抽象静态方法。

abstract 类的子类为它们父类中的所有抽象方法提供实现,否则它们也是抽象类。

```
public class MachineDrawing extends Drawing
{
    public void drawDot(int mach x, intmach y)
    {
        // Draw the dot.
    }
}
```

5.6.2 接 口

接口是抽象类的变体。接口中的所有方法都是抽象的,没有一个有程序体。接口只可以定义 static final 成员变量。

接口的好处是,它给出了屈从于 Java 技术单继承规则的假象。当类定义只能扩展出单个类时,它能实现所需的多个接口。

当类实现特殊接口时,它定义(即,将程序体给予)所有这种接口的方法。然后,它可以在实现了该接口的类的任何对象上调用接口的方法。由于有抽象类,它允许使用接口名作为引用变量的类型。通常的动态联编将生效。引用可以转换到接口类型或从接口类型转换,instanceof 运算符可以用来决定某对象的类是否实现了接口。

接口是用关键字 interface 来定义的,如下所述:

```
public interface Transparency
{
    public static final int OPAQUE= 1;
    public static final int BITMASK= 2;
    public static final int TRANSLUCENT= 3;
    public int getTransparency();
}
```

类能实现许多接口。由类实现的接口出现在类声明的末尾以逗号分隔的列表中,如下所示:

```
public class MyApplet extends Applet implements
Runnable, MouseListener
{
    "..."
}
```

下例表示一个简单的接口和实现它的一个类:

```
interface SayHello
{
    void printMessage();
}
class SayHelloImpl implements SayHello
```

```
{
    void printMessage()
    {
        System.out.println("Hello");
    }
}
```

interface SayHello 强制规定,实现它的所有的类必须有一个称做 printMessage 的方法,该方法带有一个 void 返回类型且没有输入参数。

对于下述情况,接口是有用的:

声明方法,期望一个或更多的类来实现该方法。

揭示一个对象的编程接口,而不揭示类的实际程序体(当将类的一个包输送到其他开发程序中时它是非常有用的)。

捕获无关类之间的相似性,而不强迫类关系。

描述"似函数"对象,它可以作为参数被传递到在其他对象上调用的方法中。它们是"函数指针"(用在 C 和 C++中)用法的一个安全的替代用法。

1. 定义接口

接口是由常量和抽象方法组成的特殊类。定义一个接口跟创建一个类非常相似。接口的定义包括接口声明和接口体两部分,一般格式如下:

```
接口声明{
    接口体
}
```

(1) 接口声明

接口声明中可以包括对该接口的访问权限以及它的父接口列表。完整的接口声明如下:

```
[public]interface 接口名[extends 接口列表]{
    ……
}
```

其中 public 指明任意类均可以使用这个接口,默认情况下,只有与该接口定义在同一个包中的类才可以访问这个接口,extends 子句与类声明中的 extends 子句基本相同,所不同的是一个接口可以有多个父接口,父接口名之间用逗号隔开,而一个类只能有一个父类。子接口将继承父接口中的所有常量和方法。

(2) 接口体

接口体包含常量定义和方法定义两部分。

常量定义的格式如下:

```
type NAME= value;
```

其中 type 可以是任意类型,NAME 是常量名,通常用大写字母,value 是常量值。在接口中第一的常量可以被实现该接口的多个类共享,它与 C 语言中的 #define 以及 C++中的 const 定义的常量是相同的。在接口中定义的常量具有 public,final 和 static 的属性。

方法定义的格式如下:

```
return Type methodName([paramlist]);
```

接口中只进行方法的声明,而不提供方法的实现,所以,方法定义没有方法体,且用分号结尾。在接口中声明的方法具有 public 和 abstract 属性。另外,如果在子接口中定义了和父接口同名的常量或相同的方法,则父接口中的常量被隐藏、方法被重写。

下面的一段程序是定义接口的例子。

```
interface Collection
{
    int MAX_NUM= 120;
    void add(Object obj);
    void delete(Object Obj);
    Object find(Object obj);
    int currentCount();
}
```

该例定义了一个名为 Collection 的接口,其中声明了一个常量和 4 个方法。这个接口可以由队列、堆栈以及链表等类实现。

2. 面向接口的编程

如果一个抽象类中的所有方法都是抽象的,就可以将这个类用另外一种方式来定义,也就是接口定义。接口是抽象方法和常量值的定义的集合,从本质上讲,接口是一种特殊的抽象类,这种抽象类中只包含常量和方法的定义,而没有变量和方法的实现。

下面是一个接口定义的例子:

```
public interface Runner
{
    int ID= 1;
    void run();
}
```

在接口 Runner 的定义中,即使没有显示将其中的成员用 public 关键字标识,但这些成员都是 public 访问类型的。接口里的变量默认是用 public staticfinal 标识的,所以,接口中定义的变量就是全局静态变量。

可以定义一个新的接口,用 extends 关键字去继承一个已有的接口,也可以定义一个类,用 implements 关键字去实现一个接口中的所有方法,还可以去定义一个抽象类,用 implements 关键字去实现一个接口中定义的部分方法。

```
interface Animal extends Runner
{
    void breathe();
}
class Fish implements Animal
{
    public void run()
    {
        System.out.println("Fish is swimming!");
```

```
    }
    public void breathe()
    {
        System.out.println("Fish is bubbing!");
    }
}
abstract LandAnimal implements Animal
{
    public void breathe()
    {
        System.out.println("LandAnimal is breathing!";)
    }
}
```

在上面的几个类和接口的定义中，Animal 是一个接口，Animal 接口具有 Runner 接口的特点，是对 Eunner 接口的一种扩展。Fish 是一个类，具有 Animal 接口中定义的所有方法，必须事先定义 Animal 接口中的所有方法（包括从 Runner 接口继承到的方法）。LandAnimal 是一个抽象类，它实现了 Animal 接口中的 breathe 方法，但没有实现 Run 方法，Run 方法在 LandAnimal 中就成了一个抽象方法，所以 LandAnimal 应是一个抽象类。

在 Java 中，设计接口的目的是为了让类不必受限于单一继承的关系，而可以灵活地同时继承一些共有的特性，从而达到多重继承的目的，并且避免了 C++中多重继承的复杂关系所产生的问题。多重继承的危险性在于一个类有可能继承了同一个方法的不同实现，对接口来讲绝不会发生这种情况，因为接口没有任何实现。

一个类可以在继承一个父类的同时，实现一个或多个接口，extends 关键字必须位于 implements 关键字之前，如可以这样定义类 Student。

```
class Student extends Person implements Runner
{
    ……
    public void run()
    {
        System.out.println("The student is running!");
    }
    ……
}
```

下面是一个类实现多个接口的例子，在程序中再定义了一个 Flyer 接口。

```
interface Flyer
{
    void fly();
}
class Bird implements Runner,Flyer
{
    public void run()
    {
```

```
            System.out.println("The bird is running!");
        }
        public void fly()
        {
            System.out.println("The bird is flying!");
        }
}
```

下面是关于接口中定义的常量的举例：

```
class TestFish
{
    public static void main(String args[])
    {
        Fish f= new Fish();
        int j= 0;
        j= Runner.ID;                          //"类名.静态成员"的格式
        j= f.ID;                               //"对象名.静态成员"
        /* 这两行粗体都正确,一个用类的实例对象,一个用接口类* /
        f.ID = 2;                              //出错,不能为 final 变量重新赋值
    }
}
```

下面是对接口的实现及其特点的总结。

① 实现一个接口就是要实现该接口的所有方法（抽象类除外）。

② 接口中的方法都是抽象的。

③ 多个无关的类可以实现一个接口，一个类可以实现多个无关的接口。

5.7　其　他

5.7.1　final 关键字

Java 中的 final 关键字有如下特点：

① 在 Java 中声明类、属性和方法时，可以使用关键字 final 来修饰。

② final 标记的类不能被继承。

③ final 标记的方法不能被子类重写。

④ final 标记的变量（成员变量或局部变量）即成为常量，只能赋值一次，例如：

```
final int x= 3;
x= 4;                                          //出错
```

final 标记的成员变量必须在声明的同时或在该类的构造方法中显示赋值，然后才能使用。

```
class Test
{
```

```
    final int x= 3;
}
```

或者

```
class Test
{
    final int x;
    Test()
    {
        x= 3;
    }
}
```

⑤ 方法中定义的内置类只能访问该方法内的 final 类型的局部变量,用 final 定义的局部变量相当于一个常量,它的生命周期超出方法运行的生命周期。将一个形参定义成 final 也是可以的,这就限定了在方法中修改形式参数的值。

final 标记的变量(成员变量或局部变量)即成为常量,只能赋值一次,但这个"常量"也只能在这个类的内部使用,不能在类的外部直接使用。

当用 public static final 共同标记常量时,这个常量就成了全局的常量,而且这样定义的常量只能在定义时赋值,即使在构造方法里面也不能对其进行复制。例如:

```
class Xxx
{
    public static final int x= 3;
    ……
}
```

在 Java 中定义常量,总是用 public static final 的组合方式进行标识。Java 中的全局常量也放在一个类中定义,给使用带来了很大的方便。例如,在程序中想使用最大的浮点小数,知道有个 float 类封装了浮点小数的操作,就很容易想到在 float 类的文档帮助中去查找这个常量的具体英文拼写。

5.7.2　实例成员和类成员

Java 的类包括两种类型的成员,即实例成员和类成员。除非特别指定,定义在类中的成员一般都是实例成员。

在类中声明一个变量或方法时,还可以指定它为类成员。类成员使用 static 修饰符声明,格式如下:

```
static type class Var;
static return Type classMethod([paramlist])
{
    ……
}
```

上述语句分别声明了类变量和类方法。如果在声明中不用 static 修饰,则声明为实例变量和实例方法。

1. 实例变量

可以使用下面的形式声明实例变量：

```
class Myclass
{
    Float a;
    Int b;
}
```

在类 Myclass 中声明了实例变量 a 和 b。声明了实例变量之后，当每次创建类的一个新对象时，系统就会为该对象创建实例变量的副本，然后就可以通过对象访问这些实例变量。

2. 实例方法

实例方法是对当前对象的实例变量进行操作的，而且可以访问类变量。

下面的程序定义的类有一个实例变量 x 以及两个实例方法 x( )和 setX( )，该类的对象通过它们来设置和查询 x 的数值。

程序如下：

```
class AnIntergerNamedX
{
    int x;
    public int x()
    {
        return x;
    }
    public void setX(int newX)
    {
        x= newX;
    }
}
```

类的所有对象共享了一个实现方法的相同实现。AnIntergerNamedX 类的所有对象共享了方法 x( )和 setX( )的相同实现。

习 题

1. 看下面的一段程序，该程序是实现类 Class 的源代码：

```
class Class Extends Object
{
    private int x;
    private int y;
    public Class()
    {
        x=0;
        y=0;
```

```
    }
    public Class(int x,int y)
    {
        ……
    }
    public void show()
    {
        System.out.println("\n x="+x+" y="+y);
    }
    public void show(boolean flag)
    {
        if(flag)
            System.out.println("\n x="+x+" y="+y);
        else
            System.out.println("\n y="+y+" x="+x);
    }
    protected void finalize() throws throwable
    {
        super.finalize();
    }
}
```

在上面的程序中,类 Class 的成员变量是_____,构造方法是_____,对该类的一个实例对象进行释放时将调用的方法是_____(多选)。

A. private int x;　　　　　　B. private int y;

C. public Class()　　　　　　D. public Class(int x,int y)

E. public void show()　　　　F. public void show(Boolean flag)

G. protected void finalize() throws throwable

2. 定义一个表示学生的类 St,成员变量有姓名、学号、性别、年龄,方法有获得姓名、学号、性别、年龄;修改年龄。编写一个 Java 程序创建 St 类的对象及测试其方法的功能。

3. 什么是继承?继承的意义是什么?如何定义继承关系?

4. 什么是多态?Java 程序如何实现多态及其实现的方式?

第6章 字符和字符串

本章要点

- 创建字符串
- 求字符串的长度
- 连接字符串
- 字符串的大小写转换
- 求字符串的子集
- 比较字符串
- 检索字符串
- 字符串类型与其他类型之间的转换
- 字符串缓冲区类

学习要求

- 掌握字符串创建的方法
- 掌握求字符串的长度的方法
- 掌握连接字符串的方法
- 掌握字符串的大小写转换的方法
- 掌握比较字符串的方法
- 掌握检索字符串的方法
- 掌握字符串类型与其他类型之间的转换方法
- 掌握替换字符串的方法
- 掌握字符串缓冲区类的使用

6.1 创建字符串

字符(character)是组成 Java 程序的基本结构,每一个程序都由一系列的字符所组成,字符组成单词(word)用于对计算机下达命令。一个程序可以包含字符常数(character constant),包含在单引号之间,例如'z'表示小写英文字母 z,为字符常数,其值为97,十六进制值为0x61,以单码表示为\u0061。

字符常数是在两个单引号范围内所表示的字符,包括引文字母、数字、特殊字符及逸出顺序(escape sequence)。字符常数若要使用单引号、斜杠以及换行符,可以使用逸出顺序\', \\和\n。

字符变量可以使用 Character 类声明并给予初值,例如:

Character ch＝'a';

字符串常数是在双引号范围内的字符集合,包括英文字母、数字、特殊字符及逸出顺序。

Java 的字符串是内建的标准对象,以一对双引号内的字符集合即可轻易建立字符串对象。运算符"＋"和"＋＝"用来结合字符串对象并建立它的结合字符串对象。String 字符串类提供许多字符串对象的处理方法,不过字符串对象只能读取,因此 Java 也提供 StringBuffer 字符串缓冲区类,并提供附加(append)、插入(insert)等方法,可以改变 StringBuffer 对象的内容和长度,使其较具处理的弹性。

建立字符串有几种方式,也就是说有几种样子的构造器。没参数的构造器用于建立空字符串,由字符数组可以建立字符串,由字符串对象或字符串缓冲区对象均可创建字符串。但由字节数组所创建的字符串对象,是以平台预设的字符编码将字节转成单码字符。下面是\java \lang\String.java 程序套件 String 类中几种常用的字符串对象构造器。

public String()

public String(String value)

public String(char value[])

public String(char value[],int offset,int count)

public String(byte bytes[])

public String(byte bytes[],int offset,int length)

public String(StringBuffer buffer)

下面的程序说明建立字符串对象的各种方法。

```java
public class Constructor
{
    public static void main(String args[])
    {
        char ca[]= {'g','o','o','d','-','b','y'};
        byte ba[]= {(byte)'h',(byte)'a',(byte)'p',(byte)'p',(byte)'y'};
        String s= new String("Hello!");
        StringBuffer sd= new StringBuffer("教你设计 Java 程序");
        String s1= new String();
        String s2= new String(s);
        String s3= new String(ca);
        String s4= new String(ca,5,2);
        String s5= new String(ba);
        String s6= new String(ba,2,3);
        String s7= new String(sd);
        System.out.println("s1= "+ s1+ "\n  s2= "+ s2+ "\n  s3= "+ s3+ "\n  s4= "+ s4
 + "\n  s5= "+ s5+ "\n  s6= "+ s6+ "\n  s7= "+ s7);
    }
}
```

执行该程序的输出结果如图 6-1 所示。

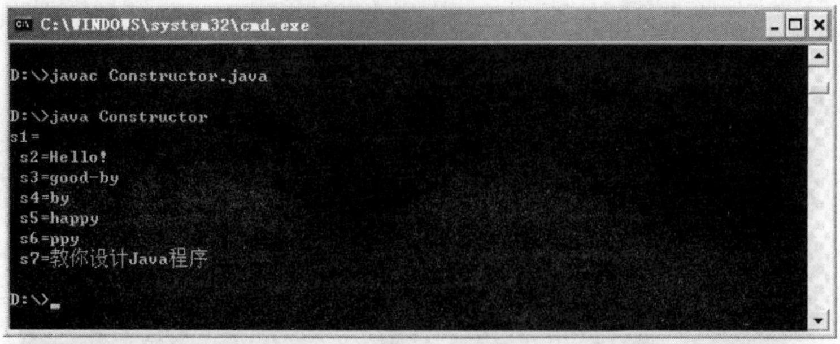

图 6-1 执行结果

6.2 字符串基本操作

Java 中的 String 类定义了许多成员方法用来操作 String 类型的字符串,下面介绍几种比较常见的操作。

6.2.1 求字符串的长度

String 类提供了 length()方法来获得字符串的长度,该方法的定义如下:

public int lenhth();

例如下面的程序:

String s="You are beautiful!";

String t="你很好!"

int len_s,len_t;

len_s=s. length();

len_t=t. length();

上面的例子可以得到字符串"You are beautiful!"的长度 len_s 为 18,字符串"你很好!"的长度 len_t 为 4。需要注意的是,空格也算一个字符。在 Java 语言中,任何一个符号,包括汉字,都只占一个字符。

6.2.2 连接字符串

1. 两个字符串使用"+"进行连接

例如:

```
public class Str
{
    public static void main(String args[])
    {
        String str1= "I"+" like"+" running";
        String str2;
        str2= str1+" but Jacky like swimming.";
        System.out.println(str1);
        System.out.println(str2);
```

```
    }
}
```

执行该程序以后的输出结果如图 6-2 所示。

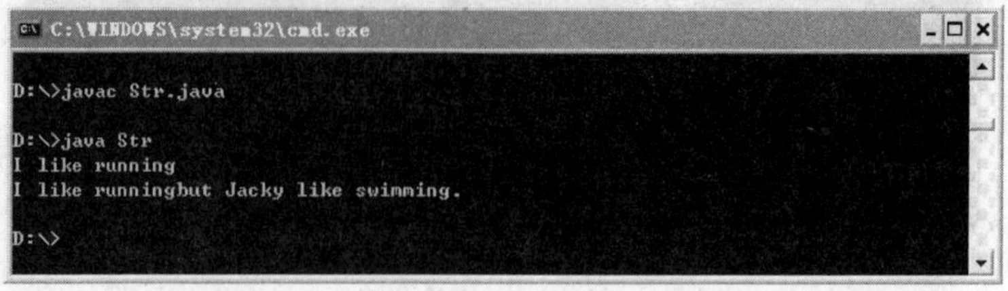

图 6-2 执行结果

2. 使用 contata( )方法进行连接

该方法定义如下：

```
String contat();
```

例如：

```
String str1= "I"+ " like"+ " running";
String str2= ;
String s= str1.contat( but Jacky like swimming!);
System.out.println(s);
```

执行该程序会输出下面的一个字符串：

I like running but Jacky like swimming!

6.2.3　字符串的大小写转换

1. 将字符串中所有的字符转换为小写

方法定义如下：

String toLowerCase();

2. 将字符串中所有的字符转换为大写

方法定义如下：

String toUpperCase();

例如下面的程序：

```
public class Str
{
    public static void main(String args[])
    {
        String date= "Today is Monday.";
        String date_lower,date_upper;
        date_lower= date.toLowerCase();
        date_upper= date.toUpperCase();
        System.out.println(date_lower);
        System.out.println(date_upper);
    }
}
```

执行该程序后的结果如图 6 - 3 所示。

图 6 - 3　执行结果

6.2.4　求字符串的子集

1. 获得给定字符串中的一个字符

方法如下：

```
char CharAt(int index);
```

CharAt()方法可以得到给定字符串中 index 位置的字符,字符串第一个字符的索引为 0,index 的范围从 0 到字符串长度减 1。

例如下面的程序：

```
String date= "Today is Monday.";
System.out.println(date.CharAt(0));
System.out.println(date.CharAt(3));
System.out.println(date.CharAt(s.length()-1));
```

该段代码的输出结果为：

```
Td
```

2. 获得给定字符串的字串

有如下两个方法：

```
String substring(int begin_index);
String substring(int begin_index,int end_index);
```

substring(int begin_index)方法得到的是从 begin_index 位置开始到字符串结束的一个字符串,共有字符串长度减去 begin_index 个字符,而方法 substring(int begin_index,int end_index)得到的是 begin_index 位置和 end_index - 1 位置之间连续的一个字符串,共有 end_index - begin_index 个字符。其中,begin_index 和 end_index 的取值范围都是从 0 到字符串长度减 1,且 end_index 大于 begin_index。

例如下面的代码段：

```
String date= "It is Sunday!";
String str1,str2;
str1= date.substring(6);
str2= date.substring(6,9);
```

该段代码的输出结果为：

```
str1= "Sunday";
str2= "Sun";
```

需要注意的是,str2 子字符串获得的是原字符串第 6 位到第 8 为的字符串,而不是第 6 位到第 9 位的字符串。

6.2.5 比较字符串

1. equals( )和 equalsIgnoreCase( )方法
方法定义如下:

```
boolean equals(String s);
boolean equalsIgnoreCase(String s);
```

equals()方法是把两个字符串进行比较,如果完全相同,则返回 true,否则返回 false;equalsIgnoreCase()方法是把两个字符串进行比较,比较时不区分两个字符串中的大小写,如果除了字符的大小写不同,其他完全相同,则返回 true,否则返回 false。

例如下面的代码段:

```
String date1= "SUNday",date2= "Sunday";
System.out.println(date1.equals(date2));
System.out.println(date1.equalsIgnoreCase(date2));
```

该段程序的输出结果如下:

```
false;
true;
```

看下面的一段程序:

```
public class Test
{
    public static void main(String args[])
    {
        String s1= new String("Monday");
        String s2= new String("Monday");
        String s3= "Monday";
        String s4= "Monday";
        System.out.println("s1== s2?"+ ((s1== s2)? true:false));
        System.out.println("s3== s4?"+ ((s3== s4)? true:false));
        System.out.println("s2== s3?"+ ((s2== s3)? true:false));
        System.out.println("s2 equals s3?"+ s2.equals(s3));
    }
}
```

执行该程序后的输出结果如图 6 - 4 所示。

图 6 - 4　执行结果

上面例子中定义了 4 个相同的字符串 s1,s2,s3 和 s4,利用＝＝符号进行判断时,得到 s1 和 s2 不相等,s2 和 s3 不相等,而 s3 和 s4 相等,这样的结果是因为 s3 和 s4 所指向的是同一个对象,而 s1,s2 和 s3 分别指向不同的对象,＝＝符号比较的是两个字符串对象,而 equals()方法比较的才是它们的内容,因此利用 equals()方法比较 s2 和 s3,可以得到它们是相等的。

2. compareTo( )和 compareToIgnoreCase( )方法

方法定义如下:

```
int compareTo(String s);
int compareToIgnoreCase(String s);
```

compareTo()方法是把两个字符串按照字典顺序进行比较,如果完全相同,则返回 0;如果调用 compareTo()方法的字符串大于字符串 s,则返回正数;如果小于,则返回负数。compareToIgnoreCase()方法与 compareTo()方法类似,只是在两个字符串进行比较时,不区分两个字符串的大小写。

3. startWith( )和 endsWith( )方法

方法定义如下:

```
boolean startWith(String s);
Boolean startWith(String s,int index);
```

startWith()方法是用来判断字符串的前缀是否是字符串 s,如果是,则返回 true,否则返回 false。其中,index 是指前缀开始的位置。

```
boolean endsWith(String s);
```

endsWith()方法是用来判断字符串的后缀是否是字符串 s,如果是,则返回 true,否则,返回 false。
例如下面的代码段:

```
String s= "abcd";
boolean b1,b2,b3;
b1= s.startsWith("abc");
b2= s.startWith(s,2);
b3= s.endsWith("abc");
```

该代码段的输出结果如下:

b1 的值为 true,b2 的值为 false,b3 的值为 false。

4. regionMatches( )方法

方法定义如下:

```
boolean regionMatches(int index,String s,int begin,int end);
boolean regionMatches(Boolean b,int index,String s,int begin,int end);
```

regionMatches 方法用来判断字符串 s 从 begin 位置到 end 位置结束的子串是否与当前字符串 index 位置之后 end－begin 个字符串相同,如果相同,返回 true,否则返回 false。
看下面的一段程序:

```
public class Hello
{
```

```
public static void main(String[] args)
{
    String source= "It is Monday!";
    String s= "Monday";
    int i= 0,len= s.length();
    while(i<= source.length()- len)
    {
        if(source.regionMatches(i,s,0,len))
            break;
        i++ ;
    }
    if(i<= source.length()- len)
        System.out.println("Monday 在原字符串中的索引为:"+ i);
    else
        System.out.println("Monday 不在原字符串中。");
}
}
```

执行该程序后的输出结果如图 6-5 所示。

图 6-5　执行结果

6.2.6　检索字符串

Java 中的 String 类提供了 indexOf() 和 lastIndexOf() 两种方法来查找一个字符串在另一个字符串中的位置。indexOf() 方法是从字符串的第一个字符开始检索,lastIndexOf() 方法是从字符串的最后一个字符开始检索。

int indexOf(String s);

从开始位置向后搜索字符串 s,如果找到,则返回 s 第一次出现的位置,否则返回-1。

int lastIndexOf(String s);

从最后位置向前搜索字符串 s,如果找到,则返回 s 第一次出现的位置,否则返回-1。

int indexOf(String s,int begin_index);

从 begin_index 位置向后搜索字符串 s,如果找到,则返回 s 第一次出现的位置,否则返回-1。

int lastIndexOf(String s,int begin_index);

从 begin_index 位置向前搜索字符串 s,如果找到,则返回 s 第一次出现的位置,否则返回-1。

例如下面的一段程序:

```java
public class Hello
{
    public static void main(String[] args)
    {
        String s= "He and He",s1="He";
        int a1,a2;
        a1= s.indexOf(s1);
        a2= s.lastIndexOf(s1);
        System.out.println("a1="+ a1);
        System.out.println("a2="+ a2);
    }
}
```

执行该程序后的输出结果如图 6-6 所示。

图 6-6 执行结果

例如,检测一个给定字符串中第一个单词出现的次数,程序如下:

```java
public class Test
{
    public static void main(String[] args)
    {
        String str= "say you say me say all of us.";
        int space_index= str.indexOf(" ");              //求出第一个空格的位置
        String first_word= str.substring(0,space_index); //求出第一个单词
        int totalnum= 0;
        int index= 0;
        while(index!= -1)
        {
            index= str.indexOf(first_word,index+ 1);
            totalnum++ ;
        }
        System.out.println("字符串中第一个单词"+ first_word+ "出现的次数为:"+ total-num);
    }
}
```

执行该程序后的输出结果如图 6-7 所示。

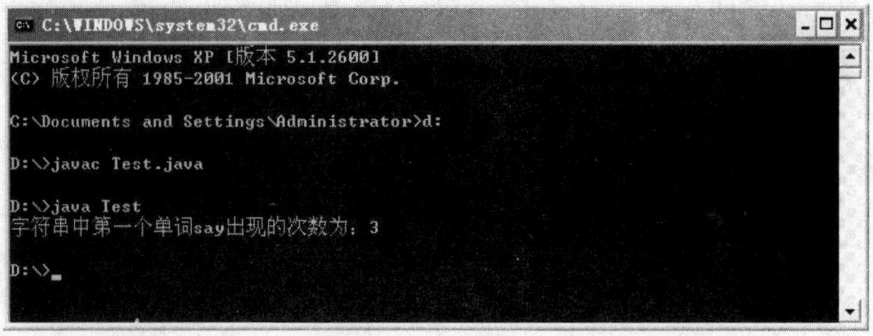

图 6-7　执行结果

6.2.7　字符串类型与其他类型之间的转换

1. 字符串类型与数值类型之间的转换

下面列出了由数值类型转换为字符串类型的方法：

String static valueOf(boolean t);

String static valueOf(int t);

String static valueOf(float t);

String static valueOf(double t);

String static valueOf(char t);

String static valueOf(byte t);

valueOf()方法可以把 boolean,int,float,double,char,byte 类型转换为 String 类型,并返回该字符串。调用格式为 String. valueOf(数值类型的值)。

例如下面的代码段：

```
String str1,str2;
str1= String.valueOf(13.2);
str2= String.valueOf('c');
```

下面列出的是由字符串类型转换为数值类型的方法：

(1) public int parseInt(String s)

parseInt()方法是把 String 类型转换为 int 类型,调用方式为:Integer. parseInt(String)。

(2) public float parseFloat(String s)

parseFloat()方法是把 String 类型转换为 float 类型,调用方式为:Float. parseFloat(String)。

(3) public double parseDouble(s)

parseDouble()方法是把 String 类型转换为 double 类型,调用方式为:Double. parseDouble(String)。

(4) public short parseShort(String s)

parseShort()方法是把 String 类型转换为 short 类型,调用方式为:Short. parseShort(String s)。

(5) public long parseLong(String s)

parseLong()方法是把 String 类型转换为 long 类型,调用方式为:Long. parseLong(String s)。

(6) public byte parseByte(String s)

parseByte()方法是把 String 类型转换为 byte 类型,调用方式为:Byte. parseByte(String s)。

例如下面的代码：

```
int a;
try{
    a= Integer.parseInt("Java");
}catch(Exception e){}
```

字符串类型转换为数值类型不一定能成功，所以在转换时需要捕捉异常。

2. 字符串类型与字符或字节数组之间的转换

用字符数字或字节数组来构造字符串的方法如下：

```
String(char[],int offset,int length);
String(byte[],int offset,int length);
```

String 类也实现了字符串向字符数组的转换，方法如下：

```
char[] toCharArray();
```

调用方式为：字符串对象.toCharArray()。该方法返回一个字符数组。

此外，String 类还提供了另外一种方法来实现字符串向字符数组的转换，方法如下：

```
public void getChars(int begin,int end,char c[],int index)
```

getChars()方法用来将字符串中从 begin 位置到 end - 1 位置上的字符复制到字符数组中，并从字符数组的 index 位置开始存放。值得注意的是，end - begin 的长度应该小于 char 类型数组所能容纳的大小。

例如下面的一段程序：

```
public class Test
{
    public static void main(String[] args)
    {
        char c[]= new char[20];
        "Today is Monday,and the sky is blue.".getChars(0,9,c,0);
        String s= new String(c,0,6);
        System.out.println(s);
    }
}
```

执行该程序的输出结果如图 6 - 8 所示。

图 6 - 8 执行结果

String 类实现字符串向字节数组的转换的方法如下：

```
byte[] getBytes();
```

调用方式为：字符串对象.getBytes()。该方法返回一个字节数组。

例如下面的程序：

```java
public class Test
{
    public static void main(String[] args)
    {
        byte b[]= "Today is Monday!".getBytes();
        String s= new String(b,5,7);
        System.out.println(s);
    }
}
```

执行该程序后的输出结果如图 6-9 所示。

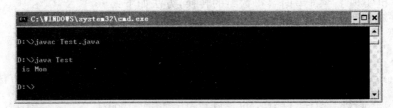

图 6-9　输出结果

6.2.8　替换字符串

1. 替换字符串中的字符

方法定义如下：

```java
String replace(char oldChar,char newChar);
```

用来将字符串中出现的某个字符全部替换为新字符。

例如下面的一段代码：

```java
String s= "bag";
s= s.replace('a','c');
```

替换之后可以得到：s＝"bcg"。

2. 替换字符串中的子串

方法定义如下：

```java
String replaceAll(String oldstring,String newstring);
```

用来把字符串中出现的子串 oldstring 全部替换为字符串 newstring。

例如下面的一段代码：

```java
String s= "say you say me.";
s= s.replaceAll("say","see");
```

执行该段代码以后可以得到下面的结果：

```java
s= "see you see me."
```

6.3 字符串缓冲区类

StringBuffer 类定义了许多成员方法用来对 StringBuffer 类型字符串进行操作,不过与 String 类型的字符串对其复制进行操作不同的是,StringBuffer 对字符串的操作是对原字符串本身进行的,操作后的结果会使原字符串发生改变。

6.3.1 字符串操作

1. 插入字符串

(1) 插入数值类型的数据

方法定义如下:

```
StringBuffer insert(int offset,数值类型 t);
```

该方法用来在字符串的 offset 位置插入一个数值数据,其参数类型包括 boolean,int,char,float,double,long 等。

(2) 插入 String 类型的数据

```
StringBuffer insert(int offset,String t);
```

该方法用来在字符串的 offset 位置插入一个字符串。

(3) 插入 Object 类型的数据

```
StringBuffer insert(int offset,Object);
```

该方法用来在字符串的 offset 位置插入一个 Object 类型的数据。

例如下面的一段程序:

```
public class Test
{
    public static void main(String[] args)
    {
        StringBuffer s= new StringBuffer("Today is ");
        s.insert(9," AM");
        s.insert(9,"Monday");
        System.out.println(s);
    }
}
```

执行该程序后的输出结果如图 6-10 所示。

图 6-10 执行结果

（4）插入字符数组类型的数据

方法定义如下：

```
StringBuffer insert(int offset,char[] t);
StringBuffer insert(int offset,char[] t,int begin,int end);
```

该方法用来在字符串的 offset 位置插入一个字符数组类型的数据，begin 和 end 是指所增加字符数组中字符的开始位置和结束位置。

2. 追加字符串

（1）追加数值类型的数据

方法定义如下：

```
StringBuffer append(数值类型 t);
```

该方法用来在字符串后面增加一个数值数据，其参数类型包括 boolean,int,char,float,double,long 等。

（2）追加字符数组类型的数据

方法定义如下：

```
StringBuffer append(char[]);
StringBuffer append(char[],int begin,int end);
```

该方法用来在字符串后面增加一个字符数组类型的数据，begin 和 end 是指所增加字符数组中字符的开始位置和结束位置。

（3）追加 String 类型的数据

方法定义如下：

```
StringBuffer append(String s);
```

该方法用来在字符串后面增加一个 String 类型的数据。

（4）追加 Object 类型的数据

方法定义如下：

```
StringBuffer append(Object);
```

该方法用来在字符串后面增加一个 Object 类型的数据。

例如下面的一段程序：

```
public class Test
{
    public static void main(String[] args)
    {
        StringBuffer s= new StringBuffer("Today is ");
        s.append("Monday");
        s.append(" AM 8:00.");
        System.out.println(s);
    }
}
```

执行该程序后的输出结果如图 6-11 所示。

图 6 - 11 执行结果

3. 删除字符串

（1）删除其中的一个字符

方法定义如下：

```
StringBuffer deleteCharAt(int index);
```

deleteCharAt 方法是删除字符串中 index 位置的一个字符。

（2）删除字符串的子串

方法定义如下：

```
StringBuffer delete(int begin_index,int end_index);
```

delete 方法删除从 begin_index 位置开始到 end_index - 1 位置的所有字符，删除的字符总数为 end_index - begin_index。

例如下面的一段程序：

```
public class Test
{
    public static void main(String[] args)
    {
        StringBuffer s= new StringBuffer("Today iss Monday AM 8:00.");
        s= s.deleteCharAt(8);
        s= s.delete(16,19);
        System.out.println(s);
    }
}
```

执行该程序后的输出结果如图 6 - 12 所示。

![cmd.exe 执行结果窗口，显示 D:\>javac Test.java，D:\>java Test，Today is Monday 8:00.，D:\>_]

图 6 - 12 执行结果

4. 替换字符串

（1）替换子串

方法定义如下：

```
StringBuffer replace(int begin_index,int end_index,String s);
```

replace 方法使用字符串 s 来替换 begin_index 位置和 end_index 位置之间的子串。

（2）替换单个字符

方法定义如下：

```
void setCharAt(int index,char ch);
```

setCHarAt 是用来把字符串 index 位置的字符替换为 ch。

例如下面的程序：

```
public class Test
{
    public static void main(String[] args)
    {
        StringBuffer s= new StringBuffer("Todey ith Monday AM 8:00.");
        s.setCharAt(3,'a');
        s.replace(6,9,"is");
        System.out.println(s);
    }
}
```

执行该程序后的输出结果如图 6-13 所示。

图 6-13 输出结果

5. 修改字符串

方法定义如下：

```
void setLength(int length);
```

该方法用来将字符串的长度改为 length，操作后的字符串的字符有 length 个。值得注意的是，如果 length 的长度小于原字符串的长度，则进行 setLength 操作后，字符串的长度变为 length，而且后面的字符将被删除；如果 length 的长度大于原字符串的长度，则进行 setLength 操作后，会在原字符串的后面添补字符'\u0000'来使字符串加长为 length。字符'\u0000'是字符串的有效字符。

例如下面的一段程序：

```
public class Test
{
    public static void main(String[] args)
    {
        StringBuffer s= new StringBuffer("Monday");
        s.setLength(7);
        System.out.println(s);
        s.setLength(4);
        System.out.println(s);
    }
}
```

执行该程序后的输出结果如图 6-14 所示。

图 6-14　输出结果

6. 反转字符串

方法的定义如下：

```
StringBuffer reverse();
```

reverse 方法是将字符串倒序，例如下面的程序：

```
import java.util.* ;
public class Hello
{
    public static void main(String[] args)
    {
        Scanner scan= new Scanner(System.in);
        System.out.println("Please Input Your Words:");
        String str= scan.nextLine();          //从键盘输入字符
        StringBuffer oldstr= new StringBuffer(str);
        StringBuffer newstr= oldstr.reverse();
        String temp= new String(newstr);
        if(str.equals(temp))
            System.out.println(str+ "是回文。");
        else
            System.out.println(str+ "不是回文。");
    }
}
```

执行该程序后会要求输入字符串，如果输入 abcdcba 之类的字符串，则会输出如图 6-15 所示的结果。

图 6-15　输出结果

如果输入 abcdasc 之类的字符串，则会输出如图 6-16 所示的结果。

图 6-16　输出结果

6.3.2 字符分析器

在 Java 的 java.util 包中提供了 StringTokenizer 类,该类可以通过分析一个字符串把字符串分解成可以被独立使用的单词,这些单词称为语言符号,例如,字符串 Today is Monday,如果把空格作为该字符串的分隔符,那么该字符串有 Today,is 和 Monday 等 3 个单词。而对于"Today;is;Monday"字符串,如果把分号作为该字符串的分隔符,则该字符串也有 3 个单词。

StringTokenizer 类的构造方法如下:

1. StringTokenizer(String s)

该方法为字符串 s 构造了一个字符分析器,使用默认的分隔符,默认的分隔符包括空格符、Tab 符、换行符以及回车符等。

2. StringTokenizer(String s,String delim)

该方法为字符串 s 构造了一个字符分析器,使用 delim 作为分隔符。

3. StringTokenizer(String s,String delim,boolean isTokenReturn)

该方法为字符串 s 构造了一个字符分析器,使用 delim 作为分隔符,如果 isTokenReturn 为 true,则分隔符也被作为符号返回;如果 isTokenReturn 为 false,则不返回分隔符。

例如下面的代码:

```
StringTokenizer s= new StringTokenizer("Today;is;Monday",";");
```

StringTokenizer 对象被称为字符分析器。字符分析器中有一些方法可以对字符串进行操作,常用的方法有如下几种:

```
public String nextToken()
```

逐个获取字符串中的单词并返回该字符串。

```
public String nextToken(String delim)
```

以 delim 作为分隔符逐个获取字符串中的单词并返回该字符串。

```
public int countTokens()
```

返回单词计数器的个数。

```
public boolean hasMoreTokens()
```

例如下面的程序,该程序实现了下面的功能:检测字符串中是否还有单词,如果还有单词,返回 true,否则返回 false。

```
import java.util.* ;
public class Hello
{
    public static void main(String[] args)
    {
        String s= "Monday;Friday;Sunday";
        StringTokenizer stk= new StringTokenizer(s,";");
        System.out. println ( " There are" + stk. countTokens ( ) + " Words in tatal.
They are:");
```

```
        while(stk.hasMoreTokens())
        {
            System.out.println(stk.nextToken());
        }
    }
}
```

执行该程序后的输出结果如图 6 - 17 所示。

图 6 - 17　输出结果

习　题

1. 给出下面一段程序的输出结果：

```
public class Test
{
    public static void main(String[] args)
    {
        String s1= "I like dog!";
        StringBuffer sa1= new StringBuffer("This is good!");
        String s2;
        StringBuffer sa2;
        s2= s1.replaceAll("dog","apple");
        sa2= sa1.delete(2,4);
        System.out.println("s1 is:"+ s1);
        System.out.println("s2 is:"+ s2);
        System.out.println("sa1 is:"+ sa1);
        System.out.println("sa2 is:"+ sa2);
    }
}
```

2. 编写一个程序，输入两个字符串，完成下面几个功能：

（1）求出两个字符串的长度；

（2）检验第一个字符串是否为第二个字符串的子串；

（3）将第一个字符串转换为 byte 类型并输出。

3. StringTokenizer 类的主要作用是什么？该类有哪几种重要的方法？它们的功能分别是什么？

4. 编写程序，求出 11,24,62,73,103,56 这几个数的最大值和平均数。

5. 有如下 4 个字符串 s1,s2,s3 和 s4：

```
String s1= "Hello World!";
String s2= new String("Hello World!");
s3= s1;
s4= s2;
```

求下列表达式的结果。

(1) s1==s3

(2) s3==s4

(3) s1==s2

(4) s1. equals(s2)

(5) s1. compareTo(s2)

6. 假设 s1 和 s2 为 String 类型的字符串,s3 和 s4 为 StringBuffer 类型的字符串,判断下列语句或表达式的正误。

(1) s1="Hello World!";

(2) s3="Hello World!"

(3) String s5=s1+s2;

(4) StringBuffer s6=s3+s4;

(5) String s5=s1-s2;

(6) s1<=s2

(7) char c=s1. charAt(s2. length());

(8) s4. setCharAt(s4. length(),'y');

7. 找出下面程序的错误之处。

程序如下:

```
import java.utl.* ;
public class Hello
{
    public static void main(String[] args)
    {
        String s="Monday;Friday\Saturday Sunday,Tuesday";
        StringTokenizer stk=new StringTokenizer(s,";\");
        while(stk.hasMoreTokens())
        {
            System.out.println(stk.nextToken());
        }
    }
```

第7章 多线程技术

本章要点

- 多线程介绍
- 创建多线程
- 线程的基本控制
- 线程的同步
- 线程间的通信
- 线程的优先级和调度
- 线程的守护
- 线程组

学习要求

- 理解多线程的概念
- 掌握创建多线程的两种方法
- 掌握线程的基本控制方法
- 掌握线程的同步类型
- 掌握饿死和死锁
- 掌握线程间的通信方法
- 掌握线程间的优先级和调度
- 掌握线程的守护
- 掌握线程组的概念和使用方式

7.1 多线程介绍

多线程是为了同步完成多项任务,不是为了提高运行效率,而是为了提高资源使用效率来提高系统的效率。线程是在同一时间需要完成多项任务的时候实现的。

使用线程的好处有以下几点:

① 使用线程可以把占据长时间的程序中的任务放到后台去处理。

② 用户界面可以更加吸引人。例如用户单击了一个按钮去触发某些事件的处理,可以弹出一个进度条来显示处理的进度。

③ 程序的运行速度可能加快。

④ 在一些等待的任务实现上,例如用户输入、文件读写和网络收发数据等,线程就比较有用了。在这种情况下可以释放一些珍贵的资源如内存占用等。

多线程是这样一种机制,它允许在程序中并发执行多个指令流,每个指令流都称为一个线程,彼此间互相独立。线程又称为轻量级进程,它和进程一样拥有独立的执行控制,由操作系统负责调度,区别在于线程没有独立的存储空间,而是和所属进程中的其他线程共享一个存储空间,这使得线程间的通信远较进程简单。

多个线程的执行是并发的,也就是在逻辑上"同时",而不管是否是物理上的"同时"。如果系统只有一个 CPU,那么真正的"同时"是不可能的,但是由于 CPU 的速度非常快,用户感觉不到其中的区别,因此我们也不需要关心它,只需要设想各个线程是同时执行即可。

多线程和传统的单线程在程序设计上最大的区别在于:由于各个线程的控制流彼此独立,使得各个线程之间的代码是乱序执行的,由此带来的线程调度,同步等问题,将在以后探讨。

7.2　创建多线程

一个进程可以包含一个或多个线程,一个线程就是一个程序内部的一条执行线索。在单线程中,程序代码按照调用顺序依次往下执行,在这种情况下,当主函数调用了子函数,主函数必须等待子函数返回才能继续往下执行,不能实现两端程序代码同时交替运行的效果。如果要在一个程序中实现多段代码同时交替运行,就需要产生多个线程,并指定每个线程上所要运行的程序代码段,这就是多线程。

当程序启动运行时,就自动产生了一个线程,主函数 main 就是在这个线程上运行的;当不再产生新的线程时,程序就是单线程的。

创建多线程的方法有两种,即继承 Thread 类和实现 Runnable 接口。

7.2.1　用 Thread 类创建线程

Java 的线程是通过 java. lang. Thread 类来控制的,一个 Thread 类的对象代表一个线程,而且只能代表一个线程,通过 Thread 类和它定义的对象,可以获得当前线程对象、获取某一线程的名称,可以实现控制线程暂停一段时间等功能。

Java 中的 Thread 类的几个构造方法如下:

```
public Thread();
public Thread(Runnable target);
public Thread(Runnable target,String name);
public Thread(String name);
public Thread(ThreadGroup group,Runnable target);
public Thread(ThreadGroup group,String name);
public Thread(ThreadGroup group,Runnable target,String name);
```

看下面的一个程序:

```
class TestThread extends Thread
{
    private String threadname;      //定义了成员变量
    public TestThread(String str)
```

```
    {
        threadname= str;
    }
    public void run()
    {
        for(int i= 0;i< 10;i++ )
        {
            System.out.println(threadname+ "is running!");
            try
            {
                sleep(8);                                    //线程睡眠 8 s
            }
            catch (InterruptedException e)
            {
            }
        }
        System.out.println(threadname+ "It's over!");        //线程结束
    }
}
public class Test
{
    public static void main(String args[])
    {
        TestThread First_thread= new TestThread("Thread 1");
        TestThread Second_thread= new TestThread("Thread 2");
        First_thread.start();                                //启动线程
        Second_thread.start();
    }
}
```

执行该程序后的输出结果如图 7-1 所示。

图 7-1　输出结果

在上面的程序中,通过 TestThread 类的构造方法定义了 First_thread 和 Second_thread 两个线程对象,两个对象通过 start()方法进行了启动,调用 TestThread 类的 run()方法,在 run()方法中实现了被调用的线程循环输出 10 次,并且为了使每个线程都有机会获得调度,所以定期让线程睡眠 8 s。由于两个线程是独立的,而 Java 线程在睡眠一段时间被唤醒后,系统调用哪个线程是随机的,所以得到了上面的执行结果。为了实现线程的休眠,程序调用了 sleep()方法。

7.2.2 使用 Runnable 接口创建多线程

在 JDK 文档中,还有一个 Thread(Runnable target)构造方法,从 JDK 文档中查看 Runnable 接口类的帮助,该接口中只有一个 run()方法,当使用 Thread(Runnable target)方法创建线程对象时,需要为该方法传递一个实现了 Runnable 接口的类对象,这样创建的线程将调用那个实现了 Runnable 接口的类对象中的 run()方法作为其运行的代码,而不再调用 Thread 类中的 run 方法。

下面的程序显示了如何通过 Runnable 接口创建一个线程。

```
class SimpleThread implements Runnable
{
    public SimpleThread(String str)
    {
        //定义了构造函数
        super(str);
    }
    public void run()
    {
        for(int i= 0;i< = 10;i++ )
        {
            System.out.println(getName()+"被调用!");
            try
            {
                Thread.sleep(10);                          //线程睡眠 10 s
            }
            catch (InterruptedException e)
            {
            }
        }
        System.out.println(getName()+"运行结束");           //线程执行结束
    }
}
public class Test
{
    public static void main(String args[])
    {
        Thread First_thread= new Thread(new SimpleThread("线程 1"));
        Thread Second_thread= new Thread(new SimpleThread("线程 2"));
        First_thread.start();                              //启动线程
```

```
        Second_thread.start();
    }
}
```

上面的程序所实现的功能与7.2.1小节中的程序相同,只是实现的方式有所不同。在7.2.1小节中通过定义成员变量来获得线程的名字,而在上面的程序中,则是利用子线程类继承 Thread 类中的 super()方法,然后利用 Java 中的 getName()方法来获得线程的名字,这是得到线程名的另一种方法。而在 main 方法中,通过 Thread 类的构造方法创建了 First_thread 和 Second_thread 两个线程对象,并把实现 Runnable 接口的 SimpleThread 对象封装其中,用来实现线程的创建。

7.3　线程的基本控制

7.3.1　终止一个线程

当一个线程结束运行并终止时,它就不能再运行了。

可以用一个指示 run()方法必须退出的标志来停止一个线程。

```
public class Xyz implements Runnable
{
        private boolean timeToQuit= false;
        public void run()
        {
            while(! timeToQuit)
            {
                ...
            }
        }
        public void stopRunning()
        {
            timeToQuit= true;
        }
}
public class ControlThread
{
        private Runnable r =  new Xyz();
        private Thread t =  new Thread(r);
        public void startThread()
        {
            t.start();
        }
        public void stopThread()
        {
            r.stopRunning();
        }
}
```

在一段特定的代码中,可以使用静态 Thread 方法 currentThread()来获取对当前线程的引用,例如:

```
public class Xyz implements Runnable
{
        public void run()
        {
                while (true)
                {
                        System.out.println("Thread"+ Thread.currentThread().getName()
                        + "completed");
                }
        }
}
```

7.3.2　测试一个线程

有时线程可处于一个未知的状态。isAlive()方法用来确定一个线程是否仍是活的。活着的线程并不意味着线程正在运行;对于一个已开始运行但还没有完成任务的线程,这个方法返回 true。

7.3.3　延迟线程

存在可以使线程暂停执行的机制。也可以恢复运行,就好像什么也没发生过一样,线程看上去就像在很慢地执行一条指令。

1. sleep()方法

sleep()方法是使线程停止一段时间的方法。在 sleep 时间间隔期满后,线程不一定立即恢复执行。这是因为在那个时刻,其他线程可能正在运行而且没有被调度为放弃执行,除非

① "醒来"的线程具有更高的优先级;

② 正在运行的线程因为其他原因而阻塞。

例如下面的一段程序:

```
public class Xyz implements Runnable
{
        public void run()
        {
                while (true)
                {
                        System.out.println("Thread"+ Thread.currentThread().getName()
                        + "completed");
                }
        }
}
```

2. join()方法

join()方法使当前线程停下来等待,直至另一个调用 join 方法的线程终止。例如:

```
public void doTask()
{
        TimerThread tt =  new TimerThread(100);
```

```
        tt.start ();
        …
        …
        try
        {
            tt.join ();
        }
        catch(InterruptedException e)
        {
        }
        …
        …
    }
```

可以带有一个以毫秒为单位的时间值来调用 join 方法, 例如:

```
void join (long timeout);
```

其中 join() 方法会挂起当前线程。挂起的时间或者为 timeout 毫秒, 或者挂起当前线程直至它所调用的线程终止。

7.4　线程的同步

Java 中使用关键字 synchronized 来实现线程的同步。当一个方法或对象用 synchronized 修饰时, 表明该方法或对象在任意一个时刻都只能由一个线程访问, 其他线程只要调用该同步方法或对象就会发生阻塞, 阻塞的线程只有当正在运行同步方法或对象的线程交出 CPU 控制权且引起阻塞的原因消除后, 才能被调用。

当一个方法或对象使用 synchronized 关键字声明时, 系统就为其设置一特殊的内部标记, 称为锁, 当一个线程调用该方法或对象的时候, 系统会检查锁是否已经给其他的线程了, 如果没有, 系统就会把该锁给它; 如果该锁已经被其他线程占用, 那么该线程就要等到锁被释放以后, 才能访问该方法。有时, 需要暂时释放锁, 使得其他线程可以调用同步方法, 这时可以利用 wait() 方法来实现。wait() 方法可以使持有锁的线程暂时释放锁, 直到有其他线程通过 notify 方法使它重新获得该锁为止。

Java 语言中的线程同步通常包括方法同步和对象同步两种。

7.4.1　方法同步

在 Java 中, 一个类中的任何方法都可以设计成为 synchronized 方法。

看下面的一段程序, 该程序中包含两个线程, 即 Company 和 Staff, Staff 中包含一个账户, Company 每个月会把工资存到 Staff 的账户上, 然后 Staff 就可以从账户上领取工资, Staff 每次需要等 Company 线程把钱存到账户上之后, 才可以从账户上将工资领走, 这就涉及了线程间的同步。

程序如下:

```
class Bank
{
    private int[] month= new int[8];
```

```
        private int num= 0;
        public synchronized void save(int mon)
        {
            num++;
            month[num]= mon;
            this.notify();
        }
        public synchronized int take()
        {
            while(num== 0)
            {
                try
                {
                    this.wait();
                }
                catch (InterruptedException e)
                {
                }
            }
            num-- ;
            return month[num++ ];
        }
    }
class Company implements Runnable
{
    Bank account;
    public Company(Bank s)
    {
        account= s;
    }
    public void run()
    {
        for(int i=1;i<=7;i++ )
        {
            account.save(i);
            System.out.println("The Company Saved:第"+i+"月的工资");
            try
            {
                Thread.sleep((int)(Math.random()* 10));
            }
            catch (InterruptedException e)
            {
            }
        }
    }
}
class Staff implements Runnable
{
    Bank account;
    public Staff(Bank s)
```

```
    {
        account= s;
    }
    public void run()
    {
        int temp;
        for(int i=1;i<7;i++ )
        {
            temp= account.take();
            System.out.println("职员取:第"+temp+"个月的工资");
            try
            {
                Thread.sleep((int)(Math.random()*10));
            }
            catch (InterruptedException e)
            {
            }
        }
    }
}
public class Test
{
    public static void main(String args[])
    {
        Bank staffaccount= new Bank();
        Company com= new Company(staffaccount);
        Staff sta= new Staff(staffaccount);
        Thread t1= new Thread(com);     //线程实例化
        Thread t2= new Thread(sta);
        t1.start();
        t2.start();
    }
}
```

执行该程序后的运行结果如图 7-2 所示。

图 7-2　执行结果

在上述程序中,Company 线程和 Staff 线程共享了 Bank 对象,当 Company 线程调用 save()方法时就获得了锁,锁定了 Bank 对象,这样,Staff 线程就不能访问 Bank 对象,也就不能使用 take()方法,当 save()方法运行结束后,Companny 线程就释放对 Bank 对象的锁。同样,对于 Staff 线程引用 take()方法也是类似的。程序中,使用了 wait()方法来保证当账户里没有工资的时候,职员不能取钱,此时,一旦 Staff 线程调用 take()方法就要进行等待,直到 Company 线程调用了 save()方法,然后唤醒它。

7.4.2　对象同步

Synchronized 除了像上面讲的放在方法前面表示整个方法为同步方法以外,还可以放在对象前面限制一段代码的执行,实现对象同步。

例如下面的程序是对 7.4.1 小节中程序相应部分的修改。

```
public synchronized void save(int mon)
{
    synchronized(this)
    {
        num++ ;
        month[num]= mon;
        this.notify();
    }

}
public synchronized int take()
{
    synchronized(this)
    {
        while(num==0)
        {
            try
            {
                this.wait();
            }
            catch (InterruptedException e)
            {
            }
        }
        num-- ;
        return month[num++];
    }
}
```

上面利用对象同步实现的效果与利用方法同步实现的效果是等价的。

如果一个对象拥有多个资源,synchronized(this)方法为了只让一个线程使用其中一部分资源,而将所有线程都锁在外面。由于每个对象都有锁,所以可以使用如下所示的 Object 对象来上锁。

```
class Bank
{
    Object O1= new Object();
    Object O2= new Object();
    pblic synchronized void save(int mon)
    {
        synchronized(O1)
        {
            ......
        }
    }
    public synchronized int take()
    {
        synchronized(O2)
        {
            ......
        }
    }
}
```

7.4.3　饿死和死锁

当一个程序中存在多个线程共享一部分资源的情况时,必须保证公平性,即是说,每个线程都应该有机会获得资源并被 CPU 调度,否则就可能发生饿死和死锁,必须避免这种情况的发生。如果一个线程执行时间很长,一直占用着 CPU 资源,这样就会使得其他线程不能运行,就可能导致"饿死"。而如果两个或多个线程都在互相等待对象持有的锁(唤醒),那么这些线程都将进入阻塞状态,永远地等待下去,无法执行,从而导致程序出现死锁。Java 中没有解决线程的饿死和死锁的问题的方法,所以在编写程序时,应该保证程序不会发生这两种情况。

下面来看一个死锁程序的例子。

程序代码如下:

```
public class DeadLock implements Runnable
{
    public boolean test= true;
    static Object R1= "资源 1";
    static Object R2= "资源 2";
    public void run()
    {
        if(test== true)
        {
            System.out.println("资源 1 被锁住");
            synchronized(R1)
            {
                try
                {
                    Thread.sleep(100);
                }
                catch (Exception e)
```

```
                {
                }
                synchronized(R2)
                {
                    System.out.println("running 2");
                }
            }
        }
        if(test== false)
        {
            synchronized(R2)
            {
                System.out.println("资源 2 被锁住");
                try
                {
                    Thread.sleep(100);
                }
                catch (Exception e)
                {
                }
                synchronized(R1)
                {
                    System.out.println("running 1");
                }
            }

        }
    }
    public static void main(String args[])
    {
        DeadLock D1= new DeadLock();
        DeadLock D2= new DeadLock();
        D1.test= true;
        D2.test= false;
        Thread T1= new Thread(D1);
        Thread T2= new Thread(D2);
        T1.start();
        T2.start();
    }
}
```

执行该程序后的输出结果如图 7-3 所示。

图 7-3 执行结果

从上面的程序中可以看出,线程 T1 先占用了资源 1,继续运行时需要资源 2,而此时资源 2 却被线程 T2 占用了,因此只能等待 T2 释放资源 2 才能运行。同时,资源 2 也在等待 T1 释放资源 1 才能运行,即是说,资源 1 和资源 2 在互相等待对方的资源,因此都无法继续运行,这样就发生了死锁。

7.5　线程间的通信

7.5.1　引出问题

下面通过这样的一个应用来讲解线程间的通信。有一个数据存储空间,划分为两个部分,其中一个部分用来存储人的姓名,另外一个部分用来存储人的性别。这个应用包含两个线程,一个线程向数据存储空间添加数据,称为生产者;另外一个线程从数据存储空间中取出数据,称为消费者。

关于这个程序,需要考虑两种意外:

① 假设生产者线程刚向数据存储空间中添加了一个人的姓名,还没有加入这个人的性别,CPU 就会切换到消费者线程,消费者线程将把这个人的姓名和上一个人的性别联系到一起。

图 7-4 显示了上述的过程。

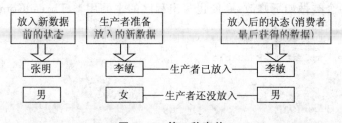

图 7-4　第一种意外

② 生产者放了若干次数据,消费者才开始取数据,或者消费者取完一个数据后,还没等到生产者放入新的数据,就又重复取出已经取过的数据。

7.5.2　解决问题

首先来思考一下这个程序,程序中的生产者线程和消费者线程运行的是不同的程序代码,因此需要编写两个包含 run 方法的类来完成这两个线程,一个是生产者类 Producer,另外一个就是消费者类 Consumer。

程序如下:

```
class Producer implements Runnable
{
    public void run()
    {
        while(true)
        {
            //编写向数据存储空间中存放数据的代码
```

```
        }
    }
}
class Consumer implements Runnable
{
    public void run()
    {
        while(true)
        {
            //编写从数据存储空间中读取数据的代码
        }
    }
}
```

当程序写到这里时,发现还需要定义一个新的数据结构来作为数据存储空间。

```
class Q
{
    String name;
    String sex;
}
```

Producer 和 Consumer 中的 run 函数都需要操作类 Q 的同一个对象实例,接下来,对 Producer 和 Consumer 这两个类做如下修改,顺便也写出程序的主调用类 ThreadCommunation。

程序如下:

```
class Producer implements Runnable
{
    Q q= null;
    public Producer(Q q)
    {
        this.q= q;
    }
    public void run()
    {
        int i= 0;
        while(true)
        {
            if(i==0)
            {
                q.name= "Totor";
                q.sex= "男";
            }
            else
            {
                q.name= "Lily";
                q.sex= "女";
            }
            i= (i+ 1)%2;
```

```
        }
    }
}
class Q
{
    String name= "Lily";
    String sex= "女";
}
class Consumer implements Runnable
{
    Q q= null;
    public Consumer(Q q)
    {
        this.q= q;
    }
    public void run()
    {
        while(true)
        {
            System.out.println(q.name+ "----- > "+ q.sex);
        }
    }
}
public class ThreadCommunation
{
    Q q= new Q();
    new Thread(new Producer(q)).start();
    new Thread(new Consumer(q)).start();
}
```

在上面的代码中，Producer 和 Consumer 都定义了一个类 Q 的成员变量，并通过各自的构造函数对其赋值。在主调用类中，定义了一个对象，并将其同时传给创建的 Producer 对象和 Consumer 对象，这样，Producer 和 Consumer 访问的就是同一个 Q 对象了。为了便于观察程序运行的效果，在 Producer 的 run 方法中，每次循环中交替地存放两个人员数据内容："Totor，男"和"Lily，女"，为了能直接看到 CPU 在 Producer 线程只放了一部分数据就切换到 Consumer 线程的特殊情况，在上面程序中的

```
q.name= "Totor";
q.sex= "男";
```

两条语句之间加入暂停一段时间的程序代码，修改后的代码如下：

```
q.name= "Totor";
try
{
    Thread.sleep(10);
}
catch(Exception e)
{
```

```
        System.out.println(e.getMessage());
    }
    q.sex= "男";
```

编译并运行程序会得到下面的结果。

Totor − − − − − →女

Totor − − − − − →女

Totor − − − − − →女

Totor − − − − − →女

Totor − − − − − →女

Totor − − − − − →女

Totor − − − − − →女

Totor − − − − − →女

……

Consumer 线程在屏幕上输出了"Totor − − − − −＞女"这样的结果，显然又碰到了线程的安全问题。需要将 Producer 和 Consumer 中的 run 方法中的有关代码块使用同一个对象的监视器进行同步，参考代码如下：

```
class Producer implements Runnable
{
    Q q= null;
    public Producer(Q q)
    {
        this.q= q;
    }
    public void run()
    {
        int i= 0;
        while(true)
        {
            synchronized(q)
            {
                if(i== 0)
                {
                    q.name= "Totor";
                    try
                    {
                        Thread.sleep(10);
                    }
                    catch (Exception e)
                    {
                        System.out.println(e.getMessage());
                    }
                    q.sex= "男";
                }
                else
```

```
                    {
                        q.name= "Lily";
                        q.sex= "女";
                    }
                }
                i= (i+ 1)%2;
            }
        }
    }
class Q
{
    String name= "Lily";
    String sex= "女";
}
class Consumer implements Runnable
{
    Q q= null;
    public Consumer(Q q)
    {
        this.q= q;
    }
    public void run()
    {
        while(true)
        {
            synchronized(q)
            {
                System.out.println(q.name+ "---- > "+ q.sex);
            }
        }
    }
}
```

编译并运行上面的程序后会出现下面的结果。

Totor － － － － －→男

Totor － － － － －→男

Totor － － － － －→男

Totor － － － － －→男

Lily － － － － －→女

Lily － － － － －→女

Lily － － － － －→女

Lily － － － － －→女

Lily － － － － －→女

……

程序输出的结果中再没有"Totor － － － － －>女"这样的结果，说明已经解决了男女同步的问题，上面的程序虽然解决了线程同步的问题，但是这样的程序结构比较混乱，显得条理性不清,有点令人感到一种说不出来的别扭。为什么不在类 Q 中增加两个方法呢？一个对成员变量赋值,另一个取值,Producer 和 Consumer 分别调用这两个方法就行了。如果要同步的两段代码或是两个函数放在同一个类中编写,是不是容易和清晰许多？可以将上面的程序修改成下面的形式。

```java
class Q
{
    private String name= "Lily";
    private String sex= "女";
    public synchronized void put(String name,String sex)
    {
        this.name= name;
        try
        {
            Thread.sleep(10);
        }
        catch (Exception e)
        {
            System.out.println(e.getMessage());
        }
        this.sex= sex;
    }
    public synchronized void get()
    {
        System.out.println(name+ "---- > "+ sex);
    }
}
class Producer implements Runnable
{
    Q q= null;
    public Producer(Q q)
    {
        this.q= q;
    }
    public void run()
    {
        int i= 0;
        while(true)
        {
            if(i== 0)
                q.put("Totor","男");
            else
                q.put("Lily","女");
            i= (i+ 1)% 2;
        }
    }
}
class Consumer implements Runnable
```

```
{
    Q q= null;
    public Consumer(Q q)
    {
        this.q= q;
    }
    public void run()
    {
        while(true)
        {
            q.get();
        }
    }
}
```

上面修改过的程序结构清晰了许多。

定义类时，尽量将其中的成员变量定义成 private 访问权限，对成员变量的访问都通过类中的具有 public 访问权限的方法来进行，这样定义的类才是面向对象的，类中的数据由类自身的方法来操作，保证了程序的高内聚性和健壮性。

从上面程序的执行结果来看，Consumer 线程对 Producer 线程放入的一次数据连续读取了多次，并不符合所要求的期望，而要求的结果是，Producer 放一次数据，Consumer 就取一次，反之，Producer 也必须等到 Consumer 取完之后才能放入新的数据，这就是要讲到的线程间的通信问题，Java 是通过 Object 类的 wait，notify，notifyAll 这几个方法来实现线程间的通信的，由于所有的类都是从 Object 继承的，因此在任何类中都可以直接使用这些方法。

下面是这 3 个方法的简要说明。

wait：告诉当前线程放弃监视器并进入睡眠状态，直到其他线程进入同一监视器并调用 notify 为止。

notify：唤醒同一对象监视器中调用 wait 的第一个线程，用于类似饭店有一个空位后通知所有等候就餐的顾客中的第一位可以入座的情况。

notifyAll：唤醒同一对象监视器中调用 wait 的所有线程，具有最高优先级的线程首先被唤醒并执行，用于类似于某个不定期的培训班终于招生满额后，通知所有学员来上课的情况。

如果想要上面的程序符合需要，必须在类 Q 中定义一个新的成员变量 bFull 来表示数据存储空间的状态，当 Consumer 线程取走数据后，bFull 值为 false，当 Producer 线程放入数据后，bFull 值为 true。只有 bFull 为 true 时，Consumer 线程才能取走数据，否则就必须等待 Producer 线程放入新的数据后的通知；反之，只有 bFull 为 false，Producer 线程才能放入新的数据，否则就必须等待 Consumer 线程取走数据后的通知。

7.6　线程的优先级和调度

7.6.1　线程的优先级

优先级决定了线程获得 CPU 调度执行的优先程度，在 Java 中，可以给每个线程赋一个从

1 到 10 的整数值来表示线程的优先级。其中,Thread. MIN_PRIORITY(通常为 1)的优先级最小,Thread. MAX_PRIORITY(通常为 10)的优先级最高,Thread NORM_PRIORITY 表示默认优先级,默认值为 5。

可以有以下两种方法对优先级进行操作。

① 获得线程的优先级

int getPriority();

② 改变线程的优先级

void setPriority(int newPriority);

其中,newPriority 是指所要设置的新优先级。

7.6.2 线程的调度

在 Java 中,实现了一个线程调度器,使用它可以监控某一个时刻有哪一个线程在占用 CPU。Java 调度器调度遵循以下原则:

① 优先级高的线程比优先级低的线程先被调度;

② 优先级相等的线程按照排队队列的顺序进行调度;

③ 先到队列的线程先被调度。

当一个优先级低的线程在运行过程中,来了一个高优先级的线程,在时间片方式下,优先级高的线程要等优先级低的线程时间片运行完毕才能被调度,而在抢占式调度方式下,优先级高的线程可以立刻获得 CPU 的控制权。由于优先级低的线程只有等优先级高的线程运行完毕或优先级高的线程进入阻塞状态时才有机会运行,所以为了让优先级低的线程也有机会运行,通常会不时地让优先级高的线程进入书面或等待状态,让出 CPU 的控制权。

看下面的一段程序,该程序实现了线程优先级的设置。

程序代码如下:

```java
class SimpleThread extends Thread
{
    String name;
    SimpleThread(String threadname)
    {
        name= threadname;
    }
    public void run()
    {
        for(int i=0;i<2;i++ )
            System.out.println(name+ "的优先级为:"+ getPriority());
    }
}
class Test
{
    public static void main(String args[])
    {
        Thread T1= new SimpleThread("A1");
```

```
        T1.setPriority(Thread.MIN_PRIORITY);
        T1.start();
        Thread T2= new SimpleThread("A2");
        T2.setPriority(Thread.MAX_PRIORITY);
        T2.start();
        Thread T3= new SimpleThread("A3");
        T3.start();
        Thread T4= new SimpleThread("A4");
        T4.start();
    }
}
```

执行该程序后的输出结果如图 7-5 所示。

图 7-5　执行结果

7.7　线程的守护

在 Java 中,setDaemon(boolean on)方法是把调用该方法的线程设置为守护线程。默认情况下,线程为非守护的,即用户线程。当将一个线程设置为守护线程时,守护线程在所有非守护线程运行完毕后,即使它的 run()方法还未执行完,守护线程也会立即结束。将一个线程设置为守护线程的方式如下:

Thread.setDaemon(true);

在此需要注意的是,在调用 start()方法之前,需要调用 setDaemon()方法来设置守护线程,因为一旦线程运行,setDaemon()方法就会无效。

下面的一个程序是对守护线程的实现。

程序代码如下:

```
class Thread1 extends Thread
{
    public void run()
    {
        if(this.isDaemon()== false)
            System.out.println("Thread one is not Daemon!");
```

```
        else
            System.out.println("Thread one is Daemon!");
        try
        {
            Thread.sleep(500);
        }
        catch (InterruptedException e)
        {
        }
        System.out.println("Thread one Done!");
    }
}
class Thread2 extends Thread
{
    public void run()
    {
        if(this.isDaemon()== false)
            System.out.println("Thread tow is not Daemon!");
        else
            System.out.println("Thread tow is Daemon!");
        try
        {
            for(int i=0;i<15;i++ )
            {
                System.out.println(i);
                Thread.sleep(100);
            }
        }
        catch (InterruptedException e)
        {
        }
        System.out.println("Thread tow Done!");
    }
}
public class Test
{
    public static void main(String args[])
    {
        Thread T1= new Thread1();
        Thread T2= new Thread2();
        T2.setDaemon(true);
        T1.start();
        T2.start();
    }
}
```

执行该程序后的输出结果如图 7-6 所示。

图 7-6 执行结果

在上面的程序中，main 方法定义了 T1 和 T2 两个线程，然后将线程 T2 设置为守护线程，线程 T1 不进行任何设置，因此线程 T1 即为系统默认的线程，也就是用户线程。然后线程 T1 和线程 T2 被启动。线程 T1 启动以后，睡眠 500 ms 后结束，在这段时间里，线程 T2 循环输出 0～4，在线程 T1 结束时，虽然线程 T2 还有 10 个数字没有输出，但是由于线程 T2 为守护线程，所以即使还没有运行结束也会立即停止，因此会得到图 7-6 所示的输出结果。

7.8　线程组

所有线程都隶属于一个线程组，可以是一个默认线程组，也可以是一个创建线程时明确指定的组。在创建之初，线程被限制到一个组里，而且不能改变到一个不同的组。每个应用都至少有一个线程从属于系统线程组。若创建多个线程而不指定一个组，它们就会自动归属于系统线程组。

线程组也必须从属于其他线程组，必须在构建器里指定新线程组从属于哪个线程组。若在创建一个线程组时没有指定它的归属，则同样会自动成为系统线程组的一名成员。因此，一个应用程序中的所有线程组最终都会将系统线程组作为自己的"父"。

通常认为是由于"安全"或者"保密"方面的理由才使用线程组的。根据 Arnold 和 Gosling 的说法："线程组中的线程可以修改组内的其他线程，包括那些位于分层结构最深处的。一个线程不能修改位于自己所在组或者下属组之外的任何线程"[①]。然而，通常很难判断"修改"在这儿的具体含义是什么。

下面这个例子展示了位于一个"叶子组"内的线程能修改它所在线程组树的所有线程的优先级，同时还能为这个"树"内的所有线程都调用一个方法。

```
//: TestAccess.java
public class TestAccess
{
    public static void main(String[] args)
    {
        ThreadGroup
```

---

① *The Java Programming Language* 第 179 页。该书由 Arnold 和 Jams Gosling 编著，Addison-Wesley 于 1996 年出版。

```
            x= new ThreadGroup("x"),
            y= new ThreadGroup(x,"y"),
            z= new ThreadGroup(y,"z");
        Thread
            one= new TestThread1(x,"one"),
            two= new TestThread2(z,"two");
    }
}
class TestThread1 extends Thread
{
    private int i;
    TestThread1(ThreadGroup g,String name)
    {
        super(g,name);
    }
    void f()
    {
        i++ ; // modify this thread
        System.out.println(getName()+ "f()");
    }
}
class TestThread2 extends TestThread1
{
    TestThread2(ThreadGroup g, String name)
    {
        super(g,name);
        start();
    }
    public void run()
    {
        ThreadGroup g= getThreadGroup().getParent().getParent();
        g.list();
        Thread[] gAll= new Thread[g.activeCount()];
        g.enumerate(gAll);
        for(int i=0;i< gAll.length;i++ )
        {
            gAll[i].setPriority(Thread.MIN_PRIORITY);
            ((TestThread1)gAll[i]).f();
        }
        g.list();
    }
}
```

执行上面的程序后的输出结果如图 7-7 所示。

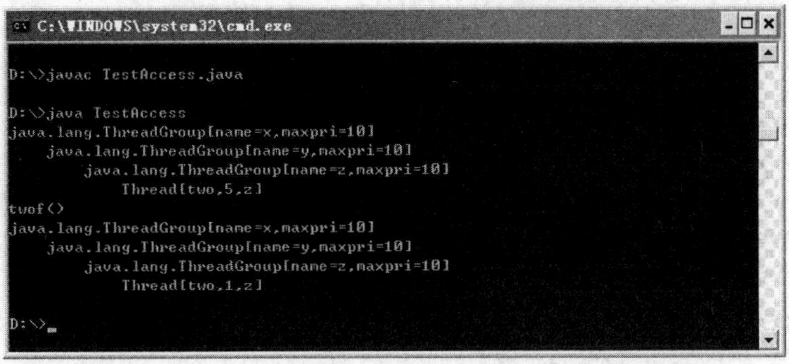

图 7-7 输出结果

在 main()中,创建了几个 ThreadGroup(线程组),每个都位于不同的"叶子"上:x 没有参数,只有它的名字(一个 String),所以会自动进入 system(系统)线程组;y 位于 x 下方,而 z 位于 y 下方。

注意:初始化是按照文字顺序进行的,所以代码合法。

有两个线程创建之后进入了不同的线程组。其中,TestThread1 没有一个 run()方法,但有一个 f()方法,用于通知线程以及打印出一些东西,以便知道它已被调用。而 TestThread2 属于 TestThread1 的一个子类,它的 run()非常详尽,要做许多事情。首先,它获得当前线程所在的线程组,然后利用 getParent()在继承树中向上移动两级。随后,调用方法 activeCount(),查询这个线程组以及所有子线程组内有多少个线程,从而创建由指向 Thread 的句柄构成的一个数组。

enumerate()方法将指向所有这些线程的句柄置入数组 gAll 中。然后在整个数组中遍历,为每个线程都调用 f()方法,同时修改优先级。这样一来,位于一个"叶子"线程组中的线程就修改了位于父线程组的线程。

调试方法 list()打印出与一个线程组有关的所有信息,把它们作为标准输出。在对线程组的行为进行调查时,这样做是相当有好处的。

list()不仅打印出 ThreadGroup 或者 Thread 的类名,也打印出了线程组的名字以及它的最高优先级。对于线程,则打印出它们的名字,并接上线程优先级以及所属的线程组。

注意:list()会对线程和线程组进行缩排处理,指出它们是未缩排的线程组的"子"。

从程序中可以看到 f()方法是由 TestThread2 的 run()方法调用的,所以很明显,组内的所有线程都是相当脆弱的。然而,我们只能访问那些从自己的 system 线程组树分支出来的线程,不能访问其他任何人的系统线程树。

抛开安全问题不谈,线程组最有用的一个方面就是控制,即只需用单个命令即可完成对整个线程组的操作。

下面程序演示了这一点,并对线程组内优先级的限制进行了说明。括号内的注释数字便于比较输出结果。

程序代码如下:

```
public class ThreadGroup1
```

```
{
    public static void main(String[] args)
    {
        ThreadGroup sys= Thread.currentThread().getThreadGroup();
        sys.list(); // (1)
        sys.setMaxPriority(Thread.MAX_PRIORITY - 1);
        Thread curr= Thread.currentThread();
        curr.setPriority(curr.getPriority()+ 1);
        sys.list(); // (2)
        ThreadGroup g1= new ThreadGroup("g1");
        g1.setMaxPriority(Thread.MAX_PRIORITY);
        Thread t= new Thread(g1,"A");
        t.setPriority(Thread.MAX_PRIORITY);
        g1.list(); // (3)
        g1.setMaxPriority(Thread.MAX_PRIORITY - 2);
        g1.setMaxPriority(Thread.MAX_PRIORITY);
        g1.list(); // (4)
        t= new Thread(g1,"B");
        t.setPriority(Thread.MAX_PRIORITY);
        g1.list(); // (5)
        g1.setMaxPriority(Thread.MIN_PRIORITY+ 2);
        t= new Thread(g1,"C");
        g1.list(); // (6)
        t.setPriority(t.getPriority()- 1);
        g1.list(); // (7)
        ThreadGroup g2= new ThreadGroup(g1, "g2");
        g2.list(); // (8)
        g2.setMaxPriority(Thread.MAX_PRIORITY);
        g2.list(); // (9)
        for(int i= 0;i< 5;i+ + )
        new Thread(g2,Integer.toString(i));
        sys.list(); // (10)
        System.out.println("Starting all threads:");
        Thread[] all= new Thread [sys.activeCount()];
        sys.enumerate(all);
        for(int i= 0;i< all.length;i++ )
        if(! all[i].isAlive())
        all[i].start();
        System.out.println("All threads started");
        sys.suspend();
        System.out.println("All threads suspended");
        sys.stop();
        System.out.println("All threads stopped");
    }
}
```

执行该程序后的输出结果如图 7-8 所示。

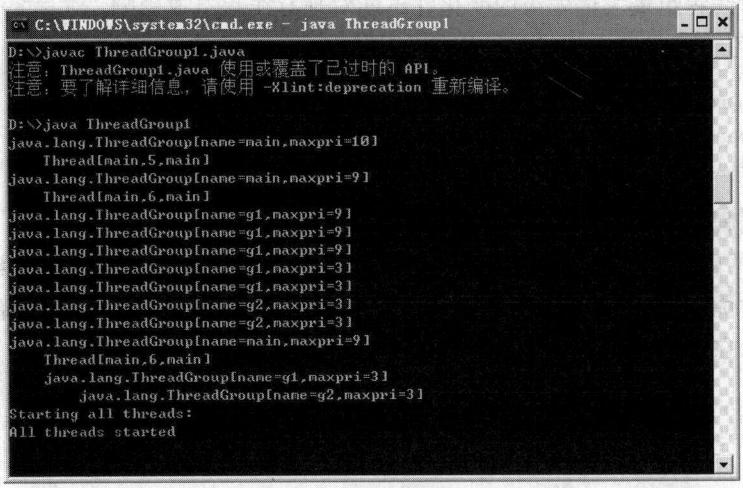

图 7-8 执行结果

所有程序都至少有一个线程在运行,而且 main()采取的第一项行动便是调用 Thread 的一个静态(static)方法,名称为 currentThread()。从这个线程开始,线程组将被创建,而且会为结果调用 list()方法。

输出如下:

(1) ThreadGroup[name= system,maxpri=10]
    Thread[main,5,system]

可以看到,主线程组的名字是 system,而主线程的名字是 main,而且它从属于 system 线程组。

第二个练习显示出 system 组的最高优先级可以减少,而且 main 线程可以增大自己的优先级:

(2) ThreadGroup[name= system,maxpri=9]
    Thread[main,6,system]

第三个练习创建一个新的线程组,名为 g1;它自动从属于 system 线程组。因为并没有明确指定它的归属关系,所以在 g1 内部放置了一个新线程,名称为 A。随后,试着将这个组的最大优先级设到最高的级别,并将 A 的优先级也设到最高一级。结果如下:

(3) ThreadGroup[name= g1,maxpri=9]
    Thread[A,9,g1]

可以看出,不可能将线程组的最大优先级设为高于它的父线程组。

第四个练习将 g1 的最大优先级降低两级,然后试着把它升至 Thread. MAX_PRIORITY。结果如下:

(4) ThreadGroup[name= g1,maxpri=8]
    Thread[A,9,g1]

同样可以看出,提高最大优先级的企图是失败的。通常只能降低一个线程组的最大优先级,而不能提高它。此外,注意线程 A 的优先级并未改变,而且它现在高于线程组的最大优先级。也就是说,线程组最大优先级的变化并不能对现有线程造成影响。

第五个练习试着将一个新线程设为最大优先级,如下所示:

```
（5）ThreadGroup[name= g1,maxpri=8]
        Thread[A,9,g1]
        Thread[B,8,g1]
```

因此,新线程不能变到比最大线程组优先级还要高的一级。

这个程序的默认线程优先级是 6;若新建一个线程,那就是它的默认优先级,而且不会发生变化,除非对优先级进行了特别的处理。练习六将把线程组的最大优先级降至默认线程优先级以下,看看在这种情况下新建一个线程会发生什么事情:

```
（6）ThreadGroup[name= g1,maxpri=3]
        Thread[A,9,g1]
        Thread[B,8,g1]
        Thread[C,6,g1]
```

尽管线程组现在的最大优先级是 3,但仍然用默认优先级 6 来创建新线程。所以,线程组的最大优先级不会影响默认优先级(事实上,似乎没有办法可以设置新线程的默认优先级)。

改变了优先级后,接下来试试将其降低一级,结果如下:

```
（7）ThreadGroup[name= g1,maxpri=3]
        Thread[A,9,g1]
        Thread[B,8,g1]
        Thread[C,3,g1]
```

因此,只有在试图改变优先级的时候,才会强迫遵守线程组最大优先级的限制。

在(8)和(9)中进行了类似的试验。在这里,创建了一个新的线程组,名称为 g2,将其作为 g1 的一个子组,并改变了它的最大优先级。可以看到,g2 的优先级无论如何都不可能高于 g1:

```
（8）ThreadGroup[name= g2,maxpri=3]
（9）ThreadGroup[name= g2,maxpri=3]
```

也要注意在 g2 创建时,它会被自动设为 g1 的线程组最大优先级。

经过所有这些实验以后,整个线程组和线程系统都会被打印出来,如下所示:

```
（10）ThreadGroup[name= system,maxpri=9]
        Thread[main,6,system]
        ThreadGroup[name= g1,maxpri=3]
        Thread[A,9,g1]
        Thread[B,8,g1]
        Thread[C,3,g1]
        ThreadGroup[name= g2,maxpri= 3]
        Thread[0,6,g2]
        Thread[1,6,g2]
        Thread[2,6,g2]
```

```
        Thread[3,6,g2]
        Thread[4,6,g2]
```

所以由线程组的规则所限,一个子组的最大优先级在任何时候都只能低于或等于它的父组的最大优先级。

本程序的最后一个部分演示了用于整组线程的方法。程序首先遍历整个线程树,并启动每一个尚未启动的线程。例如,system 组随后会被挂起(暂停),最后被中止。但在挂起 system 组的同时,也挂起了 main 线程,而且整个程序都会关闭。所以永远不会达到让线程中止的那一步。实际上,假如真的中止了 main 线程,它会"掷"出一个 ThreadDeath 违例,所以通常不这样做。由于 ThreadGroup 是从 Object 继承的,其中包含了 wait()方法,所以也能调用 wait(秒数×1 000),令程序暂停运行任意秒数的时间。当然,事前必须在一个同步块里取得对象锁。

ThreadGroup 类也提供了 suspend()和 resume()方法,所以能中止和启动整个线程组和它的所有线程,也能中止和启动它的子组,所有这些只需一个命令即可。

习　题

1. 简述线程的概念。
2. 创建线程的方式有哪几种? 请举例说明。
3. 请举例说明如何实现线程的同步(分别用两种方式)。
4. Java 中有哪些情况会导致线程不可运行?
5. 如何理解死锁?
6. 给出下面一段程序的输出结果。

程序代码如下:

```java
class Daemon extends Thread
{
    public void run()
    {
        if(this.isDaemon()== false)
            System.out.println("Thread is not Daemon!");
        else
            System.out.println("Thread is Daemon!");
        try
        {
            for(int i=0;i<10;i++ )
            {
                System.out.println(i);
                Thread.sleep(200);
            }
        }
        catch (InterruptedException e)
        {
            System.out.println("Thread Done!");
```

```
        }
    }
public class Test
{
    public static void main(String[] args)
    {
        Thread t= new Daemon();
        t.setDaemon(true);
        t.start();
        try
        {
            Thread.sleep(900);
        }
        catch (InterruptedException e)
        {
        }
        System.out.println("Main Done!");
    }
}
```

7. 编写一个程序,使之能够实现下面的功能:

一个线程进行如下运算:1 * 2+2 * 3+3 * 4+4 * 5+…+1 999 * 2 000,而另一个线程则每个一段时间读取一次前一个线程的运算结果。

8. 编写程序实现如下功能:

第一个线程输出 6 个 a,第二个线程数输出 8 个 b,第三个线程输出数字 1~10,第二个和第三个线程要在第一个线程输出完成之后才能开始输出。

第 8 章   Applet

◎ 本章要点

- ▢ Java Applet 概述
- ▢ Java Applet 的工作原理
- ▢ Java Applet 的开发步骤
- ▢ Java Applet 技术解析
- ▢ Java Applet 中文字编程
- ▢ Java Applet 中的图形编程
- ▢ Java Applet 中的图像编程
- ▢ Java Applet 中的声音编程
- ▢ Java Applet 中的动画编程

◎ 学习要求

- ▢ 理解 Applet 的概念和工作原理
- ▢ 掌握 Java Applet 的开发步骤
- ▢ 掌握 Java Applet 中 4 个方法的使用
- ▢ 掌握 Java Applet 文字编程的方法
- ▢ 掌握 Java Applet 图形编程的方法
- ▢ 掌握 Java Applet 图像编程的方法
- ▢ 掌握 Java Applet 声音编程的方法
- ▢ 掌握 Java Applet 动画编程的方法

8.1   Java Applet 概述

8.1.1   Applet 概述

Applet 可以翻译为小应用程序,Java Applet 就是用 Java 语言编写的这样的一些小应用程序,它们可以直接嵌入到网页中,并能够产生非凡的效果。包含 Applet 的网页称为 Java-powered 页,可以称其为 Java 支持的网页。

当用户访问这样的网页时,Applet 将被下载到用户的计算机上执行,但前提是用户使用的是支持 Java 的网络浏览器。由于 Applet 是在用户的计算机上执行的,因此它的执行速度不受网络带宽或者 Modem 存取速度的限制。用户可以更好地欣赏网页上 Applet 产生的多媒体效果。

在 Java Applet 中，可以实现图形绘制、字体和颜色控制、动画和声音的插入、人机交互及网络交流等功能。Applet 还提供了名为抽象窗口工具箱 AWT(Abstract Window Toolkit)的窗口环境开发工具。AWT 利用用户计算机的 GUI 元素，可以建立标准的图形用户界面，如窗口、按钮和滚动条等。目前，在网络上有非常多的 Applet 范例来生动地展现这些功能，可以去浏览相应的网页以观看它们的效果。

8.1.2 Applet 的工作原理

含有 Applet 的网页的 Html 文件代码中部带有 <applet> 和 </applet> 这样一对标记，当支持 Java 的网络浏览器碰到这对标记时，就将下载相应的小应用程序代码并在本地计算机上执行该 Applet。

下面的代码表示一个带有 Applet 的主页。

```
< html>
    < title> An Example Homepage < /title>
        < hl> Welcome to my homepage! < /hl>
            This is an example homepage,you can see an applet in it.
    < p>
    < applet code= "Example.class" width= 300 height= 300>
        < param name= img value= "http://www.napt.com/java/example.gif">
    < /applet>
< html>
```

上面这个例子就是一个简单主页的 HTML 文件代码。代码第五行中的 <P>，是为了确保 Applet 出现在新的一行，也就是说，<P> 的作用像一个回车符号，若没有它，Applet 将会紧接着上一行的最后一个单词出现。代码第六、七两行是关于 Applet 的一些参数。其中第六行是必需的 Applet 参数，定义了编译后的包含 Applet 字节码的文件名，后缀通常为 .class 和以像素为单位的 Applet 的初始宽度与高度。第七行则是附加的 Applet 参数，它由一个分离的 <param> 标记来指定其后的名称和值，在这里是 img 的值为 example.gif，它代表了一个图形文件名。

Applet 的下载与图形文件一样需要一定的时间，若干秒后它才能在屏幕上显示出来。等待的时间则取决于 Applet 的大小和用户的网络连接的速度。一旦下载以后，它便和本地计算机上的程序以相同的速度运行了。

Applet 在用户的计算机上执行时，还可以下载其他的资源，如声音文件、图像文件或更多的 Java 代码，有些 Applet 还答应用户进行交互式操作。但这需要重复的链接与下载，因此速度很慢，这是一个亟待解决的问题。可以想到的一个好办法是采用类似高速缓存的技术，将每次下载的文件都临时保存在用户的硬盘上，虽然第一次使用时花的时间比较多，但当再次使用时，只需直接从硬盘上读取文件而无需再与 Internet 连接，便可以大大提高性能了。

自从 Java 日益流行之后，世界各地的爱好者们便不断创造出各种各样的 Applet。这里列出了几个较大的 Applet 收集站，可以去浏览，看看这些 Applet 的效果如何，相信会使人流连忘返的。

(1) http://www.gamelan.com

这是 Intemet 上最负盛名的 Applet 收集站,它按照小应用程序的用途加以分类,并列出了它们的说明、功能和程序代码,其规模和种类之多,令人叹为观止。

(2) http://www.jars.com/

这个站点的特色是对它收集的小应用程序都加以评分,JARS 是 Java Applet Rating Services(小应用程序评价服务)的简称。许多 Java 开发者均以能获得其好评为荣。

(3) http://www.yahoo.com/Computers_and_Internet/Languages/Applet/

这是 Yahoo 公司提供的小应用程序目录,收集的数量虽然稍逊于 Gamelan,但也很可观了。

(4) http://home.netscape.com/comprod/prodUCts/navigator/version_2.0/java_applets/

这是网景公司提供的小应用程序演示网页,同时也提供一些 Java 信息。

(5) http://java.wiwi.uni_frankfurt.de/

这是一个小应用程序的信息站点,提供了许多实用信息,读者可以借助这里的数据库,查询自己感兴趣的小应用程序的相关信息。

8.2 Applet 开发技术

8.2.1 Applet 的开发步骤

一般情况下,Java Applet 的开发步骤可以有如下 3 个。

第一步,使用编辑软件编辑 Java Applet 源程序,这些编辑软件可以是功能复杂如 JBuilder 的软件,也可以像记事本这样功能简单的纯文本编辑软件。

第二步,使用 Java 编译器将编辑好的 Applet 源程序转换为 class 字节码文件。

第三步,编写 Html 页面并通过<APPLET></APPLET>标签引用编译好的字节码文件。

下面,以一个实际的例子来介绍具体的 Applet 开发的详细过程。

1. 编辑 Java Applet 源程序

使用纯文本编辑器,例如 EditPlus,编辑下面的 Java Applet 源代码:

```
import java.awt.* ;
import java.applet.* ;
public class HelloApplet extends Applet
{
    public void paint(Graphics g)
    {
        g.drawString("Hello!",10,10);
        g.drawString("Welcom to Applet Programming!",30,30);
    }
}
```

将这段程序保存为一个.java 文件并命名为 HelloApplet.java,将该文件保存在一个目录下,例如这里将其保存在 D 盘根目录下。

首先,来看一下上面程序的说明。程序开头两行的 import 语句是用来导入 Applet 小程序中用到的一些 Java 标准库类,类似于 C 语言中的 include 语句,多数 Applet 程序都会含有类似的代码,以使用 JDK 提供的功能;接下来在程序中定义了一个公共类 HelloApplet,它通过 extends 继承于 Applet 类,并重写父类中的 paint()方法,其中参数 g 为 Graphics 类的对象,代表当前绘画的上下文,在 paint()方法中,两次调用 g 的 drawString()方法,分别在坐标 (10,10) 和 (30,30) 处输出字符串 "Hello!" 和 "Welcome to Applet Programming!",其中的坐标是用像素表示的,而且以显示窗口的左上角作为坐标系的原点 (0,0)。

2. 编译 Applet 源程序

当将 JDK 安装到计算机中后,可以使用 javac 命令来编译已经保存的 HelloApplet.java 文件,打开【命令提示符】窗口,然后进入该文件保存的目录下,接着在命令行中输入如下的命令:

```
javac HelloApplet.java
```

并按下【Enter】键,即可完成该程序的编译操作。

与编译独立运行的 Java Application 一样,如果编写的 Java Applet 源程序不符合 Java 编程语言的语法规则,即源程序中存在语法错误,Java 编译器会给出相应的错误提示信息。Applet 原文件中必须不包含任何语法错误,这样 Java 编译器才能成功地将其转换为浏览器或 appletviewer 能够执行的字节码程序。

成功编译 HelloApplet.java 文件以后,系统就会在当前目录下生成一个字节码文件,其名称为 HelloApplet.class。

3. 编写 Html 宿主文件

要想使 Applet 程序能够在网页上显示并发生作用,必须将其嵌入到 Html 页面中。

首先,需要建立一个 Html 页面。在纯文本编辑器中录入下面的代码:

```
< html>
    < title> HelloApplet< /title>
    < applet code= "HelloApplet.class" width= 300 height= 300>
    < /applet>
< /html>
```

在上述的 Html 代码中,用尖括号 <> 括起来的都是标签,一般都是成对出现的,前面加反斜杠 (/) 的表明标签结束。

<applet> 标签至少需要包含下面 3 个参数:

(1) code

指明该 Applet 字节码的文件名称。

(2) width

指定 Applet 占用整个页面的宽度,以像素作为度量单位。

(3) height

指定 Applet 占用整个页面的宽度,以像素为度量单位。

通过 <applet></applet> 标签对就可以将 Applet 的字节码文件嵌入到 Html 文件中,

需要注意的是,字节码文件名称要么包含具体路径,要么与 Html 文件处于同一目录中,否则可能会出现加载 Applet 字节码失败的错误。

这里的 Html 文件使用的文件名称为 HelloApplet. html,它对应于 HelloApplet. java 的名字,但这种对应关系并不是必须的,可以使用其他的任何名字命名该 Html 文件。

4. 运行 HelloApplet. html

可以使用 appletviewer 来运行 HelloApplet. html,这时可以在命令行中输入如下命令:

```
appletviewer HelloApplet.html
```

然后按下【Enter】键,这时会打开如图 8 - 1 所示的窗口,即运行结果。

当然,除此之外还可以直接在 HelloApplet. html 文件上双击,以网页的形式打开。

图 8 - 1　运行结果

8.2.2　Java Applet 技术解析

在 Applet 小程序最前面的加载语句中,导入了 Java 系统包 applet 和 awt,通常每一个系统包下面都会包含一些 Java 类。

类是面向对象程序设计的核心概念,Java 系统预先提供了很多类来帮助用户开发程序,用户可以直接引用这些类而不必自己实现。

Applet 类中包含了不少成员方法,下面列出了其中比较常用的一些方法及其功能。

(1) public final void setStub(AppletStub stub)

设置 Applet 的 stub 是 Java 和 C 之间转换参数并返回值的代码位,它由系统自动设定。

(2) public Boolean isActive()

判断一个 Applet 是否处于活动状态。

(3) public URL getDocumentBase()

检索该 Applet 运行的文件目录的对象。

(4) public URL getCodeBase()

获取该 Applet 代码的 URL 地址。

(5) public AppletContext getAppletContext()

返回浏览器或小应用程序观察器。

(6) public String getParameter(String name)

获取该 Applet 由 name 指定参数的值。

(7) public void resize(int width,int height)

调整 Applet 运行的窗口尺寸。

(8) public void resize(Dimension d)

调整 Apple 运行的窗口尺寸。

(9) public void showStatus(String msg)

在浏览器的状态条中显示指定信息。

(10) public Image getImage(URL url)

按 url 指定的地址装入图像。

(11) public AudioClip getAudioClip(URL url)

按 url 指定的地址获取声音文件。

(12) public Image getImage(URL url,String name)

按 url 指定的地址和文件名加载图像。

(13) public AudioClip getAudioClip(URL url,String name)

按 url 指定的地址和文件名获取声音。

(14) public String getAppletInfo()

返回 Applet 有关的作者、版本和版权信息。

(15) public String[][] getParameterInfo()

返回描述 Applet 参数的字符串数组,该数组通常包含 3 个字符串,即参数名、该参数所需的值的类型以及该参数的说明。

(16) public void play(URL url)

加载并播放一个 url 指定的音频剪辑。

(17) public void init()

该方法主要是为 Applet 的正常运行做一些初始化工作。

(18) public void start()

系统在调用完 init()方法之后,将自动调用 star()方法。

(19) public void stop()

该方法在用户离开 Applet 所在的页面时执行,可以被多次调用。

(20) public void destroy()

用来释放资源,在 stop()之后执行。

相对于 Application 而言,Applet 小程序的生命周期比较复杂。在其生命周期中涉及 Applet 类的 4 个方法,即 init()方法、start()方法、stop()方法和 destroy()方法等;与之相对应的,在 Applet 的生命周期中还有 4 个状态,即初始状态、运行状态、停止状态和消亡状态。

当程序执行完 init()方法之后,Applet 小程序就会进入初始状态;然后立即执行 start()方法,进入运行状态;当 Applet 小程序所在的浏览器图标化或者转入其他页面时,该 Applet 小程序就立刻执行 stop()方法,使 Applet 小程序进入停止状态;在停止状态中,如果浏览器又重新加载该 Applet 小程序所在的页面,或者浏览器从图标中还原,则 Applet 小程序就又会调用 start()方法,进入运行状态。在 Applet 小程序进入停止状态时,如果关闭浏览器,则 Applet 小程序就会调用 destroy()方法,使其进入消亡状态。

1. init()方法

创建 Applet 时执行,只执行一次。

当小应用程序第一次被支持 Java 的浏览器加载时,便执行该方法。在小应用程序的生命周期中,只执行一次该方法,因此可以在其中进行一些只执行一次的初始化操作,如处理由浏览器传递进来的参数、添加用户接口组件、加载图像和声音文件等。

小应用程序有默认的构造方法,但它习惯于在 init()方法中执行所有的初始化,而不是在默认的构造方法内。

该方法的定义格式如下:

```
public void init()
{
    //编写代码
}
```

2. start()方法

多次执行,当浏览器从图标恢复成窗口,或者是返回该主页时执行。

系统在调用完 init()方法之后,将自动调用 start()方法。而且每当浏览器从图标恢复为窗口时,或者用户离开包含该小应用程序的主页后又再返回时,系统都会再执行一遍 start()方法。start()方法在小应用程序的生命周期中被调用多次,以启动小应用程序的执行,这一点与 init()方法不同。该方法是小应用程序的主体,在其中可以执行一些需要重复执行的任务或者重新激活一个线程,例如开始动画或播放声音等。

该方法的定义格式如下:

```
public void start()
{
    //编写代码
}
```

3. stop()方法

多次执行,当浏览器变成图标时,或者是离开主页时执行,主要功能是停止一些耗用系统资源的工作。

与 start()方法相反,当用户离开 Applet 小程序所在页面或浏览器变成图标时,会自动调用 stop()方法。因此,该方法在生命周期中也被多次调用。这样使得可以在用户并不注意小应用程序的时候,停止一些耗用系统资源的工作(如中断一个线程),以免影响系统的运行速度,且并不需要去人为地去调用该方法。如果小应用程序中不包含动画、声音等程序,通常也不必重载该方法。

该方法的定义格式如下:

```
public void stop()
{
    //编写代码
}
```

4. destroy()方法

用来释放资源,在 stop()方法之后执行。

当浏览器正常关闭时,Java 自动调用这个方法。destroy()方法用于回收任何一个与系统无关的内存资源。当然,如果这个小应用程序仍然处于活动状态,Java 会在调用 destroy()方法之前,调用 stop()方法。

该方法的定义格式如下:

```
public void destroy()
{
    //编写代码
}
```

5. paint()方法

除了上述的 4 个方法之外,AWT 组件类还定义了一个 paint()方法,该方法也是 Applet 小程序中的常用方法。

Applet 小程序的窗口绘制工作通常是由 paint()方法来完成。该方法在 Applet 小程序执行以后会自行调用,并且在遇到窗口最小化以后会再度恢复,或者被其他窗口遮挡以后再次恢复时,它都会被自动调用,以重新绘制窗口。paint()方法有一个 Graphics 类的参数对象,该对象可以被用来输出文本、绘制图形和显示图像等。

该方法的定义格式如下:

```
public void paint(Graphics g)
{
    //编写代码
}
```

下面的程序使用了 Applet 小程序生命周期中的几个方法。

程序代码如下:

```
import java.awt.* ;
import java.applet.* ;
public class AppletTest extends Applet
{
    public void init()
    {
        System.out.println("init()方法!");
    }
    public void start()
    {
        System.out.println("start()方法!");
    }
    public void paint(Graphics g)
    {
        System.out.println("paint()方法!");
    }
    public void stop()
    {
        System.out.println("stop()方法!");
    }
    public void destroy()
    {
        System.out.println("destroy()方法!");
    }
}
```

将上述程序编译后嵌入 Html 页面中,然后使用 appletviewer 执行,则可打开一个小程序窗口,当对该窗口进行最小化、还原、改变窗口大小以及关闭窗口时,该程序会在命令行中输出相应的结果。用户可以自行尝试程序运行的效果。

8.3　Applet 中的多媒体编程

8.3.1　文字编程

在 Graphics 类中,Java 提供了下面 3 种输出文字的方法。

(1) drawString(String str,int x,int y)

字符串输出方法。

(2) drawBytes(byte bytes[],int offset,int number,int x,int y)

字节输出方法。

(3) drawChars(char chars[],int offset,int number,int x,int y)

字符输出方法。

在这 3 种方法中,srawString()方法是最常用的,另外,Java 提供了 Font 类来设置文字的字体、风格和大小等。Font 类的定义格式如下:

```
Font(String name,int style,int size)
```

此外,Java 中还提供了 Color 类来设置颜色,这样就可以输出五颜六色的文字。在 Color 类中有 13 种颜色常量、两种创建颜色对象的构造方法以及多种获取颜色信息的方法。

下面以一个程序来具体介绍文字输出中相关方法的使用。

程序代码如下:

```java
import java.awt.* ;
import java.applet.* ;
public class TextApplet extends Applet
{
    Font a1= new Font("经典中宋繁",Font.PLAIN,18);
    Font a2= new Font("宋体",Font.BOLD,18);
    Font a3= new Font("黑体",Font.BOLD,36);
    Color b1= new Color(255,168,25);
    Color b2= new Color(12,35,212);
    Color b3= new Color(0,0,255);
    public void paint(Graphics g)
    {
        g.setFont(a1);
        g.setColor(b1);
        g.drawString("经典中宋繁",20,30);
        g.setFont(a2);
        g.setColor(b2);
        g.drawString("宋体",20,50);
        g.setFont(a3);
        g.setColor(b3);g.drawString("黑体",20,80);
    }
}
```

接着将该程序编译,然后将其嵌入到 Html 页面中,使用 appletviewer 运行,这时会打开如图 8-2 所示的效果。

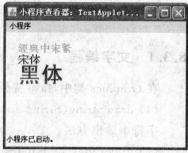

8.3.2 图形编程

Java Applet 中的 java. awt. Graphics 类不仅可以输出文字,而且还可以绘制图形。这些图形包括直线、矩形、圆角矩形、"三维"矩形、多边形、椭圆形以及圆弧等。

图 8-2 运行结果

1. 绘制直线

绘制直线的方法定义如下:

```
public void drawLine(int x1,int y1,int x2,int y2)
```

其功能为以像素为单位绘制出一条从(x1,y1)到(x2,y2)的直线,例如下面的程序。

```java
import java.awt.* ;
import java.applet.* ;
public class LineApplet extends Applet
{
    public void paint(Graphics g)
    {
        int x1,y1,x2,y2;
        x1= 20;
        y1= 20;
        x2= 1000;
        y2= 1000;
        g.drawLine(x1,y1,x2,y2);
    }
}
```

将该程序编译并嵌入 Html 页面中,然后使用 appletviewer 运行即可出现如图 8-3 所示的效果。

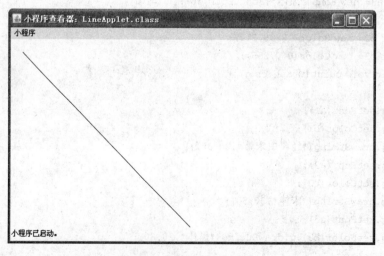

图 8-3 运行效果

2. 绘制矩形

可以使用 drawRect()方法来绘制矩形,该方法的前两个参数用于指定矩形左上角的坐标,后两个参数用于指定矩形的宽度和高度,另外,Graphics 类还提供了 fillRect()方法用于绘制以前景色填充的实心矩形,例如下面的程序。

```java
import java.awt.* ;
import java.applet.* ;
public class RectApplet extends Applet
{
    public void paint(Graphics g)
    {
        g.drawRect(20,20,300,300);
        g.fillRect(80,20,160,60);
    }
}
```

编译该程序并将其嵌入到 Html 页面中,使用 appletviewer 运行该页面即可出现如图 8-4 所示的效果。

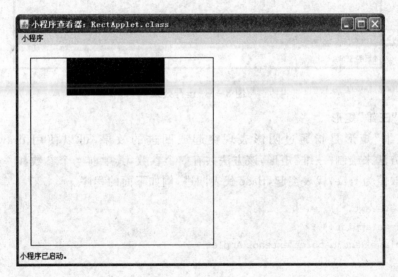

图 8-4　运行效果

3. 绘制圆角矩形

使用 Graphics 类中提供的 drawRoundRect()方法和 fillRoundRect()方法来绘制圆角矩形,它们的前 4 个参数与一般矩形相同,后 2 个参数用于指定圆角矩形的宽度和高度,例如下面的程序。

```java
import java.awt.* ;
import java.applet.* ;
public class RRectApplet extends Applet
{
    public void paint(Graphics g)
```

```
    {
        g.drawRoundRect(20,20,100,100,150,150);
        g.fillRoundRect(80,20,60,150,30,30);
    }
}
```

编译该程序并将其嵌入到 Html 页面中,然后使用 appletviewer 运行该页面,即可出现如图 8-5 所示的效果。

图 8-5 运行效果

4. 绘制"三维"矩形

所谓"三维"矩形是指通过阴影表现突起或凹进的效果,可以使用 draw3Drect( )和 fill3Drect( )方法来绘制"三维"矩形,该方法共有 5 个参数,其中前 4 个参数和一般矩形相同,第 5 个参数取值为 true,代表突起,flase 代表凹进,例如下面的程序。

```
import java.awt.* ;
import java.applet.* ;
public class Rect3DApplet extends Applet
{
    public void paint(Graphics g)
    {
        g.fill3DRect(30,30,120,120,true);
        g.fill3DRect(120,30,80,80,false);
    }
}
```

编译该程序并将其嵌入到 Html 页面中,然后使用 appletviewer 运行该页面,即可出现如图 8-6 所示的效果。

在实际操作过程中,很难看到 3D 矩形的效果,这时可以将颜色换成非黑色的,这样效果会好一些。

图 8 - 6 运行效果

5. 绘制多边形

可以使用 drawPolygon()方法和 fillPolygon()方法来进行多边形的绘制,例如下面的程序。

```java
import java.awt.* ;
import java.applet.* ;
public class PolyApplet extends Applet
{
    public void paint(Graphics g)
    {
        int x[]= {30,100,200,240,150,90,30};
        int y[]= {30,120,50,130,200,90,200};
        int pts= x.length;
        g.drawPolygon(x,y,pts);
    }
}
```

编辑上述程序并将其嵌入到 Html 页面中,然后使用 appletviewer 运行即可出现如图 8 - 7所示的效果。

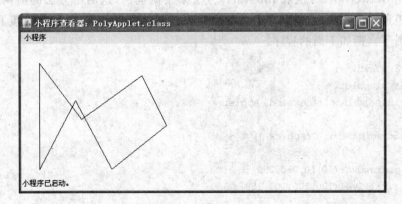

图 8 - 7 运行效果

此外,还可以使用另外一种方式来绘制多边形,例如下面的程序。

```
import java.awt.* ;
import java.applet.* ;
public class PolyApplet extends Applet
{
    public void paint(Graphics g)
    {
        int x[]= {30,100,200,240,150,90,30};
        int y[]= {30,120,50,130,200,90,200};
        int pts= x.length;
        Polygon poly= new Polygon(x,y,pts);
        poly.addPoint(50,50);        //添加坐标点
        g.fillPolygon(poly);         //以 Polygon 对象为参数调用 fillPolygon()方法
    }
}
```

程序运行的效果如图 8-8 所示。

图 8-8　运行效果

6. 绘制椭圆

可以使用 drawOval()方法和 fillOval()方法来绘制椭圆,这两个方法的前两个参数代表包围椭圆的矩形左上角坐标,后两个参数分别代表椭圆的宽度和高度,如果宽度和高度相等,就相当于画圆了。例如下面的程序。

```
import java.awt.* ;
import java.applet.* ;
public class OvalApplet extends Applet
{
    public void paint(Graphics g)
    {
        g.drawOval(10,10,250,250);
        g.fillOval(120,200,100,250);
    }
}
```

程序运行后的效果如图 8-9 所示。

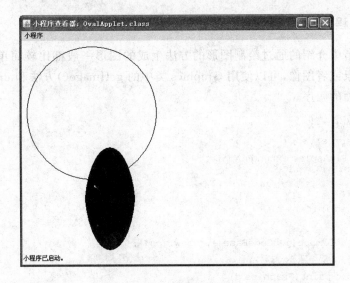

图 8 - 9　运行效果

7. 绘制圆弧

可以使用 drawArc()方法来绘制圆弧,使用 fillArc()方法来绘制扇形。它们有 6 个参数,前 4 个参数与 drawOval 的参数相同,后 2 个制定了圆弧的起始角和张角,特别地,当张角的取值大于 360°时,就是画椭圆了。例如下面的程序。

```
import java.awt.* ;
import java.applet.* ;
public class ArcApplet extends Applet
{
    public void paint(Graphics g)
    {
        g.drawArc(10,20,150,250,290,280);
        g.fillArc(10,80,170,170,290,-180);
    }
}
```

程序运行的效果如图 8 - 10 所示。

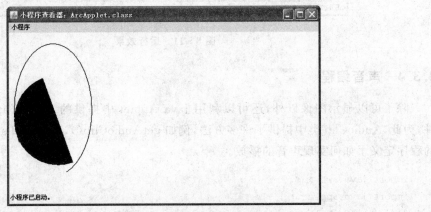

图 8 - 10　运行效果

8.3.3 图像编程

在 8.3.2 小节中介绍的通过绘制图形的方法生成的图形一般都比较简单,如果要在程序中显示漂亮的背景或者图像,可以使用 Graphics 类中的 getImage()方法和 drawImage()方法来实现。例如下面的程序。

```
import java.awt.* ;
import java.applet.* ;
public class PicApplet extends Applet
{
    Image pic;
    public void init()
    {
        pic= getImage(getCodeBase(),"view.jpg");
    }
    public void paint(Graphics g)
    {
        g.drawImage(pic,30,30,this);
    }
}
```

编译上述程序并将其嵌入到 Html 页面中,然后利用 appletviewer 运行该页面,即可出现如图 8-11 所示的效果。

图 8-11　运行效果

8.3.4 声音编程

除了可以显示图像以外,还可以利用 Java Applet 中提供的 AudioClip 类来播放声音文件,为此,AudioClip 类中提供了许多方法,例如 getAudioClip(),loop()和 stop()等方法,下面的程序定义了如何实现声音的播放。

```
import java.awt.* ;
import java.applet.* ;
public class AudioApplet extends Applet
```

```
{
    AudioClip audio;
    public void init()
    {
        audio= getAudioClip(getCodeBase(),"kissme.au");
    }
    public void main(Graphics g)
    {
        g.drawString("循环播放声音的 Applet 小程序!",30,30);
    }
    public void start()
    {
        audio.loop();
    }
    public void stop()
    {
        audio.stop();
    }
}
```

　　上面程序中的代码：getAudioClip(getCodeBase(),"kissme. au")；用来获得声音文件，后面通过调用 loop()方法来循环播放该声音。

8.3.5　动画编程

　　动画是出一系列连续播放的画面组成的，给视觉造成连续变化的场景，这是动画最基本的原理。Java 语言中的动画技术，即在屏幕上显示一系列连续动画的第一帧图像，然后每隔很短的时间再显示下一帧图像，如此往复，利用人眼视觉的暂停现象，使人感觉到画面上的物体在运动。

　　前面使用 paint()方法在 Applet 上显示了静态图像，当拖动边框改变 Applet 大小时，图像也被破坏，但是很快又会通过闪烁恢复到原来的画面，这是为什么呢？原来，当系统发现屏幕上该区域的画面被破坏时，会自动调用 paint()方法将该画面复原，更确切一点说就是调用 repaint()方法来完成重画人物，而 repaint()方法又调用 update()方法，update()方法是先清除整个 Applet 区域中的内容，然后调用 paint()方法，从而完成一次重画工作。

　　明白了上面的过程，就可以确定制作动画的基本方案，即在 Applet 开始运行之后，每隔一段时间就调用一次 repaint()方法重画一帧。但是，如果这样的话，就又会存在一些其他的问题，例如用户离开网页后，嵌入的 Applet 会继续运行，占用 CPU 时间。出于对网络高效使用的目的，可以采用多线程来实现动画。

1. 用多线程实现动画文字

　　在 Java 中实现多线程的方法包括两种，一种是继承 Thread 类，另外一种是实现 Runnable 接口。对于 Applet 小程序，一般通过实现 Runnable 接口的方式。实现动画文字与实现动画的方法是一样的，可以通过实现 Runnable 接口来实现多线程绘出动画文字，使文字像打字一样一个一个地出现，然后全部隐去，再重复显示文字，实现类似打字的效果，例如下面的程序。

```
import java.awt.* ;
import java.applet.* ;
public class JumpText extends Applet implements Runnable
{
    Thread runThread;
    String s= "Happy Birthday!";
    int s_length= s.length();
    int x_character= 0;
    Font wordFont= new Font("Times New Roman",Font.BOLD,50);
    public void start()
    {
        if(runThread= = null)
        {
            runThread= new Thread(this);
            runThread.start();
        }
    }
    public void stop()
    {
        if(runThread! = null)
        {
            runThread.stop();
            runThread= null;
        }
    }
    public void run()
    {
        while(true)
        {
            if(x_character++ > s_length)
                x_character= 0;
            repaint();
            try
            {
                Thread.sleep(300);
            }
            catch (InterruptedException e)
            {
            }
        }
    }
    public void paint(Graphics g)
    {
        g.setFont(wordFont);
        g.setColor(Color.red);
        g.drawString(s.substring(0,x_character),8,50);
    }
}
```

编译上面的程序并在浏览器中运行之后,即可看到该程序的目的效果。

在上面的程序中,先声明了一个 Thread 类型的实例变量 runThread,用来存放新的线程对象,然后覆盖 start()方法,生成一个新线程并启动该线程。这里用到了 Thread 类的构造方法,格式如下:

```
Thread(Runnable target);
```

因为实现 Runnable 接口的正是 JumpText 类本身,所以参数 target 可以设置为 this,即本对象。生成 Thread 对象后,就可以直接调用 start()方法,启动该线程。这样程序中就包括了两个线程,一个运行原来的 Applet 中本身的代码,另一个通过接口中唯一定义的方法 run()运行另一个线程工作。

2. 显示动画

下面的一段程序显示了动画的形成过程。

程序代码如下:

```java
import java.awt.* ;
import java.applet.* ;
public class MovingImg extends Applet
{
    Image img0,img1;
    int x= 10;
    public void init()
    {
        img0= getImage(getCodeBase(),"2.jpg");
        img1= getImage(getCodeBase(),"1.gif");
    }
    public void paint(Graphics g)
    {
        g.drawImage(img0,0,10,this);
        g.drawImage(img1,x,50,this);
        g.drawImage(img0,0,130,this);
        try
        {
            Thread.sleep(50);
            x+ = 5;
            if(x== 550)
            {
                x= 10;
                Thread.sleep(1500);
            }
        }
        catch (InterruptedException e)
        {
        }
        repaint();
    }
}
```

程序运行的结果如图 8-12 所示。

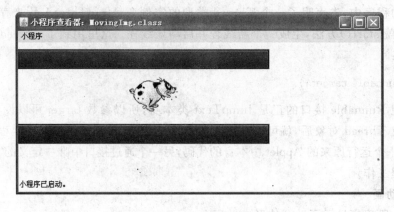

图 8-12 运行结果

这是一个简单的动画,在 Applet 中用两条线作为点缀,一个 gif 的动态小狗循环地从窗口的左边跑向窗口的右边。在上面的程序中创建了两个 Image 对象,即 img0 和 img1,这两个对象在 init()方法中加载以后,通过 paint()方法分别放在合适的位置,img1 对象的横坐标由变量 x 确定。x 的初始值为 10,通过 x 变量的不断变化,使得图形沿着横坐标不断地向右移动。在 try 和 catch 语句块中,程序调用了 sleep()方法,它是 Thread 类中定义的一个类方法,调用它可以使程序休眠指定的时间,单位是 ms。休眠结束以后,x 加 5,这表示下一帧 img1 的显示位置向右移动 5 个像素点。当图形移动到 550 点的位置时,使 x 重新回到 10 的位置,这样图形又一次回到左边,重复前面的动作。

paint()方法的最后一句是调用 repaint()方法,repaint()方法的功能是重画图像,它先调用 update()方法将显示区清空,再调用 paint()方法绘出图像,这就形成了一个循环,paint()方法调用了 repaint()方法,repaint()方法又调用 paint()方法,从而使图形不停地移动。

习　题

1. 什么是 Java Applet? 它与 Java Application 有什么区别?

2. 简述 Java Applet 程序开发的步骤。

3. 简述与 Java Applet 生命周期相关的 4 个方法。

4. 列举几个 Graphics 类提供的方法,并说明其用法。

5. 编写一个 Applet 小程序,程序的功能是绘制出一幅五颜六色的图形。

6. 编写一个程序,程序的功能是实现一个圆形在一条横线上从左向右行驶。

7. 编写一个 Applet 程序,程序的功能是实现一幅或者多幅图像逐个显示,并配以文字说明、颜色变化以及音乐等。

第9章 HTML 基础

9.1　HTML 概述

　　HTML(Hyper Text Mark‑up Language)即超文本标记语言或超文本链接标示语言,是目前网络上应用最为广泛的语言,也是构成网页文档的主要语言。设计 HTML 语言的目的是为了能把存放在一台计算机中的文本或图形与另一台计算机中的文本或图形方便地联系在一起,形成有机的整体,不用去考虑具体信息是在当前计算机上还是在网络的其他计算机上。只需使用鼠标在某一文档中点取一个图标,Internet 就会马上转到与此图标相关的内容上去,而这些信息可能存放在网络的另一台计算机中。HTML 文本是由 HTML 命令组成的描述性文本,HTML 命令可以说明文字、图形、动画、声音、表格和链接等。HTML 的结构包括头部(Head)、主体(Body)两大部分,其中头部描述浏览器所需的信息,而主体则包含所要说明的具体内容。

　　另外,HTML 是网络的通用语言,一种简单、通用的全置标记语言。它允许网页制作人建立文本与图片相结合的复杂页面,这些页面可以被网上任何其他人浏览到,无论使用的是什么类型的计算机或浏览器。

　　HTML 标签通常是英文词汇的全称(如块引用:blockquote)或缩略语(如 p 代表 Paragraph),但它们与一般文本有区别,因为它们放在单书名号里,所以 Paragragh 标签是<p>,块引用标签是<blockquote>。有些标签说明页面如何被格式化(例如,开始一个新段落),其他则说明这些词如何显示(<b>使文字变粗)还有一些其他标签提供在页面上不显示的信息——例如标题。

　　关于标签,需要记住的是,它们是成双出现的。每当使用一个标签——如<blockquote>,则必须以另一个标签</blockquote>将它关闭。注意 blockquote 前的斜杠,那就是关闭标签与打开标签的区别。但是也有一些标签例外。比如,<input>标签就不需要。

基本 HTML 页面以 DOCTYPE 开始,它声明文档的类型,且它之前不能有任何内容(包括换行符和空格),否则将使文档声明无效;接着是<html>标签,以</html>结束。在它们之间,整个页面有两部分——标题和正文。

标题词夹在<head>和</head>标签之间。这个词语在打开页面时出现在屏幕底部最小化的窗口。正文则夹在<body>和</body>之间,即所有页面的内容所在。页面上显示的任何东西都包含在这两个标签之中。

HTML 文档制作不是很复杂,且功能强大,支持不同数据格式的文件嵌入,这也是 WWW 盛行的原因之一,其主要特点如下。

(1)简易性

HTML 版本升级采用超集方式,从而更加灵活方便。

(2)可扩展性

HTML 语言的广泛应用带来了加强功能,增加标识符等要求,HTML 采取子类元素的方式,为系统扩展带来保证。

(3)平台无关性

虽然 PC 大行其道,但使用 MAC 等其他机器的大有人在,HTML 可以使用在广泛的平台上,这也是 WWW 盛行的另一个原因。

HTML 其实是文本,它需要浏览器的解释,HTML 的编辑器大体可以分为 3 种:

① 基本编辑软件,使用 Windows 自带的记事本或写字板都可以编写,甚至也可以用 WPS 来编写。不过在保存时需要将文件的扩展名标为.htm 或.html,这样浏览器就可以解释执行了。

② 半所见即所得软件,这种软件能大大提高开发效率,它可以使用户在很短的时间内做出 HOMEPAGE,而且可以学习 HTML。这种类型的软件主要有 HOTDOG,还有国产的软件网页作坊等。

③ 所见即所得软件,使用最广泛的编辑器,完全可以在一点不懂 HTML 知识的情况下就做出网页,这类软件主要有 Frontpage,Dreamweaver 等。

9.2　HTML 的基本结构

HTML 的文件结构形式如下:

```
< HTML>
    < HEAD>
        < title> , < base> , < link> , < isindex> , < meta>
    < /HEAD>
    < BODY>
        HTML 文件的正文写在这里
    < /BODY>
< /HTML>
```

例如下面的一个程序是一个最基本的 HTML 页面的源代码。

程序代码如下：

```
< html>
   < head>
      < title> 一个简单的 HTML 页面< /title>
   < /head>
   < body>
      < center>
          < h3> 欢迎光临！< /h3>
          < br> < br>
          < font size= 2> 欢迎光临我的主页,在这里你可以感受到一个文学氛围！< /font>
      < /center>
   < /body>
< /html>
```

该程序的浏览效果如图 9－1 所示。

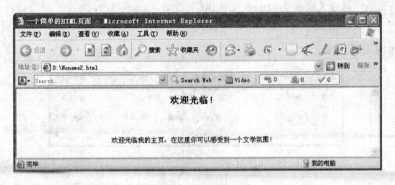

图 9－1 浏览效果

9.3 常用标签

首先要明确什么是标签、什么是标签的属性、什么是属性的值？拿一个网页中最常见的链接来举例,先看下面这行链接代码：

< a href= "http://www.blueidea.com/" title= "全国应用型人才教育"> NAPT< /a>

其中的 a,就是 HTML 的一种标签,用它来标识的内容就表示链接。

标签通常都是由尖括弧包围起来,并分为开始标签(＜a＞)与结束标签(＜/a＞),内容就被包围在这两个标签之间。

上面的这个例子,用到了两个属性:href 和 title,分别表示链接的地址和标题,属性的值要用等号与属性相连,并用双引号标注(如:"http://www. blueidea. com/"),属性与属性的值通常都写在开始标签内。

一个元素由一个标签来定义,包括开始和结束签以及其中的内容。

每个标签都可能有不止一个属性,而每个属性却只能赋予一个属性值。在这里不过多地涉及标签的属性涵义及属性的取值,而是强调一些常用标签的用法与涵义。

有些标签并不是成对出现的(例如 meta,img,br 等),它只有开始标签,没有结束标签,在

HTML 中它们可以不用结束,但是在 XHTML 中必须结束,而结束的方式就像 XML 简写空标签一样,如:

<p></p>,它内容是空的,就写成这样<p/>,同样,
就是
</br>,只是把关闭的空标签简写了。

9.3.1 标 题

如果一篇文章没有标题,就必须粗略看一部分后才能明白它要讲的内容,网页也一样,没有了标题,就没办法一下子明白它的内容。

1. title

<title>里的文本并不会出现在网页里面,Windows 上大多浏览器都默认出现在浏览器左上角,例如:

```
< head>
    < title> 欢迎大家来学 Html< /title>
< /head>
```

其表现如图 9-2 所示。

图 9-2　title 标签的使用

2. h 系列

h 系列一共有 6 个标签,从 h1～h6,算是 6 个等级,它们其实就像大纲的级别一样,一级一级下来,<h1>是代表最顶级标题,严格来说它只会在网页上出现一次,就像文章一样,只会有一个标题。通常希望能用 h 系列把网页划分成像大纲一样的结构。但是,所做的网页结构往往不会被随意划分,因为,网页不仅仅只是一份简单的文档,它包含有更多的内容。

如果想让网页有更多方面的应用,可以按级使用 h 系列。

```
< h1> 一级标题< /h1>
...
< h2> 二级标题< /h2>
< h3> 三级标题< h3>
...
< h2> 二级标题< /h2>
...
```

而不是像这样:

```
< h1> 一级标题< /h1>
< h3> 三级标题< h3>
...
< h2> 二级标题< /h2>
...
```

< h4> 四级标题< /h4>
…

3. caption

表格也是有标题的,更准确地说,<caption>是指定表格的简要描述。

4. legend

表单元素<fieldset>的标题。

9.3.2　内　容

1. p

这是一个有特定语义的标签,表示段落,可以用来区分段落,使用很简单,就像这样:

< p> 人生若只初相见! < /p>

因为 p 是表示段落,更多的时候段落只是出现在文章里,所以,并不是所有的内容都要放在<p>里面,最常用的地方是出现在类似文章的地方。<p>也可以存在于其他元素中,如:

< blockquote> < p> 出现在类似文章的地方< /p> < /blockquote>

基本上所有的浏览器中对<p>都有一个上下的边距,但是,不管默认什么样子,都可以通过 CSS 更改它。

2. br

有时内容并不是像段落一样,而是更像诗歌一样,因此就没必要拿一个个<p>去分割它们,例如可以像这样:

< p> 程序不是梦,< br/>
生于无形无像的禅中,< br/>
我们只是那做梦的人。< /p>

注意:br 这个标签的写法有点特别,它不是
或者
</br>。

br 是 break 的意思,属于表现层的标签,但是并非所有表现层的东西都不能用,在 XHT-ML 2.0 中有 line 可以代替
使用,但是现在应该按实际情况应用它。而且现在一样可以用 CSS 控制它不换行,例如把它的 display 属性的值改成 none。

3. a

<a>可以说是(X)HTML 中最伟大的一个元素,需要指定 href 或 name 属性。当有 href 属性时,<a>就是一个超链接,用于链接到其他网页。

< a href= http://www.naptc.com title= "全国应用型人才培养" > NAPT< /a>
< a href= "# csser" title= "单击到达分类目录"> csser< /a>

当有 name 属性时,<a>就是一个锚点,锚点的作用是:如果网页很长,可以使用锚点跳到页面的某一部分,例如:

< a name= "csser"> NAPT 教研< /a>

当单击<a href="＃csser" title="..">NAPT 教研</a>就可直接将网页滚动到标示<a name="csser">NAPT</a>的地方。在一些浏览器,如 IE,Firefox 中,可以使用 ID 代

替 name,但这并不是所有的浏览器都支持的。

超链接和锚点可以同时都有,这时它既是一个超链接,也是个锚点。例如:

```
< a name= "csser" href= "http://www.csser.org"> NAPT< /a>
```

4. strong 和 em

这两个都是属于强调某一内容的,其中<strong>是重点强调,一般浏览默认都是把<strong>显示为粗体,<em>显示为斜体,例如:

```
< p> 今天我买了一个< em> 手表< /em> ,< strong> 瑞士 Cartier < /strong> 多功能计时表。< /p>
```

在句子中强调了手表,还重点强调了牌子(瑞士 Cartier)。

5. ins 和 del

<ins>标签表示插入的内容,而<del>标签就是删除了的内容。

```
< p> 有个< del> 借< /del> < ins> 错< /ins> 别字! < /p>
```

更完整的写法是这样。

```
< p> 标签< ins cite= "cause.html" datetime= "20061225"> 大< /ins> 表示插入内容! < /p>
```

在<ins>里,cite 属性表示插入的原因,可以链入网址;datatime 属性表示插入的时间,而在<del>里就是表示删除的原因和时间。一般情况下,浏览器会把<ins>标签内的内容添加下划线,给<del>标签内的内容加删除线,属性 cite 和 datetime 是不会显示的。

可能这样看起来并没有什么用,其实是有很多作用的,它可以让开发人员在开发文档时相互合作,而且也保持了一些编辑痕迹(比如可以反映别人是什么时候修改、为什么修改的等),同时也可以完成版本控制。

当然,这些在现在强大的版本控制软件下已经显得不是那样重要。

6. abbr 和 acronym

<abbr>的含义是“缩略语”,它是对单词或者短语的简写形式的统称。

<acronym>的含义是“字头缩略语”,它特指单词形式的缩略语,好像听起来差不多一样,还是先看一下例子吧。

```
< abbr title= "World Wide Web"> WWW< /abbr>
< acronym title= "Radio detecting and ranging"> Radar< /acronym>
```

比如把 DOM 念成 dom,它就是一个字头缩写;如果念成 3 个字母 D-O-M,它就不是一个字头缩略词,但它仍是一个缩略语。<abbr>是表示缩略语,而<acronym>是表示字头缩略语。字头缩略语一定是缩略语;但是缩略语不一定是字头缩略语;或者这样说,需要用上<acronym>的也可以使用<abbr>,而使用<abbr>的却不一定能使用<acronym>。在 XHTML 2.0 中保留<abbr>,可以说<abbr>比<acronym>含义更广,应该废弃<acronym>,以免混淆。

使用<abbr>还有一个问题,就是 IE 6.0 及以下版本的 IE 浏览器并不认识这个标签,不过也有变相解决的方式,例如用插入 span 的方式来代替。

7. dfn

dfn 英文原意是 definition,也就是术语定义的意思。

8. kdb

表示由用户从键盘输入的文字,例如:

< p> 在浏览器的地址栏打上< kbd> www.naptc.com< /kbd> 。< /p>

但是,也有人把这理解成用户从键盘输入的按键,例如:

< p> 按< kbd> Tab< /kbd> 测试一下< /p>

9. code 和 var

在(X)HTML 中,有专门对代码进行标识的标签,那就是<code></code>,例如:

可以用<code>code</code>标签来表示计算机(程序)代码。

而 var 是定义一个变量名,例如计算机程序的变量、数学函数的变量等。例如:

< code> < var> wordcount< /var> = 6878;< /code>

10. pre

<pre>会确保代码的格式与显示出来的一样。

11. samp

用于定义一个“输出”的内容,例如:

< p> 你只要点删除,网页就会提示< samp> 该会话已移至“已删除邮件”< /samp> 。< /p>

12. blockquote

对于那些一段或者好几段的长篇文字或者其他的引用,就应当使用<blockquote>了,例如:

< blockquote cite= "http://www.aoao.org.cn">
< p> 人生若只初相见< /p>
< /blockquote>

其中的属性 cite 就是引用的地址。

13. q 和 cite

如果只是引用一句话的话,可以选择使用<q>,例如:

< p> < cite> 嗷嗷< /cite> 曰:< q> 珍惜生命,远离 Firefox! < /q> 。< /p>

注意:这里<cite>的用法是不一样的,在<blockquote>它只是一个属性,而这里是一个标签。

9.3.3　列　表

将一些事物的罗列应使用列表来显示,在 XHTML 中有 3 种列表的方法:无序、有序和自定义。

1. ul

ul 是无序列表,就是大家所熟知的圆圈列表,以<ul>开始,以</ul>结束,每一个列表项都包含在<li>之中,就像这样:

< ul>
　　< li> 项目一< /li>

```
    < li> 项目二< /li>
    < li> 项目三< /li>
< /ul>
```

效果如图 9-3 所示：

图 9-3　ul 效果图

无序列表常常用于导航条,因为导航条本来就是个列表。

2. ol

ol 是有序列表,与无序列表最大的不同之处在于,它在前面不再是小黑点,而是数字,虽然 CSS 能让<ol>与<ul>的外观看起来一样,但是,他们的本质不一样,例如有个歌曲的排行榜:

```
< ol>
    < li> 距离< /li>
    < li> 爱死了昨天< /li>
    < li> 天蓝< /li>
< /ol>
```

效果如图 9-4 所示：

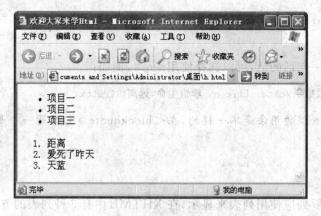

图 9-4　ol 效果图

3. dl

dl 是自定义列表,它有一些不同,可以用来标记一些列表项和描述,以<dl>开始,以</dl>结束。每一个被描述的项目,要包含在<dt>中,而描述的内容要包含在<dd>中,如下：

```
< dl>
    < dt>《千与千寻》< /dt>
        < dd> 剧情说的是 10 岁的少女千寻与父母一起从都市搬家到了乡下。没想到在搬家的
    途中,一家人发生了意外。他们进入了汤屋老板魔女控制的奇特世界——在那里不劳动的人将
    会被变成动物。< /dd>
    < dt>《龙猫》< /dt>
        < dd> 和爸爸一起搬到乡下的两姐妹,在家旁的一棵大树下发现了只有好孩子才能看见
    的 TOTORO。其间发生了很多不可思议而有趣的故事。< /dd>
< /dl>
```

效果如图 9-5 所示:

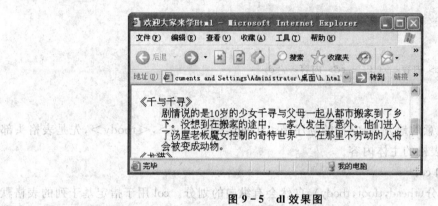

图 9-5　dl 效果图

在对<dl>的这个标签及子标签<dt>,<dd>的完整性上我跟好友戚佳慧(网名是
old9,也是一个 Web 标准的爱好者,个人博客是:http://old9.blogsome.com/)有一个相同的
看法,就是最好能多出一个像<ol>,<ul>的子标签<li>来嵌套<dt>,<dd>。

在<dl>里面,不一定要一个<dt>对应一个<dd>,可以是一个<dt>对应多个<dd>,也
可以是没有<dd>等等,正因为这样,有时也无法确定哪一些是相对应,常常是用这样的方式
来判断的:在遇到下一个<dt>之前的<dd>都是对应上一个<dt>。

9.3.4　表　格

为了使数据表格有更强的访问性,了解和使用各种构造表格的组件就很重要了。例如表
格标题(<caption>)、摘要(summary 属性)和表格头部单元格(<th>)等。

1. table

一个表格的开始,表格的元素都应该存在于 table 标签里面。

2. caption

<caption>标签可以为表格提供一个简短的说明,也可以当成标题看待。使用的时候,
<caption>标签一定要紧接着开始的<table>标签写,默认情况下,大部分可视化浏览器显
示表格标题在表格的上方中央。

3. summary

<summary>与<caption>的关系有点像标题与描述一样,不过这个属性的值是不会被
可视化浏览器显示。

4. tr,th 和 td

<tr>用于指定表格中的一行,而<th>是指标题列,大部分浏览器都会把标题列的内容

居中并以粗体显示，<td>才是表格中的单元格。

<th>跟<td>这两个都是表格最重要的组成部分，它们必须存在于<tr>的子级，内容都是通过这两者来显示的。

5. thead,tfoot 和 tbody

表格也一样有很完整的结构，它有分头部、主体部分和底部。在 HTML4 中，它们早已经存在了，不过一直没什么人使用它，在 XHTML 的时代，大家更须要学习它。

尝试创建一份声明是 html4 strict 类型的网页，使用这样的表格：

```
< table>
    < tr>
        < th> 头部< /th> < th> 头部< /th>
    < /tr>
    < tr>
        < td> 内容< /td> < td> 内容< /td>
    < /tr>
< /table>
```

有个特别要注意的地方是：它们的顺序是<thead>,<tfoot>,<tbody>，先是表格头部跟底部，然后才是表格的主体内容。

6. colgroup 和 col

有了横向的划分(thead,tfoot,tbody)，自然会有纵向的划分。col 用于指定基于列的表格默认属性，嵌套的 col 属性将覆盖 colgroup 属性，而 colgroup 指定表格中一列或一组列的默认属性。

9.3.5 表 单

表单(form)是 HTML 的一个重要部分，主要用于采集和提交用户输入的信息。

1. form

form 是用于申明表单，定义采集数据的范围，也就是<form>和</form>里面包含的数据将被提交到服务器或者电子邮件里。

2. fieldset 和 legend

fieldset 用于对表单中的元素进行分组，而在<fieldset>这个组内，<legend>就是它的标题，用于描述<fieldset>所包含的内容。一般可视化浏览器把<fieldset>渲染为带边框的，<legend>一般显示在左上角。要注意的一点是，<legend>元素必须是<fieldset>内的第一个元素，否则<legend>前面的内容将出现在<fieldset>前面，而不是在里面。

fieldset 元素不仅仅适用于大块的内容分组，也可以用于选项的分组，例如：

```
< fieldset>
< legend> 爱好< /legend>
        < input type= "checkbox" id= "likeSleep" name= "like"/>
        < label for= "likeSleep"> 运动< /label>
        < input type= "checkbox" id= "likeEat" name= "like" />
        < label for= "likeEat"> 唱歌< /label>
        < input type= "checkbox" id= "likeEat" name= "like" />
    < label for= "likeEat"> 读书< /label>
< /fieldset>
```

效果如图 9-6 所示：

图 9-6　fieldset 效果图

3. label

可以使用 label 对象将文本与其他任何 HTML 对象或内部控件关联。无论用户单击 <label> 或者 HTML 对象，被链接的 <label> 和 HTML 对象在引发和接收事件时行为一致，而要连接 <label> 和 HTML 对象的方式是：将 <label> 的 for 属性设置为要关联的 HTML 对象的 id 属性。例如：

```
< label for= "username"> 用户:< /label> < input type=
"text" id= "username" name= "username" />
```

当单击 <label> 内的文本(用户:)时，<label> 会将焦点设置到文本框。

<label> 主要是给表单组件增加可访问性设计的，一般把 label 用在表单里。除了以上方法，还可以直接用 label 套嵌整个表单组件和文本标签，例如下面的例子：

```
< label for= "likeSleep"> < input type= "checkbox" id= "likeSleep" name= "like"/> 睡觉< /label>
< label for= "likeEat"> < input type= "checkbox" id= "likeEat" name= "like" /> 吃饭< /label>
```

4. input

这个是在表单里应用得最多的一个标签，一个由属性值来决定标签的意义的标签。

基本结构是：

```
< input type= "…" id= "…" name= "…" value= "…" />
```

5. type＝"text"

即单行文本输入框。文本框是一种让访问者自己输入内容的表单对象，通常被用来填写单个字或者简短的回答，如姓名、地址等。

6. type＝"password"

密码输入框是一种特殊的文本域，用于输入密码。当访问者输入文字时，文字会被"＊"代替，而输入的文字会被隐藏。

7. type＝"checkbox"

复选框允许在待选项中选中一项以上的选项。

8. type＝"radio"

当需要访问者在待选项中选择唯一的答案时，就需要用到单选框了。

9. type＝"file"

有时候，需要上传已有的文件，文件上传框看上去和其他文本域差不多，只是它还包含了一个【浏览】按钮(语言是中文的浏览器)。

10. type＝"hidden"

隐藏域元素不会显示在文档里,所以用户也无法操作该元素。该元素通常用来传输一些客户端到服务器的状态信息。虽然此元素不会显示出来,但是通过查看 HTML 的源代码还是可以看到该元素属性的值,所以请注意,不要用该元素传递敏感信息,例如密码。

11. type＝"image"

创建一个图像控件,该控件单击后将导致表单立即被提交,并且会提交单击该元素的坐标,例如:

```
< input type= "image" name= "test" src= "napt.gif"/>
```

将把 x 坐标以 test. x,y 坐标以 test. y 提交,就是在 name 后面加个. x 和. y 组成两个新的 name,value 的任何属性值都将被忽略,src 属性指定了 img 元素。

12. type＝"button"

这是一个普通的按钮,它的值并不会提交,而是显示在按钮上,如果没有通过 JavaScript 给其添加操作时,它将是个普通的可视元素。

13. type＝"submit"

提交按钮,将表单(Form)里的信息提交给表单里 action 属性所指向的地址。

如果在同一表单中有多个＜input type＝"submit"…/＞ 按钮,按回车键将使用第一个＜input type＝"submit" …/＞按钮提交表单,除非此时正有另一个＜input type＝"submit" …/＞按钮获得了焦点。如果另外一个＜input type＝"submit" …＞按钮已获得焦点,按回车键将使用该＜input type＝"submit" …＞按钮提交表单,为什么有可能是多个提交按钮呢? 因为 type＝"submit"的值也是可以提交的。

14. type＝"reset"

重置按钮,可以通过 value 属性指定文字。该按钮单击后将重置表单控件为其默认值。

在＜input＞的属性里,name 和 id 并非必须的,name 是由表单处理用,而 id 是给 label 做连接用,value 的显示是因类型而异:type＝"text"的直接显示于文本框内;type＝"password"的以星号代替 value 的值;type＝"checkbox",type＝"radio"的无法直接在页面上看到;type ＝"file"的因安全问题,无默认的 value,即使添加了 value,也会被忽略;type＝"hidden"的因为本身已经隐藏,自然也没显示;type＝"image"的并无 value 值,它是由用户单击时实时创建的;type＝"button",type＝"submit",type＝"reset"这 3 种类型的 input 的 value 属性指定了显示在按钮上的文字。

15. textarea

多行文本输入框,也是一种让访问者自己输入内容的表单对象,接受的内容比单行文本输入框更多。

```
< textarea id= "..." name= "..." cols= "..." rows= "..." wrap= "…"> 多行文本输入框的内
容是写在这里面< /textarea>
```

其中 cols 属性定义多行文本框的宽度,单位是单个字符宽度(注:Firefox 默认没有滚动条,所以得到额外的宽度);rows 属性定义多行文本框的高度,单位是单个字符高度(IE 浏览器是计算单个字符宽度);wrap 属性定义输入内容大于文本域时显示的方式,可选值如下:

① 默认值是文本自动换行;当输入内容超过文本域的右边界时会自动转到下一行,而数据在被提交处理时自动换行的地方不会有换行符出现。

② off，用来避免文本换行，当输入的内容超过文本域右边界时，文本将向左滚动，必须用 Return 才能将插入点移到下一行。

③ virtual，允许文本自动换行。当输入内容超过文本域的右边界时会自动转到下一行，而数据在被提交处理时自动换行的地方不会有换行符出现。

④ physical，让文本换行，当数据被提交处理时换行符也将被一起提交处理。

16. select,optgroup 和 option

（1）select 标签

下拉选择框或列表框，＜select＞也是一个由属性决定表现的，同时，这个属性也是 CSS 无法代替的，它就是 size，看一个例子：

```
< select id= "..." name= "..." >
    < option value= "..."> napt1< /option>
    < option value= "..."> napt2< /option>
    < option value= "..."> napt3< /option>
< /select>
```

执行效果如图 9-7 所示

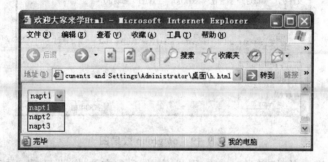

图 9-7　select 效果图

这种就是默认的下拉选择框，如果添加了 size 属性，例如下面的形式：

```
< select id= "..." name= "..." size= "4">
    < option value= "..."> napt1< /option>
    < option value= "..."> napt2< /option>
    < option value= "..."> napt3< /option>
< /select>
```

执行效果如图 9-8 所示。

图 9-8　添加属性后的效果图

这时,＜select＞变成了列表框,size 是决定列表框的行数,当然,可以再通过 CSS 重新定义它的高度。

(2) optgroup 标签

可以给＜select＞的 options 分类,需要使用一个 label 属性,在可视化浏览器里,它的属性值会在下拉列表里显示为一个不可选的标题。

```
< select id= "..." name= "...">
     < optgroup label= "napt1">
          < option value= "..."> napt1< /option>
          < option value= "..."> napt2< /option>
     < optgroup label= "napt2"/>
          < option value= "..."> napt3< /option>
     < /optgroup>
< /select>
```

执行效果如图 9-9 所示。

图 9-9　optgroup 效果图

option 就是选择中的内容了,value 属性值并不会在浏览器显示,它只是作为提交数据的值。

9.3.6　注　释

这个其实称不上是一个元素,它也不会显示在网页里,而会被浏览器忽视掉的,但也有些浏览器会当它存在,它本来存在的意义是方便大家编写代码的注释或者备忘用的,就像这样:

```
< ! -- 这些代码作用显示标签-- >
< div class= "tags"> …< /div>
```

在使用注释时要注意的问题是＜! --跟-->是配对存在的,如果使用下面的形式,在 IE 浏览器里会把整一行都当成注释。

```
< ! -- 这里是注释的内容< ! -- 这里是注释的内容-- >
```

但是在一些浏览器(如果 Firefox,Opera 在某些情况下文档声明是严格型的)却不是这样,它们会把前面的"＜! --这里是注释的内容"显示出来。如果想显示"＜"之类的特殊符号,应该使用编码表示,例如使用"<"代替"＜",更多关于特殊符号的编码在后面介绍。

同时也不要在注释内容中使用"--","--"只能发生在 HTML 注释的开头和结束,如果像下面的样式使用:

　　< ！-- 这里是注释的内容-- 这里是注释的内容-- >

这个同样存在刚才的问题，IE 依然会当成注释，而另一些浏览器会把它整行都当成文本显示。

习　题

1. 简述 HTML 的概念。
2. HTML 文档的结构是怎样的？
3. 网页中的表格由哪几部分组成？
4. 简述表单的主要作用。
5. 尝试设计并制作自己的个人主页。

第 10 章　图形用户界面

◎ **本章要点**

- 图形用户界面概述
- AWT 组件的分类
- 事件处理
- Swing 组件集介绍

◎ **学习要求**

- 理解图形用户界面的概念
- 掌握 AWT 组件的分类
- 掌握 AWT 事件处理
- 掌握 Swing 的概念
- 掌握 Swing 组件的层次结构和特性

10.1　概　述

GUI 全称是 Graphical User Interface，即图形用户界面。顾名思义，就是应用程序提供给用户操作的图形界面，包括窗口、菜单、按钮、工具栏和其他各种屏幕元素。目前，图形用户界面已经成为一种趋势，它的好处显而易见，所以几乎所有的程序设计语言都提供了 GUI 设计功能。在 Java 中有两个包为 GUI 设计提供了丰富的功能，它们是 AWT 和 Swing。AWT 是 Java 的早期版本，其中的 AWT 组件种类有限，可以提供基本的 GUI 设计工具，却无法完全实现目前 GUI 设计所需的所有功能。Swing 是 SUN 公司对早期版本的改进版本，它不仅包括 AWT 中具有的所有部件，并且提供了更加丰富的部件和功能，以完全实现 GUI 设计所需的一切功能。Swing 会用到 AWT 中的许多知识，掌握了 AWT，也就基本掌握了 Swing。

下面以时间顺序简单介绍一下与图形用户界面技术相关的一些历史事件。

① 1973 年，施乐公司帕洛阿尔托研究中心（Xerox PARC）最先提出了图形用户界面这一概念，并且建构了 WIMP 图形界面。

② 1980 年出现了 Three Rivers Perq Graphical Workstation。

③ 1981 年出现了 Xerox Star。

④ 1983 年出现了 Visi On。该图形用户界面最初是一家公司为电子制表软件设计的，这个电子制表软件就是具有传奇色彩的 VisiCale，1983 年它首先引入了在 PC 环境下的视窗和

鼠标的概念,虽然先于微软视窗出现,但是 Visi On 并没有成功研制出来。

⑤ 1984 年苹果公司发布了 Macintosh。Macintosh 是首例成功使用 GUI 并将其用于**商业用途的产品**。从 1984 年开始,Macintosh 的 GUI 随着时间的推移一直在进行修改,在 System 7 中,做了主要的一次升级。2001 年 Mac OS X 问世,这是它的最大规模的一次修改。

⑥ 1985 年发布的第一个微软视窗版本操作系统 Windows 1.0,以及其后陆续推出的 Windows 2.0,Windows 3.0,Windows NT,Windows 95,Windows 98,Windows Me, Windows 2000,Windows XP,Windows Server 2003 以及 Windows Vista 等。

通常情况下,图形用户界面的开发都需要遵循一些设计原则,例如:

(1) 用户至上的原则

设计界面时一定要充分考虑用户的实际需要,使程序能真正吸引用户,让用户觉得简单易用。

(2) 交互界面要友好

在程序与用户交互时,所弹出的对话框、提示框一定要美观,不要"吓"着用户。另外,能替用户做的事情,最好都在后台处理,千万不要在不必要的时候弹出任何提示信息。

(3) 配色方案要合理

监视使用柔和的色调,不使用强烈的刺激人眼的颜色。

当前最主流的基于 Java 的图形用户界面开发工具主要有 3 种,即 AWT,Swing 和 SWT/JFace。其中前两个是美国 Sun 公司随着 JDK 一起发布的,而 SWT 则是由 IBM 领导的开源项目(现在已经脱离了 IBM)Eclipse 的一个子项目,这就意味着假如使用 AWT 或者 Swing,则只要计算机上安装了 JDK 或者 JRE,发布软件时便无需带其他的类库,但如果使用的是 SWT,那么在发布时就必须要带上 SWT 的 *.dll(Windows 平台)huozhe *.so(Linux&Unix 平台)文件连同相关的 *.jar 打包文件,虽然 SWT 最初仅仅是 Eclipse 组织为了开发 Eclipse IDE 环境所编写的一组底层图形界面 API,但是在目前看来,SWT 无论在性能上还是在外观上都不逊色于 Sun 公司提供的 AWT 和 Swing 组件集。

10.2 初识 AWT

AWT(Abstract Windowing Tookit)的中文含义是抽象窗口工具集,是 Java 提供的用来开发图形用户界面的基本工具。AWT 由 JDK 的 java.awt 包提供,其中包含了许多可以用来建立图形用户界面(GUI)的类,一般称这些类为组件(Component),AWT 提供的这些图形用户界面基本组件可用于编写 Java Applet 小程序或者 Java Application 独立应用程序。

AWT 中定义了多种类和接口,用于在 Java 应用程序和 Java Applet 中进行 GUI 设计。

首先通过一个示例程序来看一下 Java 的图形界面编程,程序代码如下:

```
import java.awt.* ;
public class TestFrame
{
    public static void main(String args[])
    {
        Frame f=new Frame("NAPT 教研中心");
```

```
    f.add(new Button("确定"));
        f.setSize(300,300);
        f.setVisible(true);
    }
}
```

执行该程序后的运行效果如图 10 - 1 所示。

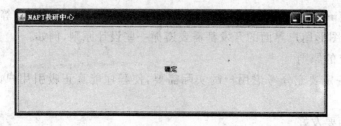

图 10 - 1　执行效果

图形界面程序可以使用各种各样的图形界面元素,例如文本框、按钮、列表框和对话框等,通常将这些图形界面元素称为 GUI 组件。AWT 为各种 GUI 组件提供了相应的 Java 组件类,这些组件类都是 java. awt. Component 的直接或间接子类。其中,Frame 类用于产生一个具有标题栏的框架窗口。Frame. setSize 方法设置窗口的大小,Fram. setVisible 设置显示或隐藏窗口。

AWT 组件大致可以分为 3 类,即容器类组件、布局类组件和普通类组件。

10. 2. 1　容器类组件

容器类组件由 Container 类派生而来,比较常用的有 Windows 类型的 Frame 类和 Dialog 类,以及 Panel 类型的 Applet 类。通常一个程序的图形用户界面中总是对应于一个总的容器组件,如 Frame,这个容器组件可以直接容纳普通组件(例如 Lable,List,Scrollbar,Choice 以及 Checkbox 等),也可以容纳其他容器类组件,如 Panel 等,再在 Panel 容器上布置其他组件元素,这样就可以设计出满足用户需求的界面。

容器类组件都有一定的范围和位置,并且它们的布局也从整体上决定了所容纳的组件的位置,因此,在界面设计的初始阶段,首先需要考虑的就是容器类组件的布局。

10. 2. 2　布局组件类

选择了容器之后,可以通过容器的 setLayout()和 getLayout()方法来确定布局(Layout),也就是限制容器中各个组件的位置和大小等。

Java 提供了多种布局,如顺序布局(FlowLayout)、边界布局(BorderLayout)和网格布局(GridLayout)等。

1. 顺序布局

顺序布局(FlowLayout)是最基本的一种布局,面板的默认布局就是顺序布局。顺序布局指的是把图形元件一个接一个地放在面板上。下面是一个顺序布局的例子。

```
package sample;
import java.awt.* ;
```

```
import java.awt.event.WindowAdapter;
import java.awt.event.WindowEvent;
public class MyFlowLayout
{
    private Frame f;
    private Button button1,button2,button3;
    public static void main(String args[])
    {
        MyFlowLayout mflow=new MyFlowLayout();
        mflow.go();
    }
    public void go()
    {
        f=new Frame("NAPT教研中心");
        f.addWindowListener(new WindowAdapter(){
            public void windowClosing(WindowEvent evt)
            {
                f.setVisible(false);
                f.dispose();
                System.exit(0);
            }
        });
        f.setLayout(new FlowLayout(FlowLayout.LEADING,20,20));
        button1=new Button("确定");
        button2=new Button("打开");
        button3=new Button("关闭");
        f.add(button1);
        f.add(button2);
        f.add(button3);
        f.setSize (200,200);
        f.pack();
        f.setVisible(true);
    }
}
```

程序运行的结果如图 10-2 所示。

图 10-2　顺序布局

2. 边界布局

边界布局(BorderLayout)包括 5 个区,即北区、南区、东区、西区和中区。这 5 个区在面板上的分布规律是"上北下南,左西右东"。

下面是一个边界布局的例子。

```java
package sample;
import java.awt.* ;
import java.awt.event.WindowAdapter;
import java.awt.event.WindowEvent;
public class MyBorderLayout
{
    Frame f;
    Button east,south,west,north,center;
    public static void main(String args[])
    {
        MyBorderLayout mb=new MyBorderLayout();
        mb.go();
    }
    public void go()
    {
        f=new Frame("BorderLayout 演示");
        f.addWindowListener(new WindowAdapter(){
            public void windowClosing(WindowEvent evt)
            {
                f.setVisible(false);
                f.dispose();
                System.exit(0);
            }
        });
        f.setBounds(0, 0, 300, 300);
        f.setLayout(new BorderLayout());
        north=new Button("北");
        south=new Button("南");
        east=new Button("东");
        west=new Button("西");
        center=new Button("中");
        f.add(BorderLayout.NORTH,north);
        f.add(BorderLayout.SOUTH,south);
        f.add(BorderLayout.EAST,east);
        f.add(BorderLayout.WEST,west);
        f.add(BorderLayout.CENTER,center);
        f.setVisible(true);
    }
}
```

程序运行结果见图 10-3。

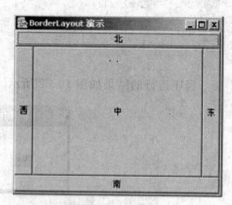

图 10-3　边界布局

3. 网格布局

网格布局(GridLayout)把面板分成一个个大小相等的网格,可以给出网格的行数和列数。下面是一个网格布局的例子。

```java
package sample;
import java.awt.* ;
import java.awt.event.* ;
public class MyGridLayout
{
    private Frame f;
    private Button[] btn;
    public static void main(String args[])
    {
        MyGridLayout grid=new MyGridLayout();
        grid.go();
    }
    public void go()
    {
        f=new Frame("GridLayout演示");
        f.addWindowListener(new WindowAdapter(){
            public void windowClosing(WindowEvent evt)
            {
                f.setVisible(false);
                f.dispose();
                System.exit(0);
            }
        });
        f.setLayout (new GridLayout(3,3,10,10));
        btn=new Button[9];
        for(int i=0;i<= 8;i++ )
        {
            int j=i+1;
            btn[i]=new Button(""+j);
            f.add(btn[i]);
        }
        // f.pack();
        f.setSize(100,100);
        f.setVisible(true);
    }
}
```

程序运行结果见图 10 - 4。

图 10 - 4　网格布局

4. 卡片布局

卡片布局(CardLayout)把每个组件看作一张卡片,好像一副扑克牌,它们叠在一起,每次只有最外面的一个组件可以被看到。

```
package sample;
import java.awt.* ;
import java.awt.event.* ;
public class MyCardLayout
{
    public static void main(String args[])
    {
        new MyCardLayout().go();
    }
    public void go()
    {
        final Frame f=new Frame("CardLayout 演示");
        f.addWindowListener(new WindowAdapter(){
        public void windowClosing(WindowEvent evt)
            {
                f.setVisible(false);
                f.dispose();
                System.exit(0);
            }
        });
        f.setSize(300, 100);
        f.setLayout(new CardLayout());
        final Frame f1=f;
        for(int i=1;i<=5;++i)
        {
            Button b= new Button("Button"+i);
            b.setSize(100,25);
            b.addActionListener(new ActionListener(){
                public void actionPerformed(ActionEvent ae)
                {
                    CardLayout cl=(CardLayout)f1.getLayout();
                    cl.next(f1);
                }
            });
            f.add(b,"button"+i);
        }
        f.setVisible(true);
    }
}
```

程序运行结果见图 10 - 5。

图 10 - 5 卡片布局

单击按钮 Button1 后，显示下一个按钮 Button2，以此类推。

5. 网格包布局

网格包（GridBag）布局是基于网格布局之上的一种改进。和基本的网格布局不同的是，一个组件可以跨越一个或多个网格，这样一来增加了布局的灵活性。为了处理网格的跨越性，通常可以使用 GridBagConstraints 类。有兴趣的读者可以参考 Java API 来了解它。

```java
package sample;
import java.awt.* ;
import java.util.* ;
import java.awt.event.* ;
public class MyGridBagLayout extends Panel
{
    protected void makebutton(String name,GridBagLayout gridbag,GridBagConstraints c)
    {
        Button button=new Button(name);
        gridbag.setConstraints(button,c);
        add(button);
    }
    public void go()
    {
        CridBagLayout gridbag=new GridBagLayout();
        GridBagConstraints c=new GridBagConstraints();
        setFont(new Font("Helvetica",Font.PLAIN,14));
        setLayout(gridbag);
        c.fill=GridBagConstraints.BOTH;
        c.weightx=1.0;
        makebutton("Button001",gridbag,c);
        makebutton("Button2",gridbag,c);
        makebutton("Button3",gridbag,c);
        c.gridwidth=GridBagConstraints.REMAINDER;
        makebutton("Button4",gridbag,c);
        c.weightx=0.0;
        makebutton("Button5",gridbag,c);
        c.gridwidth=2;
        makebutton("Button6",gridbag,c);
        c.gridwidth=GridBagConstraints.REMAINDER;
        makebutton("Button007",gridbag,c);
        c.gridwidth=1;
        c.gridheight=2;
        c.weighty=1.0;
        makebutton("Button8",gridbag,c);
        c.weighty=1.0;
        c.gridwidth=GridBagConstraints.REMAINDER;
        c.gridheight=1;
        makebutton("Button9",gridbag,c);
```

```
        makebutton("Button10",gridbag,c);
        setSize(300,100);
    }
    public static void main(String args[])
    {
        final Frame f=new Frame("GridBagLayout 演示");
        f.addWindowListener(new WindowAdapter(){
            public void windowClosing(WindowEvent evt)
            {
                f.setVisible(false);
                f.dispose();
                System.exit(0);
            }
        });
        MyGridBagLayout gb=new MyGridBagLayout();
        gb.go();
        f.add("Center",gb);
        f.pack();
        f.setVisible(true);
    }
}
```

程序运行结果见图 10 - 6。

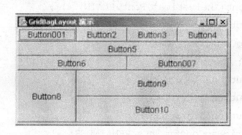

图 10 - 6   网格包布局

10.2.3   普通组件

本小节将从应用的角度进一步介绍 AWT 的一些组件,目的是使读者加深对 AWT 的理解,掌握如何用各种组件构造图形化用户界面,学会控制组件的颜色和字体等属性。在介绍组件过程中,首先引入了事件处理的一些相关内容(后面会详细展开)。

下面是一些常用组件的介绍。

1. 按　钮

按钮(Button)是最常用的一个组件,其构造方法如下:

```
Button b=new Button("Quit");
```

当按钮被单击后,会产生 ActionEvent 事件,由 ActionListener 接口进行监听和处理事件。

ActionEvent 的对象调用 getActionCommand()方法可以得到按钮的标识名,默认按钮名为 label。用 setActionCommand()可以为按钮设置组件标识符。

2. 标　签

标签(Label)是一种放到面板上的静止的正文。其构造方法如下:

```
Label label1=new Label("你好!");
```

下面是一个标签的例子。

```
import java.awt.* ;
import java.applet.Applet;
public class LabelTest extends Applet
{
    public void init()
    {
        setLayout(new FlowLayout(FlowLayout.CENTER,10,10));
        Label label1=new Label("你好!");
        Label label2=new Label("欢迎!");
        add(label1);
        add(label2);
    }
    ⋮
}
```

程序执行后的效果如图 10 - 7 所示。

图 10 - 7　标签效果

3. 复选框

复选框(Checkbox)提供简单的 on/off 开关,旁边显示文本标签。
其主要方法如下:

```
setLayout(new GridLayout(3,1));
add(new Checkbox("one",null,true));
add(new Checkbox("two"));
add(new Checkbox("three"));
```

程序执行后的效果如图 10 - 8 所示。

复选框用 ItemListener 来监听 ItemEvent 事件,当复选框状态改变时,用 getStateChange()获取当前状态,使用 getItem()获得被修改复选框的字符串对象。

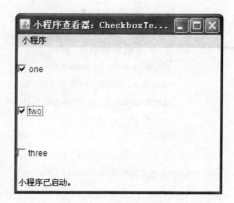

图 10 - 8　复选框效果

4. 单选框

单选框(CheckboxGroup)的功能是指只能选择其中的一项。方法如下:

```
setLayout(new GridLayout(3, 1));
CheckboxGroup cbg=new CheckboxGroup();
add(new Checkbox("one",cbg,true));
add(new Checkbox("two",cbg,false));
add(new Checkbox("three",cbg,false));
```

程序执行后的效果如图 10-9 所示。

5. 下拉式菜单

下拉式菜单(Choice)每次只能选择其中的一项,它能够节省显示空间,适用于大量选项。

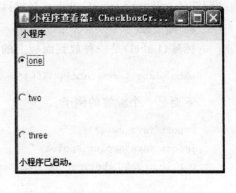

```
Choice colorChooser=new Choice();
colorChooser.add("Green");
colorChooser.add("Red");
colorChooser.add("Blue");
```

Choice 用 ItemListener 接口来进行监听。

6. 画　布

一个应用程序必须继承 Canvas 类才能获得有用的功能,比如创建一个自定义组件。如果想在画布

图 10-9　单选框

(Canvas)上完成一些图形处理,则 Canvas 类中的 paint()方法必须被重写。

Canvas 组件监听各种鼠标、键盘事件。当在 Canvas 组件中输入字符时,必须先调用 requestFocus()方法。

创建画布的实例如下:

```
import java.awt.* ;
import java.applet.Applet;
public class CanvasGUI extends Applet
{
    ……
    MyCanvas doodle;
    ……
    public void init()
    {
    //建立我们的画布
    doodle=new MyCanvas();
    doodle.reshape(0,0,100,100);
    leftPanel.add("Center",doodle);
    ……
    }
}
class MyCanvas extends Canvas
{
    public void paint(Graphics g)
    {
        g.drawRect(0, 0, 99, 99);
        g.drawString("Canvas",15,40);
    }
}
```

7. 单行文本输入区

单行文本输入区(TextField)也叫做文本域,一般用来让用户输入像姓名、信用卡号这样

的信息,它是一个能够接收用户的键盘输入的小块区域。

单行文本输入区构造方法有 4 种类型供选择:空的、空的并且具有指定长度、带有初始文本内容的和带有初始文本内容并具有指定长度的。下面是生成这 4 种文本域的代码。

```
TextField tf1,tf2,tf3,tf4;
//空的文本域
tf1=new TextField();
//长度为 20 的空的文本域
tf2=new TextField(20);
//带有初始文本内容的文本域
tf3=new TextField("你好");
//带有初始文本内容并具有指定长度的文本域
tf4-new TextField("你好",30);
```

单行文本输入区只能显示一行,当按下回车键时,会发生 ActionEvent 事件,可以通过 ActionListener 中的 actionPerformed()方法对事件进行相应处理。可以使用 setEditable (boolean)方法设置为只读属性。

8. 文本输入区

文本输入区(TextArea)可以显示多行多列的文本。与文本域类似,创建文本区时也有 4 种类型供选择,但如果指定文本区的大小,必须同时指定行数和列数。

```
TextArea ta1,ta2;
// 一个空的文本区
ta1=new TextArea();
//一个带有初始内容、大小为 5x40 的文本区
ta2=new TextArea("你好!",5,40);
```

可以用成员方法 setEditable()来决定用户是否可以对文本区的内容进行编辑。

```
//使文本区为只读的
ta2.setEditable(false)
```

通常可以用成员方法 getText()来获得文本区的当前内容。在 TextArea 中可以显示水平或垂直的滚动条。要判断文本是否输入完毕,可以在 TextArea 旁边设置一个按钮,通过按钮单击产生的 ActionEvent 事件对输入的文本进行处理。

9. 列　表

列表(List)框使用户易于操作大量的选项。创建列表框的方法和下拉式菜单有些相似。列表框的所有条目都是可见的,如果选项很多,超出了列表框可见区的范围,则列表框的旁边将会有一个滚动条。列表框中提供了多个文本选项,可以浏览多项。

```
List lst=new List(4,false);      //两个参数分别表示显示的行数,是否允许多选
lst.add("Venus");
lst.add("Earth");
lst.add("Moon");
lst.add("Mars");
cnt.add(lst);
```

10. 滚动条

在某些程序中,需要调整线性的值,这时就需要滚动条。滚动条提供了易于操作的值的范围或区的范围。

(1) 创建滚动条

当创建一个滚动条时,必须指定它的方向、初始值、滑块的大小、最小值和最大值。

```
public Scrollbar(int orientation,int initialValue,int sizeOfSlider,int minValue,int maxValue);
```

下面是一个例子。

```
Scrollbar redSlider;
public void init()
{
    redSlider=new Scrollbar(Scrollbar.VERTICAL,0,1,0,255);
    add(redSlider);
}
```

(2) 滚动条事件

和其他接口元件一样,滚动条产生一个可以控制的事件;但和其他事件不同,必须直接使用成员方法 handleEvent(),而不能使用成员方法 action()。

(3) 滚动条的值的显示

如果想显示滑块所在位置的值,则需要添加一个自己的文本域。下面是一个例子。

```
import java.awt.* ;
import java.applet.Applet;
public class RedSliderTest extends Applet
{
    Scrollbar redslider;
    TextField redvalue;
    Label redlabel;
    public void init()
    {
        setLayout(new GridLayout(1,3));
        redslider=new Scrollbar(Scrollbar.HORIZONTAL,0,1,0,255);
        redvalue=new TextField("0",5);
        redvalue.setEditable(false);
        redlable=new Label("Red(0-255)");
        add(redlabel);
        add(redslider);
        add(redvalue);
    }
    public boolean handleEvent(Event e)
    {
        if(e.target instanceof Scrollbar)
        {
            redvalue.setText(Integer.toString(((Scrollbar)e.target).getValue()));
```

```
        return true;
    }
    return super.handleEvent(e);
}
public boolean action(Event e,Object arg)
    {
    System.out.println("Event"+ arg);
    return true;
    }
}
```

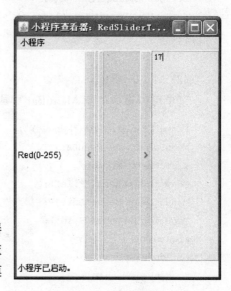

程序的运行结果如图 10 - 10 所示。

11. 对话框

对话框(Dialog)是 Window 类的子类,是一个容器类,属于特殊组件。对话框和一般窗口的区别在于它依赖于其他窗口。对话框分为非模式(non - modal)和模式(modal)两种。

图 10 - 10　执行结果

12. 文件对话框

当用户想打开或存储文件时,使用文件对话框(Filedialog)进行操作。主要代码如下:

```
FileDialog d=new FileDialog(ParentFr,"FileDialog");
d.setVisible(true);
String filename=d.getFile();
```

13. 菜　单

菜单(Menu)的开发相对复杂,需要使用 3 个类:Menu,MenuBar 和 MenuItem。它们的层次结构如图 10 - 11 所示。

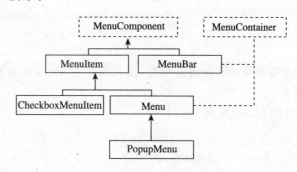

图 10 - 11　菜单的层次结构

(1) MenuBar

通常无法直接将菜单添加到容器的某一位置,也无法使用布局管理器对其加以控制。菜单只能被添加到菜单容器(MenuBar)中。MenuBar 会被添加到 Frame 对象中,作为整个菜单树的根基。

```
Frame fr=new Frame("MenuBar");
```

```
MenuBar mb=new MenuBar();
fr.setMenuBar(mb);
fr.setSize(150,100);
fr.setVisible(true);
```

（2）Menu

菜单可以被添加到 MenuBar 中或其他 Menu 中。

```
Frame fr=new Frame("MenuBar");
MenuBar mb=new MenuBar();
fr.setMenuBar(mb);
Menu m1=new Menu("File");
Menu m2=new Menu("Edit");
Menu m3=new Menu("Help");
mb.add(m1);
mb.add(m2);
mb.setHelpMenu(m3);
fr.setSize(200,200);
fr.setVisible(true);
```

（3）MenuItem

MenuItem 是菜单树中的"叶子节点"。MenuItem 通常被添加到一个 Menu 中。对于 MenuItem 对象可以添加 ActionListener，使其能够完成相应的操作。

```
Menu m1=new Menu("File");
MenuItem mi1=new MenuItem("Save");
MenuItem mi2=new MenuItem("Load");
MenuItem mi3=new MenuItem("Quit");
m1.add(mi1);
m1.add(mi2);
m1.addSeparator();
m1.add(mi3);
```

MenuBar 和 Menu 都没有必要注册监听器，而只需要对 MenuItem 添加监听器 ActionListener，完成相应的操作。

下面来看一个完整的 Menu 实例。

```
/* *
 *  演示 Menu、MenuBar 和 MenuItem 的使用
 */
package sample;
import java.awt.* ;
import java.awt.event.* ;
class MenuTest extends Frame
{
    PopupMenu pop;
    public MenuTest()
```

```
    {
        super("Golf Caddy");
        addWindowListener(new WindowAdapter()
        {
            public void windowClosing(WindowEvent evt)
            {
                setVisible(false);
                dispose();
                System.exit(0);
            }
        });
        this.setSize(300,300);
        //this.setLayout(new FlowLayout());
        this.add(new Label("Choose club."),BorderLayout.NORTH);
        Menu woods=new Menu("Woods");
        woods.add("1 W");
        woods.add("3 W");
        woods.add("5 W");
        Menu irons=new Menu("Irons");
        irons.add("3 iron");
        irons.add("4 iron");
        1irons.add("5 iron");
        irons.add("7 iron");
        irons.add("8 iron");
        irons.add("9 iron");
        irons.addSeparator();
        irons.add("PW");
        irons.insert("6 iron",3);
        MenuBar mb=new MenuBar();
        mb.add(woods);
        mb.add(irons);
        this.setMenuBar(mb);
        pop=new PopupMenu("Woods");
        pop.add("1 W");
        pop.add("3 W");
        pop.add("5 W");
        final TextArea p=new TextArea(100,100);
        p.setBounds(0,0,100,200);
        p.setBackground(Color.green);
        p.add(pop);
        //以下是事件处理,稍后介绍
        p.addMouseListener(new MouseAdapter()
        {
            public void mouseReleased(java.awt.event.MouseEvent evt)
            {
```

```
            if(evt.isPopupTrigger())
            {
                System.out.println("popup trigger");
                System.out.println(evt.getComponent());
                System.out.println(""+evt.getX()+ " "+evt.getY());
                pop.show(p,evt.getX(),evt.getY());
            }
        }
    });
    this.add(p,BorderLayout.CENTER);
}
public static void main(String[] args)
{
    new MenuTest().setVisible(true);
}
}
```

程序运行结果见图 10 - 12。

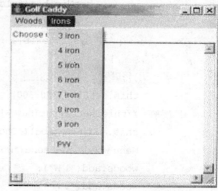

图 10 - 12 菜 单

10.2.4 事件处理

1. AWT 事件处理基本概念

前面讲解了如何放置各种组件,使图形界面更加丰富多彩,但是还不能响应用户的任何操作。若使图形界面能够接收用户的操作,就必须给各个组件加上事件处理机制。在事件处理的过程中,主要涉及 3 类对象。

(1) Event(事件)

用户对组件的一个操作,称之为一个事件,以类的形式出现,例如,键盘操作对应的事件类是 KeyEvent。

(2) Event Source(事件源)

事件发生的场所,通常就是各个组件,例如按钮 Button。

(3) Event Handler(事件处理者)

接收事件对象并对其进行处理的对象事件处理器,通常就是某个 Java 类中负责处理事件的成员方法。

事件处理的模型如图 10 - 13 所示。例如,如果用户用鼠标单击了按钮对象 button,则该按钮 button 就是事件源,而 Java 运行时系统会生成 ActionEvent 类的对象 actionEvent,该对象中描述了单击事件发生时的一些信息。然后,事件处理者对象将接收由 Java 运行时系统传递过来的事件对象 actionEvent,并进行相应的处理。

由于同一个事件源上可能发生多种事件,因此,Java 采取了授权模型(Delegation Model),事件源可以把在其自身所有可能发生的事件分别授权给不同的事件处理者来处理。比如,在 Canvas 对象上既可能发生鼠标事件,也可能发生键盘事件,该 Canvas 对象就可以授权给事件处理者 1 来处理鼠标事件,同时授权给事件处理者 2 来处理键盘事件。有时也将事件处理者称为监听器,主要原因也在于监听器时刻监听着事件源上所有发生的事件类型,一旦该事件类型与自己所负责处理的事件类型一致,就立即进行处理。授权模型把事件的处理委托给外部的处理实体进行处理,实现了将事件源和监听器分开的机制。事件处理者(监听器)通常是一个类,该类如果能够处理某种类型的事件,就必须实现与该事件类型相对的接口。例如,一个 ButtonHandler 类之所以能够处理 ActionEvent 事件,原因在于它实现了与 Action-Event 事件对应的接口 ActionListener。每个事件类都有一个与之相对应的接口。

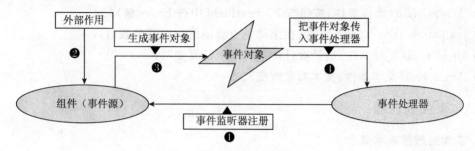

图 10 - 13　事件处理模型

2. 事　件

通常可以将事件进行分类。

(1) 按产生事件的物理操作和 GUI 组件的表现效果进行分类

事件分类如图 10 - 14 所示。

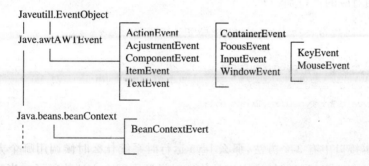

图 10 - 14　事件分类

(2) 按事件的性质分类

java. util. EventObject 类是所有事件对象的基础父类,所有事件都是由它派生出来的。AWT 的相关事件继承于 java. awt. AWTEvent 类,这些 AWT 事件分为两大类:低级事件和高级事件。

1) 低级事件

低级事件是指基于组件和容器的事件,当一个组件上发生事件,如鼠标的进入、单击、拖放等,或组件的窗口开关等时,触发了组件事件。

- ComponentEvent(组件事件:组件尺寸的变化、移动);
- ContainerEvent(容器事件:组件增加、移动);
- WindowEvent(窗口事件:关闭窗口、窗口闭合、图标化);
- FocusEvent(焦点事件:焦点的获得和丢失);
- KeyEvent(键盘事件:键按下、释放);
- MouseEvent(鼠标事件:鼠标单击、移动)。

2) 高级事件(语义事件)

高级事件是基于语义的事件,它可以不和特定的动作相关联,而依赖于触发此事件的类。比如,在 TextField 中按 Enter 键会触发 ActionEvent 事件,滑动滚动条会触发 AdjustmentEvent 事件,选中项目列表的某一条就会触发 ItemEvent 事件。

- ActionEvent(动作事件:按钮按下,TextField 中按 Enter 键);
- AdjustmentEvent(调节事件:在滚动条上移动滑块以调节数值);
- ItemEvent(项目事件:选择项目,不选择"项目改变");
- TextEvent(文本事件:文本对象改变)。

10.2.5 事件处理器

1. 事件处理器基本概念

一个事件监听器对象负责处理一类事件。一类事件的每一种发生情况,分别由事件监听器对象中的一个方法来具体处理。在事件源和事件监听器对象中进行约定的接口类,被称为事件监听器接口。事件监听器接口类的名称与事件类的名称相对应,例如,MouseEvent 事件类的监听器接口名为 MouseListener。

每类事件都有对应的事件监听器,监听器是接口,根据动作来定义方法。例如,与键盘事件 KeyEvent 相对应的接口是:

```
public interface KeyListener extends EventListener
{
    public void keyPressed(KeyEvent ev);
    public void keyReleased(KeyEvent ev);
    public void keyTyped(KeyEvent ev);
}
```

注意到在本接口中有 3 个方法,那么 Java 运行时系统什么时候调用哪个方法呢?其实根据这 3 个方法的方法名就能够知道应该是什么时候调用哪个方法执行了。当键盘键刚按下去时,将调用 keyPressed()方法执行;当键盘键抬起来时,将调用 keyReleased()方法执行;当键盘键敲击一次时,将调用 keyTyped()方法执行。

又例如,窗口事件接口:

```
public interface WindowListener extends EventListener
{
    public void windowClosing(WindowEvent e);
    //把退出窗口的语句写在本方法中
    public void windowOpened(WindowEvent e);
    //窗口打开时调用
    public void windowIconified(WindowEvent e);
    //窗口图标化时调用
    public void windowDeiconified(WindowEvent e);
    //窗口非图标化时调用
    public void windowClosed(WindowEvent e);
    //窗口关闭时调用
```

```
public void windowActivated(WindowEvent e);
    //窗口激活时调用
public void windowDeactivated(WindowEvent e);
    //窗口非激活时调用
}
```

AWT 的组件类中提供注册和注销监听器的方法。

(1) 注册监听器

```
public void addXXXListener();
```

(2) 注销监听器

```
public void remove XXXListener();
```

例如,Button 类：

```
public class Button extends Component
{
    ……
    public synchronized void addActionListener(ActionListener l);
    public synchronized void removeActionListener(ActionListener l);
}
```

组件、监听器接口和方法的对应关系如表 10 - 1 所列。

表 10 - 1　　组件、监听器接口和方法的对应关系

类别(Category)	接口(Interface)	方法(Methods)
Action	ActionListener	actionPerformed(ActionEvent)
Item	ItemListener	itemStateChanged(ItemEvent)
Mouse motion	MouseMotionListener	mouseDragged(MouseEvent)\mouseMoved(MouseEvent)
Mouse button	MouseListener	mousePressed(MouseEvent)\mouseReleased(MouseEvent)\ mouseEntered(MouseEvent)\mouseExited(MouseEvent)\ mouseClicked(MouseEvent)
Key	KeyListener	keyPressed(KeyEvent)\keyReleased(KeyEvent)\ keyTyped(KeyEvent)
Focus	FocusListener	focusGained(FocusEvent)\focusLost(FocusEvent)
Adjustment	AdjustmentListener	adjustmentValueChanged(AdjustmentEvent)
Componert	ComponentListener	ComponentMoved(ComponentEvent) ComponentHidden(ComponentEvent) ComponentResized(ComponentEvent) ComponentShown(ComponentEvent)
Window	WindowListener	windowClosing(WindowEvent) windowOpened(WindowEvent) windowIconified(WindowEvent) windowDeiconified(WindowEvent) windowClosed(WindowEvent) windowActivated(WindowEvent) windowDeactivated(WindowEvent)

类别(Category)	接口(Interface)	方法(Methods)
Container	ContainerListener	componentAdded(ContainerEvent) componentRmoved(ContainerEvent)
Text	TextListener	textValueChanged(TextEvent)

下面来看一个实例,它实现关闭窗口的事件处理,用不同层次的事件类型来表示同一个事件源对象。

```java
import java.awt.* ;
public class TestFrame
{
    public static void main(String[] args)
    {
        Frame f=new Frame("sports.sina.com.cn");
        f.add(new Button("ok"));
        f.setSize(300,300);
        f.setVisible(true);
        f.addWindowListener(new MyWindowListener());    //注册监听器
        try
        {
            Thread.sleep(5000);
        }catch(Exception e)
        {
        }
        //f.setVisible(false);                          //隐藏窗口
        f.dispose();                                    //清除窗口
    }
}
//MyWindowListener.java                                 //事件监听器类 (有 7 个方法)
import java.awt.event.WindowListener;
import java.awt.event.WindowEvent;
import java.awt.Window;
public class MyWindowListener implement WindowListener
{
    public void windowOpened(WindowEvent parm1)
    {
    }
    public void windowClosing(WindowEvent parm1)
    {
        //Closing 正想关闭窗口
        parm1.getWindow().setVisible(false);
        //parm1.getSource()
        //getSource方法返回发生事件的来源
        ((Window)parm1.getComponent()).dispose();
```

```
        //getComponent()方法返回发生事件的组件
        System.exit(0);                                    //退出程序
    }
    public void windowClosed(WindowEvent parm1)
    {
    //Closed已经关闭窗口
    }
    public void windowIconified(WindowEvent parm1)
    {
    }
    public void windowDeiconified(WindowEvent parm1)
    {
    }
    public void windowActivated(WindowEvent parm1)
    {
    }
    public void windowDeactivated(WindowEvent parm1)
    {
    }
}
```

处理发生在某个 GUI 组件上的 XxxEvent 事件的某种情况，其事件处理的通用编写流程如下：

① 编写一个实现了 XxxListener 接口的事件监听器类；

② 在 XxxListener 类中用于处理该事件情况的方法中，编写处理代码；

③ 调用组件的 addXxxListener 方法，将类 XxxListener 创建的实例对象注册到 GUI 组件上。

下面通过一个实例说明事件处理模型的应用。

```
import java.awt.* ;
import java.awt.event.* ;
public class ThreeListener implements
    MouseMotionListener,MouseListener,WindowListener
    {
        //实现了 3 个接口
        private Frame f;
        private TextField tf;
        public static void main(String args[])
        {
            ThreeListener two=new ThreeListener();
            two.go();
        }
        public void go()
        {
            f=new Frame("Three listeners example");
```

```
            f.add(new Label("Click and drag the mouse"),"North");
            tf=new TextField(30);
            f.add(tf,"South");                    //使用默认的布局管理器
            f.addMouseMotionListener(this);       //注册监听器 MouseMotionListener
            f.addMouseListener(this);             //注册监听器 MouseListener
            f.addWindowListener(this);            //注册监听器 WindowListener
            f.setSize(300,200);
            f.setVisible(true);
        }
        public void mouseDragged (MouseEvent e)
        {
            //实现 mouseDragged 方法
            String s="Mouse dragging:X="+e.getX()+"Y="+e.getY();
            tf.setText(s);
        }
        public void mouseMoved(MouseEvent e){}
        //对其不感兴趣的方法可以不实现,方法体为空
        public void mouseClicked(MouseEvent e){}
        public void mouseEntered(MouseEvent e)
        {
            String s="The mouse entered";
            tf.setText(s);
        }
        public void mouseExited(MouseEvent e)
        {
            String s="The mouse has left the building";
            tf.setText(s);
        }
        public void mousePressed(MouseEvent e){}
        public void mouseReleased(MouseEvent e){}
        public void windowClosing(WindowEvent e)
        {
            //为了使窗口能正常关闭,程序正常退出,需要实现 windowClosing 方法
            System.exit(1);
        }
        public void windowOpened(WindowEvent e) {}
        //对其不感兴趣的方法可以不实现,方法体为空
        public void windowIconified(WindowEvent e){}
        public void windowDeiconified(WindowEvent e){}
        public void windowClosed(WindowEvent e){}
        public void windowActivated(WindowEvent e){}
        public void windowDeactivated(WindowEvent e){}
    }
```

上述程序具有如下几个特点。

① 可以声明多个接口,接口之间用逗号隔开。

```
implements MouseMotionListener,MouseListener,WindowListener;
```

② 可以由同一个对象监听一个事件源上发生的多种事件：

```
f.addMouseMotionListener(this);
f.addMouseListener(this);
f.addWindowListener(this);
```

则对象 f 上发生的多个事件都将被同一个监听器接收和处理。

③ 事件处理者和事件源处在同一个类中。本例中事件源是 Frame f,事件处理者是类 ThreeListener,其中事件源 Frame f 是类 ThreeListener 的成员变量。

④ 可以通过事件对象获得详细资料,比如,本例中就通过事件对象获得了鼠标发生时的坐标值。

```
public void mouseDragged(MouseEvent e)
{
    String s="Mouse dragging:X="+e.getX()+"Y="+e.getY();
    tf.setText(s);
}
```

2. 用内部类实现事件处理

在前面讲解了内部类的概念,其实内部类的一个主要应用就在于图形用户界面开发中的事件处理。

内部类(Inner Class)是被定义于另一个类中的类,使用内部类的主要原因是由于:

① 一个内部类的对象可访问外部类的成员方法和变量,包括私有的成员；

② 实现事件监听器时,采用内部类、匿名类编程非常容易实现其功能；

③ 编写事件驱动程序,内部类很方便。

因此,内部类所能够应用的地方往往是在 AWT 的事件处理机制中。

下面来看一个实例。这里使用第二种内部类,即成员内部类(Memebr Inner Class)。

```
import java.awt.* ;
import java.awt.event.* ;
public class InnerClass
{
    private Frame f;
    private TextField tf;
    public InnerClass()
    {
        f=new Frame("Inner classes example");
        tf=new TextField(30);
    }
    public void launchFrame()
    {
        Label label=new Label("Click and drag the mouse");
        f.add(label,BorderLayout.NORTH);
        f.add(tf,BorderLayout.SOUTH);
```

```
        f.addMouseMotionListener(new MyMouseMotionListener());        //参数为内部类对象
        f.setSize(300,200);
        f.setVisible(true);
    }
    class MyMouseMotionListener extends MouseMotionAdapter
    {
        //内部类开始
        public void mouseDragged(MouseEvent e)
        {
            String s="Mouse dragging: x="+e.getX()+"Y="+e.getY();
            tf.setText(s);
        }
    };
    public static void main(String args[])
    {
        InnerClass obj=new InnerClass();
        obj.launchFrame();
    }
}//内部类结束
```

通常也可以使用第四种内部类，即匿名内部类（Anonymous Inner Class）。当一个内部类的类声明只是在创建此类对象时用了一次，而且要产生的新类需继承于一个已有的父类或实现一个接口时，才能考虑用匿名类。由于匿名类本身无名，因此它也就不存在构造方法，它需要显式地调用一个无参的父类的构造方法，并且重写父类的方法。所谓的匿名，就是该类连名字都没有，只是显式地调用一个无参的父类的构造方法。

下面是一个实例。

```
import java.awt.* ;
import java.awt.event.* ;
public class AnonymousClass
{
    private Frame f;
    private TextField tf;
    public AnonymousClass()
    {
        f=new Frame("Inner classes example");
        tf=new TextField(30);
    }
    public void launchFrame()
    {
        Label label=new Label("Click and drag the mouse");
        f.add(label,BorderLayout.NORTH);
        f.add(tf,BorderLayout.SOUTH);
        f.addMouseMotionListener(new MouseMotionAdapter()
        {
```

```
        //匿名类开始
        public void mouseDragged(MouseEvent e)
        {
            String s="Mouse dragging: x="+e.getX()+"Y="+e.getY();
            tf.setText(s);
        }
    });//匿名类结束
    f.setSize(300,200);
    f.setVisible(true);
    }
    public static void main(String args[])
    {
        AnonymousClass obj=new AnonymousClass();
        obj.launchFrame();
    }
}
```

仔细分析一下便可以知道上面两个实例实现的都是完全一样的功能,只不过采取的方式不同。其中一个实例的事件处理类是一个内部类,而另一个实例的事件处理类是匿名类,可以说,从类的关系来看是越来越不清楚,但是程序却越来越简练。熟悉这两种方式有助于大家编写图形界面的程序。

10.3　Swing 组件集简介

10.3.1　Swing 简介

AWT 是 Swing 的基础,而 Swing 是 AWT 的改进。

Swing 产生的主要原因是 AWT 不能满足图形化用户界面发展的需要。AWT 设计的初衷是支持开发小应用程序的简单用户界面。AWT 缺少剪贴板、打印支持、键盘导航等特性;AWT 功能较弱,它甚至不包括弹出式菜单或滚动窗格等基本元素。此外,AWT 体系结构还存在着其他一些严重的缺陷。

随着图形化用户界面发展的需要,Swing 出现了。Swing 组件几乎都是轻量级组件,与AWT 相对的重量级组件相比,Swing 没有本地的对等组件,不像重量级组件那样要在它们自己本地的不透明窗体中绘制,轻量级组件会在它们的重量级组件的窗口中绘制。

图 10-15 显示的是 Swing 的体系结构。

Swing 的主要特性包括如下几个方面:

① Swing 是由 100% 纯 Java 实现的,Swing 组件是用 Java 实现的轻量级(light-weight)组件,没有本地代码,不依赖操作系统的支持,这是它与 AWT 组件的最大区别。由于 AWT 组件通过与具体平台相关的对等类(Peer)实现,因此,Swing 比 AWT 组件具有更强的实用性。Swing 在不同的平台上表现一致,并且有能力提供本地窗口系统不支持的其他特性。

② Swing 采用了一种 MVC 的设计范式,即"模型—视图—控制器"(Model—View—Controller),其中,模型用来保存内容,视图用来显示内容,控制器用来控制用户输入。

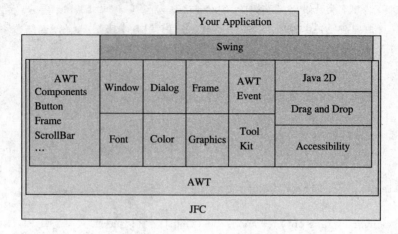

图 10 - 15 Swing 的体系结构

③ Swing 采用可插入的外观感觉 PL&F(Pluggable Look and Feel)。相对而言,在 AWT 组件中,由于控制组件外观的对等类与具体平台相关,使得 AWT 组件总是只有与本机相关的外观。而 Swing 使得程序在一个平台上运行时能够有不同的外观,用户可以选择自己习惯的外观。

另外,从开发的角度来对比一下 Swing 和 AWT 的最主要区别。

```
package sample;
import java.awt.* ;
import javax.swing.* ;
public class JFCFrame extends JFrame
{
    JButton panicButton,okButton;
    public JFCFrame(String aTitle)
    {
        setTitle(aTitle);
        getContentPane().setLayout(new FlowLayout());
        panicButton=new JButton("Panic!");
        getContentPane().add(panicButton);
        okButton=new JButton("Ok!");
        getContentPane().add(okButton);
        setSize(200,100);
        setVisible(true);
    }
    public static void main(String[] args)
    {
        new JFCFrame("JFC Sample");
    }
}
```

从上例中可以看到以下两点区别。

(1) ContentPane 对象

可以看到,在设置布局管理器和加入组件前,与 AWT 不同,Swing 要求先要调用容器的 getContentPane()方法,它返回一个内容面板对象(ContentPane)。内容面板是顶层容器包含的一个普通容器,它是一个轻量级组件。

对 JFrame 添加组件有两种方式。

① 用 getContentPane()方法获得 JFrame 的内容面板,再对其加入组件:frame. getContent Pane(). add(childComponent)。

② 建立一个 JPanel 或 JDesktopPane 之类的中间容器,把组件添加到容器中,用 setContentPane()方法把该容器置为 JFrame 的内容面板:

```
JPanel contentPane=new JPanel();
frame.setContentPane(contentPane); //把 contentPane 对象设置成为 frame 的内容面板
```

(2) 组件使用了 Swing(以 J 开头)组件

Swing 中的大多数组件都是 AWT 组件名前面加了一个 J。除了拥有与 AWT 类似的基本组件外,Swing 还扩展了一些更新、更丰富的高层组件。在 Swing 中不但用轻量级组件替代了 AWT 中的重量级组件,而且 Swing 的替代组件中都包含有一些其他的特性。例如,Swing 的按钮和标签可显示图标和文本,而 AWT 的按钮和标签只能显示文本。Swing 的布局管理器和事件处理模型与 AWT 类似,这里就不再赘述了。下面主要介绍 Swing 的常用组件(components)。

10.3.2 Swing 组件

Swing 是 AWT 的扩展,它提供了许多新的图形界面组件。Swing 组件以 J 开头,除了拥有与 AWT 类似的按钮(JButton)、标签(JLabel)、复选框(JCheckBox)、菜单(JMenu)等基本组件外,还增加了一个丰富的高层组件集合,如表格(JTable)、树(JTree)等。

1. Swing 组件的层次结构

在 javax. swing 包中,定义了两种类型的组件:顶层容器(Jframe,Japplet,JDialog 和 JWindow)和轻量级组件。Swing 组件都是 AWT 的 Container 类的直接子类和间接子类;如下所示。

java. awt. Component
　　—java. awt. Container
　　—java. awt. Window
　　—java. awt. Frame—javax. swing. JFrame
　　—javax. Dialog—javax. swing. JDialog
　　—javax. swing. JWindow
　　—java. awt. Applet—javax. swing. JApplet
　　—javax. swing. Box
　　—javax. swing. JComponent

其中,Swing 比 AWT 增加的组件如图 10-16 所示。

具体来看,Swing 包是 JFC(Java Foundation Classes)的一部分,它由许多包组成,如表 10-2 所列。

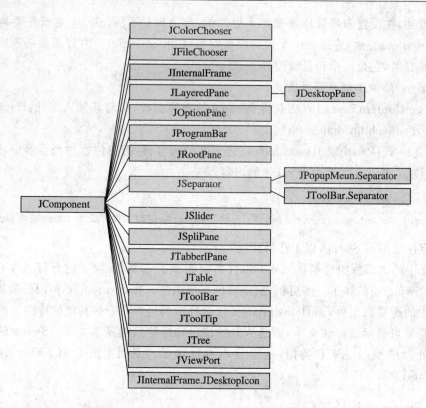

图 10-16　Swing 比 AWT 增加的组件

表 10-2　Swing 包

包	描　述
com. sum. swing. plaf. motif	用户界面代表类,实现 Motif 界面样式
com. sum. java. swing. plaf. windows	用户界面代表类,实现 Windows 界面样式
javax. swing	Swing 组件和使用工具
javax. swing. border	Swing 轻量级组件的边框
javax. swing. colorchooser	JColorChooser 的支持类/接口
javax. swing. event	事件和侦听器类
javax. swing. filechooser	JFileChooser 的支持类/接口
javax. swing. pending	未完全实现的 Swing 组件
javax. swing. plaf	抽象类,定义 UI 代表的行为
javax. swing. plaf. basic	实现所有标准界面样式公共功能的基类
javax. swing. plaf. metal	用户界面代表类,实现 Metal 界面样式
javax. swing. table	JTable 组件
javax. swing. text	支持文档的显示和编辑
javax. swing. text. html	支持显示和编辑 HTML 文档
javax. swing. text. html. parser	HTML 文档的分析器
javax. swing. text. rtf	支持显示和编辑 RTF 文件
javax. swing. tree	JTree 组件的支持类
javax. swing. undo	支持取消操作

其中,swing 包是 Swing 提供的最大包,它包含将近 100 个类和 25 个接口,几乎所有的 Swing 组件都在 swing 包中,只有 JTableHeader 和 JTextComponent 是例外,它们分别在 swing. table 和 swing. text 中。

① swing. border 包中定义了事件和事件监听器类,与 AWT 的 event 包类似,它们都包括事件类和监听器接口。

② swing. pending 包包含了没有完全实现的 Swing 组件。

③ swing. table 包中主要包括表格组建(JTable)的支持类。

④ swing. tree 同样是 JTree 的支持类。

⑤ swing. text,swing. text. html,swing. text. html. parser 和 swing. text. rtf 都是用于显示和编辑文档的包。

2. Swing 组件的特性

(1) MVC(Model – View – Controller)体系结构

前面提到,Swing 胜过 AWT 的主要优势在于 MVC 体系结构的普遍使用。在一个 MVC 用户界面中,存在 3 个通信对象,即模型、视图和控件。

模型是指定的逻辑表示法,视图是模型的可视化表示法,而控件则指定了如何处理用户输入。当模型发生改变时,会通知所有依赖它的视图,视图使用控件指定其相应机制。

为了简化组件的设计工作,在 Swing 组件中视图和控件两部分合为一体。每个组件都有一个相关的分离模型和它使用的界面(包括视图和控件)。比如,按钮 JButton 有一个存储其状态的分离模型 ButtonModel 对象。组件的模型是自动设置的,例如,一般都使用 JButton 而不是使用 ButtonModel 对象。另外,通过 Model 类的子类或通过实现适当的接口,可以为组件建立自己的模型。用 setModel()方法把数据模型与组件联系起来。

MVC 是现有的编程语言中制作图形用户界面的一种通用思想,其思路是把数据的内容本身和显示方式分离开,这样就使得数据的显示更加灵活多样。比如,某年级各个班级的学生人数是数据部分,而显示方式可以是多种多样的,既可以采用柱状图显示,也可以采用饼图显示,还可以采用直接的数据输出。因此在设计时,考虑把数据和显示方式分开,对于实现多种多样的显示是非常有帮助的。

(2) 可存取性支持

所有的 Swing 组件都实现了 Accessible 接口,提供对可存取性的支持,使得辅助功能如屏幕阅读器能够十分方便地从 Swing 组件中得到信息。

(3) 支持键盘操作

在 Swing 组件中,使用 JComponent 类的 registerKeyboardAction()方法,能使用户通过键盘操作来替代鼠标驱动 GUI 上 Swing 组件的相应动作。有些类还为键盘操作提供了更加便利的方法,其实这就相当于热键,使得用户可以只用键盘进行操作。

(4) 设置边框

对 Swing 组件可以设置一个或多个边框。Swing 中提供了各式各样的边框供用户选用,也能建立组合边框或自己设计边框。一种空白边框可以增大组件,同时协助布局管理器对容器中的组件进行合理的布局。

(5) 使用图标

与 AWT 的组件不同,许多 Swing 组件如按钮、标签等,除了使用文字外,还可以使用图标

(Icon)修饰自己。

下面来看一个实例。

```
package sample;
import javax.swing.* ;
import java.awt.* ;
import java.awt.event.* ;
public class SwingApplication
{
    private static String labelPrefix="Number of button clicks: ";
    private int numClicks=0;                                    //计数器,计算点击次数
    public Component createComponents()
    {
        final JLabel label=new JLabel(labelPrefix+ "0");
        JButton button=new JButton("I´m a Swing button!");
        button.setMnemonic(KeyEvent.VK_I);                      //设置按钮的热键为"I"
        button.addActionListener(new ActionListener()
            {
                //匿名内部类
                public void actionPerformed(ActionEvent e)
                {
                    numClicks++ ;
                    label.setText(labelPrefix+numClicks);     //显示按钮被点击的次数
                }
            });
        label.setLabelFor(button);
        JPanel pane=new JPanel();
        pane.setBorder(BorderFactory.createEmptyBorder(
            30,                                                 //上
            30,                                                 //左
            10,                                                 //下
            30)                                                 //右
            );
        pane.setLayout(new GridLayout(0,1));                    //单列多行
        pane.add(button);
        pane.add(label);
        return pane;
    }
    public static void main(String[] args)
    {
        try
        {
UIManager.setLookAndFeel(UIManager.getCrossPlatformLookAndFeelClassName());
            //设置窗口风格
        }catch (Exception e){}
        //创建顶层容器并添加内容
```

```
        JFrame frame=new JFrame("SwingApplication");
        SwingApplication app=new SwingApplication();
        Component contents=app.createComponents();
        frame.getContentPane().add(contents,BorderLayout.CENTER);
        frame.addWindowListener(new WindowAdapter()
            {
                //匿名内部类
                public void windowClosing(WindowEvent e)
                {
                    System.exit(0);
                }
            });
        frame.pack();
        frame.setVisible(true);
        }
    }
```

上面的程序说明了 Swing 中程序设计的结构,以及最基本的组件 Button 和 Label 的用法。在程序中,建立一个 Swing 风格的窗口,并在其中添加一个按钮,程序中保存一个计数器以计算按钮被单击的次数,并在每一次单击之后用一个 Label 显示。在这个程序中,可以看到 Swing 组件的使用与 AWT 组件的使用基本方法一致,使用的事件处理机制也完全相同。

3. 一个 Swing 编程实例

程序代码如下:

```
import java.awt.* ;
import java.awt.event.* ;
import javax.swing.* ;
public class JFCResume2 extends JFrame implements ItemListener
{
    public static void main (String[] args)
    {
        final JFCResume2 res=new JFCResume2();
        res.addWindowListener(new WindowAdapter()
        {
            public void windowClosing(WindowEvent evt)
            {
                res.setVisible(false);
                res.dispose();
                System.exit(0);
            }
        });
        res.setLayoutManager();
        res.initComponents ();
        res.pack();
        res.setVisible(true);
```

```
    }
    public void setLayoutManager()
    {
        getContentPane().setLayout(new FlowLayout());
    }
    /**
    *   初始化界面
    * /
    private void initComponents()
    {//GEN- BEGIN:initComponents
        choice2=new JComboBox();
        choice2.addItem("Objective");
        choice2.addItem("Qualification");
        choice2.addItem("Experience");
        choice2.addItem("Skillset");
        choice2.addItem("Education");
        choice2.addItem("Training");
        choice2.addItemListener(this);
        //choice2.select(0);
        panel1=new JPanel();
        panel2=new JScrollPane();
        textArea1=new JTextArea();
        panel3=new JScrollPane();
        textArea2=new JTextArea();
        panel4=new JScrollPane();
        textArea3=new JTextArea();
        panel5=new JScrollPane();
        textArea4=new JTextArea();
        panel6=new JScrollPane();
        textArea5=new JTextArea();
        panel7=new JScrollPane();
        textArea6=new JTextArea();
        choice2.setFont(new java.awt.Font("Dialog",0,11));
        choice2.setName("choice2");
        choice2.setBackground(java.awt.Color.white);
        choice2.setForeground(java.awt.Color.black);
        getContentPane().add(choice2);
        panel1.setLayout(new java.awt.CardLayout());
        panel1.setFont(new java.awt.Font("Dialog",0,11));
        panel1.setName("panel20");
        panel1.setBackground(new java.awt.Color(204,204,204));
        panel1.setForeground(java.awt.Color.black);
        panel2.setFont(new java.awt.Font("Dialog",0,11));
        panel2.setName("panel21");
        panel2.setBackground(new java.awt.Color(153,153,153));
```

```
panel2.setForeground(java.awt.Color.black);
textArea2.setBackground(new java.awt.Color(216,208,200));
textArea2.setName("text4");
textArea2.setEditable(false);
textArea2.setFont(new java.awt.Font("Courier New",0,12));
textArea2.setColumns(80);
textArea2.setForeground(new java.awt.Color(0,0,204));
textArea2.setText("Seeking a challenging position as a JAVA Programmer.\n");
textArea2.setRows(20);
panel2.getViewport().add(textArea2,null);
panel1.add(panel2,"Objective");
panel3.setFont(new java.awt.Font("Dialog",0,11));
panel3.setName("panel22");
panel3.setBackground(new java.awt.Color(153,153,153));
panel3.setForeground(java.awt.Color.black);
textArea1.setBackground(new java.awt.Color(216,208,200));
textArea1.setName("text3");
textArea1.setEditable(false);
textArea1.setFont(new java.awt.Font("Courier New",1,12));
textArea1.setColumns(80);
textArea1.setForeground(java.awt.Color.black);
textArea1.setText("*7 years C/C++  experience on UNIX/Windows\n
    * 7 years experience in RDBMS, including Oracle, Informix and Sybase\n
    * 3 years programming experience in JAVA on UNIX/WINDOWS\n
    * 2 years experience in designing and developing in J2EE\n");
textArea1.setRows(20);
panel3.getViewport().add(textArea1,null);
panel1.add(panel3,"Qualification");
panel4.setFont(new java.awt.Font("Dialog",0,11));
panel4.setName("panel23");
panel4.setBackground(new java.awt.Color(153,153,153));
panel4.setForeground(java.awt.Color.black);
textArea3.setBackground(new java.awt.Color(216,208,200));
textArea3.setName("text5");
textArea3.setEditable(false);
textArea3.setFont(new java.awt.Font("Courier New",0,12));
textArea3.setColumns(80);
textArea3.setForeground(java.awt.Color.blue);
textArea3.setText("Technical Support/Systems Engineer\nSun Microsystems Inc.
    China Ltd. PRC \n");
textArea3.setRows(20);
panel4.getViewport().add(textArea3,null);
panel1.add(panel4,"Experience");
panel5.setFont(new java.awt.Font("Dialog",0,11));
panel5.setName("panel24");
```

```
            panel5.setBackground(new java.awt.Color(153,153,153));

            panel5.setForeground(java.awt.Color.black);

            textArea4.setBackground(new java.awt.Color(216,208,200));

            textArea4.setName("text6");

            textArea4.setEditable(false);

            textArea4.setFont(new java.awt.Font("Courier New",0,12));

            textArea4.setColumns(80);

            textArea4.setForeground(java.awt.Color.blue);

            textArea4.setText("Programming:C,C++ ,JAVA,HTML,XML \n");

            textArea4.setRows(20);

            panel5.getViewport().add(textArea4,null);

            panel1.add(panel5,"Skillset");

            panel6.setFont(new java.awt.Font("Dialog",0,11));

            panel6.setName("panel25");

            panel6.setBackground(new java.awt.Color(153,153,153));

            panel6.setForeground(java.awt.Color.black);

            textArea5.setBackground(new java.awt.Color(216,208,200));

            textArea5.setName("text7");

            textArea5.setEditable(false);

            textArea5.setFont(new java.awt.Font("Courier New",0,12));

            textArea5.setColumns(80);

            textArea5.setForeground(java.awt.Color.blue);

            textArea5.setText("University of Science and Technology of China\n");

            textArea5.setRows(20);

            panel6.getViewport().add(textArea5,null);

            panel1.add(panel6,"Education");

            panel7.setFont(new java.awt.Font("Dialog",0,11));

            panel7.setName("panel26");

            panel7.setBackground(new java.awt.Color(153,153,153));

            panel7.setForeground(java.awt.Color.black);

            textArea6.setBackground(new java.awt.Color(216,208,200));

            textArea6.setName("text8");

            textArea6.setEditable(false);

            textArea6.setFont(new java.awt.Font("Courier New",0,12));

            textArea6.setColumns(80);

            textArea6.setForeground(java.awt.Color.blue);

            textArea6.setText("Sun Microsystems Inc.1998- 2001\n
                Attended training course \n");

            textArea6.setRows(20);

            panel7.getViewport().add(textArea6,null);

            panel1.add(panel7,"Training");

            getContentPane().add(panel1);

        }

    public void itemStateChanged(ItemEvent evt)

        {
```

```
        CardLayout card=(CardLayout)panel1.getLayout();
        card.show(panel1,(String)evt.getItem());
    }
    private JComboBox choice2;
    private JPanel panel1;
    private JScrollPane panel2;
    private JTextArea textArea1;
    private JScrollPane panel3;
    private JTextArea textArea2;
    private JScrollPane panel4;
    private JTextArea textArea3;
    private JScrollPane panel5;
    private JTextArea textArea4;
    private JScrollPane panel6;
    private JTextArea textArea5;
    private JScrollPane panel7;
    private JTextArea textArea6;
}
```

执行该程序的输出结果如图 10-17 所示。

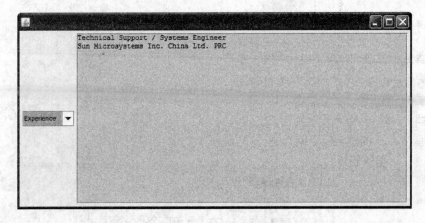

图 10-17　输出结果

习　题

1. 简述图形用户界面的概念以及设计原则。

2. AWT 组件集提供的组件大致可以分为哪几类？各起什么作用？

3. AWT 提供的布局方式有哪几种？请分别叙述。

4. 简述如何创建 AWT 菜单系统。

5. 创建一个有 1 个文本框和 3 个按钮的框架窗口程序，同时要求按下不同的按钮时，文本框中能显示不同的文字。

6. 创建一个带有多级菜单系统的框架窗口程序，要求每单击一个菜单项，就会弹出一个相对应的信息提示框。

第 11 章　Java 输入/输出

本章要点

- 流的概念
- 字节流
- 字符流
- 文　件

学习要求

- 理解流的概念
- 掌握 InputStream 的使用方法
- 掌握 OutputStream 的使用方法
- 掌握 Reader 的概念和使用方法
- 掌握 Writer 的概念和使用方法
- 掌握 File 类的概念
- 掌握 RandomAccessFile 类的概念和使用方法

11.1　流的概念

　　Java 语言的输入/输出功能是十分强大而灵活的,美中不足的是看上去输入输出的代码并不是很简洁,因为往往需要包装许多不同的对象。在 Java 类库中,IO 部分的内容是很庞大的,因为它涉及的领域很广泛:标准输入/输出、文件的操作、网络上的数据流、字符串流、对象流、zip 文件流等等。

　　流是一个很形象的概念,当程序需要读取数据的时候,就会开启一个通向数据源的流,这个数据源可以是文件、内存或者网络连接。类似的,当程序需要写入数据的时候,就会开启一个通向目的地的流。这时候就可以想象数据好像在这其中"流"动一样,如图 11 - 1 所示。

　　Java 中的流分为两种,一种是字节流,另一种是字符流,分别由 4 个抽象类来表示(每种流包括输入和输出两种所以一共 4 个):InputStream,OutputStream,Reader 和 Writer。Java 中其他多种多样变化的流均是由它们派生出来的。图 11 - 2～图 11 - 5 分别显示了这 4 个抽象类的派生层次图。

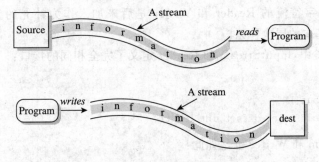

图 11 - 1　"流"示意图

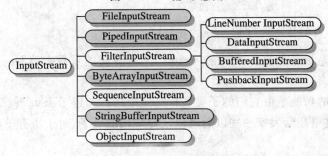

图 11 - 2　InputStream 的派生层次图

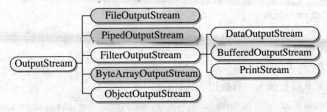

图 11 - 3　OnputStream 的派生层次图

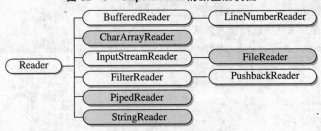

图 11 - 4　Reader 的派生层次图

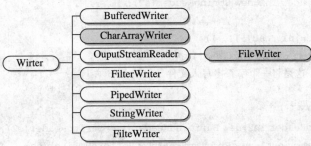

图 11 - 5　Writer 的派生层次图

在这其中 InputStream 和 OutputStream 在早期的 Java 版本中就已经存在了，它们是基于字节流的，而基于字符流的 Reader 和 Writer 是后来加入作为补充的。以上的层次图是 Java类库中的一个基本的层次体系。

在这 4 个抽象类中，InputStream 和 Reader 定义了完全相同的接口：

```
int read()
int read(char cbuf[])
int read(char cbuf[],int offset,int length)
```

而 OutputStream 和 Writer 也是如此：

```
int write(int c)
int write(char cbuf[])
int write(char cbuf[],int offset,int length)
```

这 6 个方法都是最基本的，read()和 write()通过方法的重载来读写一个字节，或者一个字节数组。

更多灵活多变的功能是由它们的子类来扩充完成的。知道了 Java 输入/输出的基本层次结构以后，本文在这里想给大家一些以后可以反复应用的例子，对于所有子类的细节及其功能并不详细讨论。

```java
import java.io.* ;
public class IOStreamDemo
{
    public void samples() throws IOException
    {
        //1. 这是从键盘读入一行数据，返回的是一个字符串
        BufferedReader stdin=new BufferedReader(new InputStreamReader(System.in));
        System.out.print("Enter a line");
        System.out.println(stdin.readLine());
        //2. 这是从文件中逐行读入数据
        BufferedReader in=new BufferedReader(new FileReader("IOStreamDemo.java"));
        String s,s2=new String();
        while((s=in.readLine())! =null)
            s2+=s+"\n"
        in.close();
        //3. 这是从一个字符串中逐个读入字节
        StringReader in1=new StringReader(s2);
        int c;
        while((c=in1.read())!=-1)
            System.out.print((char)c);
            //4. 这是将一个字符串写入文件
        try
        {
        BufferedReader in2=new BufferedReader(new StringReader(s2));
        PrintWriter out1=new PrintWriter(new BufferedWriter(new
        FileWriter("IODemo.out")));
```

```
        int lineCount=1;
        while((s=in2.readLine())!=null);
        out1.println(lineCount++  +  ":"+s);
        out1.close();
        }catch(EOFException e)
        {
            System.err.println("End of stream");
        }
    }
}
```

对于上面的例子,需要说明的有以下几点:

① BufferedReader 是 Reader 的一个子类,它具有缓冲的作用,避免了频繁的从物理设备中读取信息。它有以下两个构造函数:

```
BufferedReader(Reader in)
BufferedReader(Reader in,int sz)
```

这里的 sz 是指定缓冲区的大小。

它的基本方法:

```
void close()                              //关闭流
void mark(int readAheadLimit)             //标记当前位置
boolean markSupported()                   //是否支持标记
int read()                                //继承自 Reader 的基本方法
int read(char[] cbuf,int off,int len)     //继承自 Reader 的基本方法
String readLine()                         //读取一行内容并以字符串形式返回
boolean ready()                           //判断流是否已经做好读入的准备
void reset()                              //重设到最近的一个标记
long skip(long n)                         //跳过指定个数的字符读取
```

② InputStreamReader 是 InputStream 和 Reader 之间的桥梁,由于 System. in 是字节流,需要用它来包装之后变为字符流供给 BufferedReader 使用。

③ PrintWriter out1=new PrintWriter(new BufferedWriter(new FileWriter("IODemo. out")));这条语句体现了 Java 输入/输出系统的一个特点,为了达到某个目的,需要包装好几层。首先,输出目的地是文件 IODemo. out,所以最内层包装的是 FileWriter,建立一个输出文件流,接下来,希望这个流是缓冲的,所以用 BufferedWriter 来包装它以达到目的,最后,需要格式化输出结果,于是将 PrintWriter 包在最外层。

Java 提供了这样一个功能,将标准的输入/输出流转向,也就是说,可以将某个其他的流设为标准输入或输出流,看下面的一段程序:

```
import java.io.* ;
public class Redirecting
{
    public static void main(String[] args) throws IOException
    {
```

```
    PrintStream console=System.out;
    BufferedInputStream in=new BufferedInputStream(new
        FileInputStream("Redirecting.java"));
    PrintStream out=new PrintStream(new BufferedOutputStream(new
        FileOutputStream("test.out")));
    System.setIn(in);
    System.setOut(out);
    BufferedReader br=new BufferedReader(new InputStreamReader(System.in));
    String s;
    While((s=br.readLine())!=null)
        System.out.println(s);
    out.close();
    System.setOut(console);
    }
}
```

在这里 java. lang. System 的静态方法：

```
static void setIn(InputStream in)
static void setout(PrintStream out)
```

提供了重新定义标准输入/输出流的方法，这样做是很方便的，比如一个程序的结果有很多，有时候甚至要翻页显示，这样不便于观看结果，这时就可以将标准输出流定义为一个文件流，程序运行完之后打开相应的文件观看结果，就直观了许多。

Java 流有着另一个重要的用途，那就是利用对象流对对象进行序列化。下面介绍这方面的问题。

在一个程序运行的时候，其中的变量数据是保存在内存中的，一旦程序结束，这些数据将不会被保存，一种解决的办法是将数据写入文件，而 Java 中提供了一种机制，它可以将程序中的对象写入文件，之后再从文件中把对象读出来重新建立。这就是所谓的对象序列化，Java中引入它主要是为了 RMI(Remote Method Invocation) 和 Java Bean，不过在平时应用中，它也是很有用的一种技术。所有需要实现对象序列化的对象必须首先实现 Serializable 接口。

看下面的一个程序：

```
import java.io.* ;
import java.util.* ;
public class Logon implements Serializable
{
    private Date date=new Date();
    private String username;
    private transient String password;
    Logon(String name,String pwd)
    {
        username=name;
        password=pwd;
    }
    public String toString()
```

```
{
    String pwd=(password== null)?"(n/a)":password;
    return "logon info:"+"username:"+username+"date:"+date+"password:"+pwd;
}
public static void main(String[] args) throws IOException, ClassNotFoundException
{
    Logon a=new Logon("Morgan","morgan83");
    System.out.println("logon a="+a);
    ObjectOutputStream o=new ObjectOutputStream(new
        FileOutputStream("Logon.out"));
    o.writeObject(a);
    o.close();
    int seconds=5;
    long t=System.currentTimeMillis()+seconds* 1000;
    while(System.currentTimeMillis()< t);
        ObjectInputStream in=new ObjectInputStream(new
            FileInputStream("Logon.out"));
    System.out.println("Recovering object at"+new Date());
    a=(Logon)in.readObject();
    System.out.println("logon a="+a);
}
}
```

类 Logon 是一个记录登录信息的类，包括用户名和密码。首先它实现了接口 Serializable，这就标志着它可以被序列化。main 方法中的语句：ObjectOutputStream o=new ObjectOutputStream(new FileOutputStream("Logon. out"));新建一个对象输出流包装一个文件流，表示对象序列化的目的地是文件 Logon. out。然后用方法 writeObject 开始写入。

想要还原的时候也很简单，使用语句：ObjectInputStream in=new ObjectInputStream(new FileInputStream("Logon. out"));新建一个对象输入流以文件流 Logon. out 为参数，然后调用 readObject 方法就可以了。

需要说明一点，对象序列化有一个神奇之处就是，它建立了一张对象网，将当前要序列化的对象中所持有的引用指向的对象都包含起来一起写入到文件，更为奇妙的是，如果一次序列化了好几个对象，它们中相同的内容将会被共享写入。这的确是一个非常好的机制，它可以用来实现深层复制。

11. 2 字节流

字节流是指以字节为处理单位的流，字节流相应地可以分为字节输入流（InputSteam）和字节输出流（OutStream）两种。

11. 2. 1 InputStream

InputStream 是所有字节输入流的基类，它是一个抽象类，从 Object 类直接继承而来，类中声明了多个用于字节输入的方法，为其他字节输入流派生类奠定了基础，它与其他派生类的继承关系如图 11-6 所示。

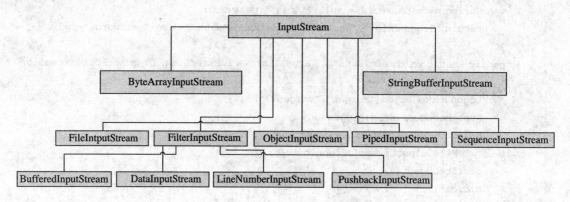

图 11-6 InputStream 的派生类

InputStream 类可以处理各种类型的输入流,它提供的多数方法在遇到错误后都会抛出 IOException 异常,InputStream 类提供的方法如下:

(1) int available()

输入流中剩余(即尚未读取)数据的字节数。

(2) void close()

关闭输入流,同时释放相关资源。

(3) void mark(int readlimit)

在输入流中的当前位置做下标记,并且直到从这个位置开始的 readlimit 个字节被读取后它才失效。

(4) boolean markSupported()

前输入流是否支持标记功能。

(5) abstract int read()

从输入流中读入一个字节的数据。

(6) int read(byte[] b)

从输入流中读入 b. 1ength 个字节到字节数组 b。

(7) int read(byte[] b,int off,int len)

从输入流中 off 处开始读入 len 个字节到字节数组 b。

(8) void reset()

把输入流的读指针重置到标记处,以重新读取前面的数据。

(9) long skip(long n)

从输入流的当前读指针处跳过 n 个字节,同时返回实际跳过的字节数。

下面对 InputStream 类的子类分别作简单的说明。

(1) ByteArrayInputStream

ByteArrayInputStream 输入流类包含有 4 个成员变量,即 buf,count,mark 和 pos。

其中 buf 为字节数组缓冲区,用来存放输入流;count 为计数器,记录输入流数据的字节数;mark 用来做标记,以实现重读部分输入流数据;pos 为位置指示器,指明当前读指针的位置,即前面已读取 Jpos-1 个字节的数据。ByteArrayInputStream 输入流类提供的方法基本上与它的基类 InputStream 是一样的,因此,ByteArrayInputStream 可以说是一个比较简单的、基础的字节输入流类。

(2) FileInputStream

FileInputStream 类是用来实现从文件中读取字节流数据的,它也是从抽象类 Input-Stream 直接继承而来的,但是,有些方法,如 mark()和 reset()等,它并不支持,因为 FileInput-Stream 输入流只能实现文件的顺序读取。另外,FileInputStream 既然属于字节输入流类,那么它就不适合用来读取字符文件,而适合读取字节文件(如图像文件)。字符文件的读取可以使用后面要介绍的字符输入流类 FileReader。

FileInputStream 类包含有 3 个构造方法,分别如下:

① public FileInputStream(String name) throws FileNotFoundException

② public FileInputStream(File file) throws FileNotFoundException

③ public FileInputStream(FileDescriptor fdObj)

前面两个构造方法需要抛出 FileNotFoundException 异常,其中,name 为文件名,而 file 为 File 文件类(后面介绍)的对象,fdObj 为 FileDescriptor 文件描述类对象,它既可以对应打开的文件,也可以是打开的套接字(socket)。例如,下面是采用第一个构造方法创建文件输入流对象的语句:

```
FileInputStreamfis=newFileInputStream("data.dat");
```

创建好文件输入流对象后,就可以通过调用相应 read()方法以字节为单位来读取数据了,当不再需要从该文件输入流读入数据时,可以调用 close()方法关闭输入流,同时释放相应的资源。看下面的一个程序,该程序实现了测试 FileInputStream 文件输入流的功能。

```
import java.io.*;
public class TestFileInputStream
{
    public static void main(String args[]) throws IOException
    {
        try
        {
            //创建文件输入流对象 fis
            FileInputStreamfis=newFileInputStream("data.dat");
            byte buf[]=new byte[128];
            int count;                      //记录实际读取字节数
            count=fis.read(buf);            //从文件输入流 fis 中读取字节数据
            System.out.println("共读取"+count+ "个字节");
            System.out.print(new String(buf));
            Fis.close();                    //关闭 fis 输入流
        }
        catch(IOException ioe)
        {
            System.out.println("I/O异常");
        }
    }
```

}

如果程序当前目录下没有 data. dat 数据文件,则运行时将会引发 FileNotFoundException 异常,此时异常保护语句就会被执行,输出"I/O 异常"信息;如果没有 datadat 数据文件,并且在其中已经编辑输入了"Beijing 2008 Olympic Games",则程序运行时将会从文件中读入这一信息并在屏幕上输出,如下所示:

共读取 26 个字节　　　　　//注:一个普通 Ascii 字符就是一个字节
Beijing 2008 Olympic Games

当编辑数据文件输入的是"Beijing 2008 奥运会"时,程序在屏幕上显示的信息如下:

共读取 19 个字节　　　　　//注:一个汉字是两个字节
Beijing 2008 奥运会

由上可见,使用 FileInputStream 文件输入流对象,可以实现从文件中以字节为单位获取数据。

(3) FilterInputStream

FilterInputStream 类与 InputStream 类相比,差别并不大,那么,到底为什么要引入 FtlterInputStream 类呢? 其实,只要注意看一下 FilterInputStream 类的定义,就可以发现,它的构造方法是这样定义的:

```
protected FilterInputStream(InputStream in)
```

上述构造方法的参数是 InputStream 对象,FilterInputStream 就是为了包装 InputStream 流而引入的中间类,说它是中间类,是因为它的构造方法的访问属性为 protected 的,用户不能直接将其实例化,即不能直接创建 FilterInputStream 对象,它把具体的包装任务交给了它的子类们来完成,这些子类包括:BufferedInputStream,CheckedInputStream,CipherInput-Stream, DataInputStream, DigestInputStream, InflaterInputStream, LineNumberInput-Stream,ProgressMonitorInputSlream 和 PushbackInputStream 等,每一个子类都是以现成的 InputStream 流对象为数据源,试图对该 InputStream 流做进一步的处理。有兴趣的读者也可以尝试着自己定义一个从 FilterInputStream 继承而来的加强输入流类,实现对输入流的特殊处理(如按位读取等)。下面选取其中几个子类作简单的介绍。

提示:Sun 提供的 JDK 类库中大量采用了类似 FilterInputStream 的设计,很多类虽然并不是抽象类,但却通过不提供对外的实例化构造方法,把自己变成了伪抽象类,或者说是中间类,真正的处理代码则交给相应的加强子类们来完成。这其实也涉及到了"设计模式"的概念,建议有一定基础的读者可以边学习 Java,边查看"设计模式"的相关知识,以提升自己对面向对象技术的理解高度。

① BufferedInputStream

BufferedInputStream 类只是在 FilterInputStream 类(或者说 InputStream 类)的基础上添加了一个读取缓冲功能,因此,也有人说它应该合并到 InputStream 中去才对。不过,大家更关心的是,到底缓冲能带来多大的性能提高,BufferedInputStream 类的构造方法如下:

```
public BuferedInputStream(InputStream in)
public BufferedInputStream(InputStream in,int size)
```

第二个构造方法的 size 用来设置缓冲区的大小。

下面的一个程序就是用来测试缓冲性能的,有兴趣的读者可以亲自上机验证一下。在计算机上对输入流的缓冲与否做一个测试,测试读取的是一个图片文件,大小约为 2.52M,结果表明,二者之间的速度差别还是非常明显的。对于小输入流的读取况且如此,那么对于大输入流的情况,缓冲带来的效果就可想而知了。

```java
import java.io.* ;
public class TestBufferedInputStream
{
    public static void main(String args[]) throws IOExcepfion
    {
        try
        {
            //创建文件输入流对象 fis,为了取得明显效果,Big.dat 文件中编辑了大量数据
            InputStream fis=new BufferedInputStream(new
                FileInputStream("Big.dat"));
            System.out.println("测试开始…");
            while(fis.read()!=-1)              //从文件输入流 fis 中读取字节数据
            {
                //读取整个文件输入流
            }
            System.out.println("测试结束");
            fis.close();                //关闭 fis 输入流
        }
            catch(IOException ioe)
        {
            System.out.println("I/O异常");
        }
    }
}
```

有兴趣的读者可以尝试将上述程序中的语句:

```java
InputStream fis=new BufferedInputStream(new FileInputStream("Big.dat"));
```

改写为如下语句:

```java
InputStream fis=(newFileInputStream("Big.dat");
```

这时,将会发现对于文件输入流的读取速度大大低于缓冲时的情况。

② DataInputStream

DataInputStream 类直接从 InputStream 类继承而来,并且还实现了 DataInput 接口,它提供的方法如下:

```java
public final int read(byte[] b) throws IOException
public final int read(byte[] b,int off,int len) throws IOException
public final void readFully(byte[] b) throws IOException
public final void readFully(byte[] b,int off,int len) throws IOException
```

```
public final int skipBytes(int n) throws IOException
public final boolean readBoolean() throws IOException
public final byte readByte() throws IOException
public final int readUnsignedByte() throws IOException
public final short readShort() throws IOException
public final int readUnsignedShort() throws IOException
public final char readChar() throws IOException
public final int readInt() throws IOException
public final long readLong() throws IOException
public final float readFloat() throws IOException
public final double readDouble() throws IOException
public final String readLine() throws IOException
public final String readUTF() throws IOException
public static final String readUTF(DataInput in) throws IOException
```

上述方法中,一部分是从 InputStream 类继承而来的,另一部分是源于 DataInput 接口中的方法实现。输入流对象在读到流的结尾时一般都返回-1进行指示,而 DataInputStream 输入流对象在读到流的结尾时还会同时抛出一个 EOFException 异常,因此,也可以通过捕获这个异常来判断输入流是否已经读取完。特别地,上面 readLine() 方法是用来实现一行一行地读取输入流的,因此,该方法在很多情况下非常有用,不过,由于该方法不能将字节数据正确转换为对应的字符,所以在 JDK l.1 以及以后的版本中,就不再建议使用了,并由 BufferedReader.readLine() 方法替代。

③ LineNumberInputStream

LineNumberInputStream 类提供行号跟踪功能,可以通过方法获取或设置行号:

```
pubic int getLineNumber()
public void setLineNumber(int lineNumber)
```

不过,这些方法目前已过时,不建议再使用。LineNumberInputStream 类的功能可以用字符流类 LineNumberReader 来替代。

④ PushbackInputStream

PushbackInputStream 类在 FilterInputStream 父类的基础上增加了回退/复读功能,类似于 mark()/reset() 提供的回退/复读功能,对应的回退方法如下:

```
public void unread(int b) throws IOException
public void unread(byte[] b,int off,int len) throws IOException
public void unread(byte[] b) throws IOException
```

(4) ObjectInputStream

在 Java 程序运行过程中,很多数据是以对象的形式分布在内存中的,有时会希望能够直接将内存中的整个对象存储到数据文件之中,以便在下一次程序运行时可以从数据文件中读取出数据,还原对象为原来状态,这时可以通过 ObjectInputStream 和 ObjectOutputStream 来实现这一功能。Java 中规定,如果要直接存储对象,则定义该对象的类必须实现 java. io. Serializable 接口,而 Serializable 接口中实际并没有规范任何必须实现的方法,所以这里所谓的实现其实只是起到一个象征意义,表明该类的对象是可序列化的(Serializable),同时,该类的所有子类也自动是可序列化的。下面是一段使用 ObjectInputStream 输入流的示例代码：

```
FileInputStream istream=new FileInputStream("data.dat");        //创建文件输入流对象
ObjectInputStream p=newObjectInputStream(istream);              //包装为对象输入流
int i=p.readInt();                                              //读取整型数据
String today=(String)p.readObject0;                             //读取字符串数据
Date date=(Date)p.readObject();                                 //读取日期型数据
istream.close();                                                //关闭输入流对象
```

ObjectInputStream 类直接继承于 InputStream，并同时实现了 3 个接口，即 DataInput，ObjectInput 和 ObjectStreamConstants。它的主要功能是通过 readObject()方法来实现的，利用它可以很方便地恢复原先用 ObjectOutputStream. writeObject()方法保存的对象状态数据。

（5）PipedInputStream

PipedInputStream 称为管道输入流，它必须和相应的管道输出流 PipedOutputStream 一起使用，由二者共同构成一条管道，后者输入数据，前者读取数据。通常，PipedOutputStream 输出流工作在一个称为生产者的程序中，而 PipedInputStream 输入流工作在一个称为消费者的程序中，只要管道输出流和输入流是连接着的(也可以通过 connect()方法建立连接)，那么就可以一边往管道中写入数据，而另一边则从管道中读取这些数据，即实现将一个程序的输出直接作为另一个程序的输入，从而节省了中间 I/O 环节。

提示(Ctrl+Shift+v)：
● 不建议在单线程中同时进行 PipedInputStream 输入流和 PipedOutputSream 输出流的处理，因为这样容易引起线程死锁。
● Pipe(管道)是 Unix 首先提出的概念，它被用来实现进程(或线程)之间大量数据的同步传输。

（6）SequenceInputStream

SequenceInputStream 类可以实现将多个输入流接在一起，形成一个长的输入流，当读取到长流中某个子流的末尾时，一般不返回−1(即 EOF)，而只有到达最后一个子流的末尾时才返回结束标志。SequenceInputStream 类的构造方法如下：

```
public SequenceInputStream(Enumeration e)
public SequenceInputStream(InputStream sl,InputStream s2)
```

第一个构造方法可以连接多个输入子流，这些子流可以是 ByteArrayInputStream，FileInputStream，ObjectInputStream，PipedInputStream 或 StringBufferInputStream 等各种输入流类型。第二个构造方法只能连接两个输入流。

通过 SequenceInputStream 类，用户可以构造各种各样的、功能各异的组合流。

（7）StringBufferInputStream

StringBufferInputStream 类的构造方法如下：

```
public StringBufferInputStream(Slring s);
```

它的功能是通过 String 对象生成对应的字节输入流，由于 String 中的字符是 Unicode 编码的，即双字节，因此 StringBufferInputStream 采取如下转换策略：将 Unicode 字符的高位字节丢弃,只保留低位字节。这样,原来字符串中的字符个数就与转换后的输入流字节数相等,即一个字节对应原来的一个字符。这种处理方式,对于 ASCII 码值在 0～255 之间的普通字符是没有问题的,但对于其他字符(如汉字字符),则会由于高位字节的信息丢失而导致错误,因此,在 JDK l.1 以及以后的版本中,该类就被放弃并由字符流类 StringReader 替代。

11.2.2　OutputStream

抽象类 OutputStream 是所有字节输出流类的基类,它的派生关系如图 11-7 所示。

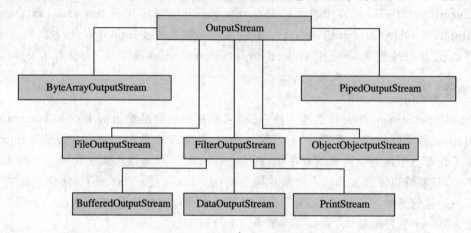

图 11-7　OutputStream 的派生类

从图 11-7 中可以看出:OutputStream 派生了与 InputStream 子类相对应的输出流类,如 ByteArrayOutputStream, FileOutputStream, FilterOutputStream, ObjectOutputStream 和 PipedOutputStream 等。细心的读者可能会发现没有与 StringBufferlnputStream 输入流相对应的输出流类,这点其实与 Java 的 String 类的不可修改性有关,流写入了,String 就必须作相应的扩展,显然这是矛盾的,因此也就无法定义对应的输出流类。下面对图 11-7 中的各个派生类逐一作一个简单的介绍。

(1) ByteArrayOutputStream

ByteArrayOutputStream 类与 ByteArrayInputStream 类相对应,它有两个保护型成员变量:

```
Protected byte[] buf
Protected int count
```

buf 字节数组用来存放输出数据,而 count 则用来记录有效输出数据的字节数。

ByteArrayOutputStream 类的构造方法如下:

```
public ByteArrayoutputStream()
public ByteArrayOutputStream(int size)
```

第一个构造方法创建的输出流对象起始存储区大小为 32 个字节,并可以随着输入的增加而相应扩大;第二个构造方法创建的输出流对象存储区大小为 size 个字节。

另外,ByteArrayOutputStream 类还提供了以下方法:

```
public void write(int b)
```

```
public void write(byte[] b,int off,int len)
public void writeTo(OutputStream out) throws IOException
public void reset()
public byte[] toByteArray()
public int size()
public String toString()
public String toString(String enc) throws
public String toString(int hibyte)
public void close() throws IOException
```

上述方法中,write()与 ByteArrayInputStream 类的 read()方法相对应。

(2) FileOutputStream

FileOutputStream 类与前面的 FileInputStream 类相对应,用于输出数据流到文件之中进行保存。看下面的一段程序,该程序实现了 FileOyutputStream 文件输出流类。

```
import java.io.* ;
public class TestFileOutputStream
{
    public static void main(String args[])
    {
        try
        {
            System.out.print("请输入数据:");
            int count,n=128;
            byte buffer[]=new byte[n];
            count=System.in.read(buffer);                  //读取标准输入流
            FileOutputStream fos=new FileOutputStream("test.dat");
            //创建文件输出流对象
            fos.write(buffer,0,count);                     //写入输出流
            fos.close();                                   //关闭输出流
            System.out.println("已将上述输入数据输出保存为 test.dat 文件。");
        }
        catch(IOException ioe)
        {
            System.out.println(ioe);
        }
        catch(Exception e)
        {
            System.out.println(e);
        }
    }
}
```

执行上述程序后的输出结果如图 11-8 所示。

打开程序新建的 test.dat 文件(原本没有这个文件),可以发现刚刚输入的数据已经被输出保存。如果再次运行该程序并输入一个新的数据,然后再次打开 test.dat 文件,即可发现原

来的输出数据被新的输出数据所取代。

这是因为 FileOutputStream 类不支持文件续写或定位等功能,它只能实现最基本的文件输出操作。

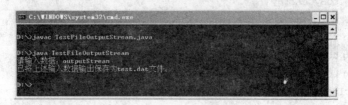

图 11-8 输出结果

(3) FilterOutputStream

FilterOutputStream 类与 FilterInputStream 类相对应,也是一个伪抽象类,由它派生出的各种功能子类包括 BufferedOutputStream,CheckedOutputStream,CipherOutputStream,DataOutputStream,DeflaterOutputStream,DigestOutputStream 和 PrintStream 等,这里只介绍图 11-7 中列出的其中 3 个。

① BufferedOutputStream

BufferedOutputStream 类与 BufferedInputStream 类实现的功能是一样的,都是进行数据缓冲,提高性能,只不过一个是输入(读)缓冲,一个是输出(写)缓冲。

提示:

缓冲输入是指在读取输入流时,先从输入流中一次读入一批数据并置入缓冲区,然后就是从缓冲区中读取,当缓冲区数据不足时才从输入流中再次批量读取;同样地,使用缓冲输出时,写入的数据并不会直接输出至目的地,而是先输出存储至缓冲区中,当缓冲区数据满了以后才启动一次对目的地的批量输出。比如当输入/输出流对应文件时,通过缓冲就可以大幅减少对磁盘的重复 I/O 操作,从而提高文件存取的速度。

② DataOutputStream

DataOutputStream 类与 DataInputStream 类相对应,它实现的接口为 DataOutput,提供的输出方法如下:

```
public final void writeBoolean(boolean v) throws IOException
public final void writeByte(int v) throws IOException
public final void writeShort(int V) throws IOException
public final void writeChat(int v) throws IOException
public final void writeInt(int v) throws IOException
public final void writeLong(1ong v) throws IOException
public final void writeFloat(float v) throws IOException
public final void writeDouble(double v) throws IOException
public final void writeBytes(String s) throws IOException
public final void writeChars(String s) throws IOException
public final void writeUTF(String str) throws IOException
```

③ PrintStream

PrintStream 类也是 FilterOutputStream 类的子类,它实现的输出功能与 DataOutput-

Stream 差不多,输出方法以 print()和带行分隔的 println()命名,部分输出方法如下:

```
public void print(boolean b)
public void print(char c)
public void print(int i)
public void print(String s)
public void print(Object ohj)
public void println()
public void println(boolean x)
public void println(int x)
public void println(char[] x)
public void println(Object x)
```

标准输出流 System.out 就是 PrintStream 类的静态对象。

（4）ObjcctOutputStream

ObjectOutputStream 类与 ObjectInputStream 类相对应,用来实现保存对象数据功能,例如下面的示例代码段:

```
FileOutputStream ostream=new FileOutputStream("data.dat");      //创建文件输出流对象
ObjectOutputStream p=new ObjectOutputStream(ostream);           //包装为对象输出流
p.writeInt(12345);                                              //输出整型数据
p.writeObject("Beijing 2008 奥运会");                           //输出字符串数据
p.writeObject(new Date());                                      //输出日期型数据
p.flush();                                                      //刷新输出流
ostream.close();                                                //关闭输出流
```

可见,ObjectOutputStream 类主要是通过相应的 writo 方法来保存对象的状态数据。

（5）PipedOutputStream

PipedOutputStream 类与 PipedInputStream 类相对应,前面讲过,利用它们可以实现输入流与输出流同步工作,从而提高输入/输出效率。Unix 中的管道概念就与此类似。

11.3 字符流

字符流类是为了方便处理 16 位 Unicode 字符而（在 JDK l.1 之后）引入的输入/输出流类,它以两个字节为基本输入/输出单位,适合于处理文本类型的数据。Java 设计的字符流体系中有两个基本类:Reader 和 Writer,分别对应字符输入流和字符输出流。下面就对它们分别进行介绍。

11.3.1 Reader

Reader 字符输入流是一个抽象类,本身不能被实例化,因此真正实现字符流输入功能的是由它派生的子类们,如 BufferedReader,CharArrayReader,FilterReader,InputStreamReader,PipedReader 和 StringReader 等,其中一些子类又再进一步派生出其他功能子类,其继承关系如图 11-9 所示。

Reader 抽象类提供了以下处理字符输入流的基本方法:

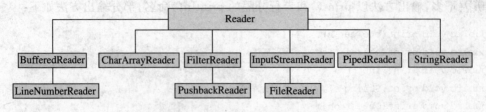

图 11-9　Reader 派生类的继承关系

```
public int read() throws IOException
```
//读取一个字符,返回值为读取的字符(0~65 535 之间的值)或-1(读取到输入流末尾)
```
public int read(char[] cbuf) throws IOException
```
//读取一系列字符到字符数组 cbuf[]中,返回值为实际读取的字符数
```
public abstract int read(char[] cbuf,int off,int len) throws IOException
```
//读取 len 个字符,从字符数组 cbuf[]的下标 off 处开始存放,返回值为实际读取的字符数,
//该方法为抽象方法,具体代码由子类实现
```
public long skip(long n) throws IOException        //跳过输入流中的 n 个字符
public boolean ready() throws IOException          //判断输入流是否能读了
public boolean markSupported()                     //判断当前流是否支持在流中作标记
public void mark(int readAheadLimit) throws IOException
```
//给当前流作标记,最多支持 readAheadIimit 个字符的回溯
```
public void reset() throws IOException             //将当前流重置到作标记处,准备复读
public abstract void close() throws IOException
```
//关闭输入流的抽象方法,由子类具体实现

　　上面就是抽象类 Reader 的基本方法,其中两个抽象方法必须由其子类来实现,而其他方法也可以由子类来覆盖,以提供新的功能或者更好的性能。可以看出,Reader 与 InputStream 字节输入流类提供的方法差不多,只不过一个是以字节为单位进行输入,而另一个则以字符(两个字节)为单位进行读取。事实上,字节流可以被认为是字符流的基础。下面对 Reader 的各个子类分别做简单介绍。

　　(1) BufferedReader

　　BufferedReader 与 BufferedInputStream 的功能一样,都是对输入流进行缓冲,以提高读取速度,当创建一个 BufferedReader 类对象时,该对象内会生成一个用于缓冲的数组,BufferedReader 类有两个构造方法:

```
publicBufferedReader(Reader in)
publicBufferedReader(Reader in,int sz)
```

　　该类其实是包装类,第一个构造方法的参数为一个现成的输入流对象,第二个构造方法多了一个参数,用来指定缓冲区数组的大小。

　　BufferedReader 类还有一个派生类,即 LineNumberReader。

　　该类主要是在 BufferedReader 类的基础上增加了对输入流中行的跟踪能力,它提供的方法如下:

```
public int getLineNumber()                         //获取行号
public void setLineNumber(int lineNumber)          //设置行号
```

```
public int read() throws IOException
public int read(char[] cbuf,int off,int len) throws IOException
public String readLine() throws IOException        //读取行
public long skip(long n) throws IOException
```

需要说明的是：行是从 0 开始编号的，并且 setLineNumber()方法并不能修改输入流当前所处的行位置，它只能修改的是对应于 getLineNumber()方法的返回值。

（2）CharArrayReader

CharArrayReader 是 Reader 抽象类的一个简单实现类，它的功能就是从一个字符数组中读取字符，同时支持标记/重读功能，它的内部成员变量有如下几个：

```
protected char[] buf;          //指向输入流
protected int pos;             //当前读指针位置
protected int markedPos;       //标记位置
protected int count;           //字符数
```

其构造方法如下：

```
//指向输入流 (字符数组)
//当前读指针位置
标记位置
//字符数
Public CharArrayReader(char[] buf)
Public CharArrayReader(char[] buf,int offset,int length)
```

第一个构造方法是在指定的字符数组基础上创建 CharArrayReader 对象，第二个构造方法则同时指明字符输入流的起始位置和长度。创建好 CharArrayReader 对象后，就可以调用相应的方法进行字符数据的读取了，这些方法多数是 Reader 基类方法的覆盖实现，这里就不列举了。

（3）FilterReader

FilterReader 是从 Reader 基类直接继承的一个子类，该类本身仍是一个抽象类，且从它的构造方法看，它还是一个包装类，不过 Sun 的 JDK 设计人员并没有直接给 FilterReader 增加功能。

真正有新功能的是它的子类 PushbackReader。PushbackReader 类可以实现字符回读功能，主要通过以下方法进行回读：

```
public void unread(int c) throws IOException
public void unread(char[] cbuf,int off,int len) throws IOException
public void unread(char[] cbuf) throws IOException
```

（4）InputStreamReader

InputStreamReader 是实现字节输入流到字符输入流转变的一个类，它可以将字节输入流通过相应的字符编码规则包装为字符输入流。其构造方法如下：

```
public InputStreamReader(InputStream in)
public InputStreamReader(InputStream in,String charsetName)
    throws UnsupportedEncodingException
```

```
public InputStreamReader(InputStream in,Charset cs)
public InputStreamReader(InputStream in,CharsetDecoder dec)
```

既可以采用系统默认字符编码,也可以通过参数明确给予指定。

InputStreamReader 还有一个派生子类——FileReader,即字符文件输入流。它的构造方法如下:

```
public FileReader(String fileName) throws FileNotFoundException
public FileReader(File file) throws FileNotFoundException
public FileReader(FileDescriptor fd)
```

需要特别指出的是,除了构造方法以外,FileReader 并没有新增定义其他任何方法,它的方法都是由父类 InputStreamReader 和 Reader 继承而来,因此,该类的主要功能只是改变数据源,即通过它的构造方法可以实现将文件作为字符输入流。

Java 输入/输出的一个特色就是可以组合使用各种输入/输出流为功能更强的流,因此,才设计了这么多各具功能的输入/输出流类。

例如下面的一个程序,实现的功能是 FileReader 和 BufferedReader 的组合使用。

程序代码如下:

```
import java.io.* ;
public class TestFileReader
{
    public static void main(String args[])
    {
        try
        {
            FileReader fr=new FileReader("福娃.dat");
            BufferedReader bfr=new BufferedReader(fr);
            String str=bfr.readLine();
            while(str!=null)
            {
                System.out.println(str);
                str=bfr.readLine();
            }
        }
        catch (IOException ioe)
        {
            System.out.println(ioe);
        }
        catch(Exception e)
        {
            System.out.println(e);
        }
    }
}
```

上面的程序首先利用 FileReader 将字节文件输入流转换为字符输入流,然后通过调用 BufferedReader 包装类的 readLine()方法一行一行地读取文件输入流的数据,并按行进行输出显示。执行该程序后的输出结果如图 11-10 所示(其中输出的部分为"福娃. dat"文件中存储的数据)。

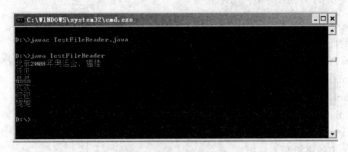

图 11-10　输出结果

(5) PipedReader

PipedReader 是管道字符输入流类,它与 PipedInputStream 功能类似,其构造方法如下:

```
public PipedReader(PipedWriter src) throws IOException
public PipedReader()
```

第一个构造方法要求在创建 PipedReader 对象时就与对应的 PipedWriter 对象相连接,这样,只要有数据写到 PipedWriter 对象中,就可以从相连的 PipedReader 对象进行读取。第二个构造方法只是创建 PipedReader 对象,并不指定它与哪个 PipedWriter 对象相连接,但是,需要注意的是,该 PipedReader 对象在没有 PipedWriter 对象相连之前不能进行字符流读取操作,否则就会抛出异常。

(6) StringReader

StringReader 类很简单,与 CharArrayReader 类似,只不过它的数据源不是字符数组,而是字符串对象,这里不再赘述。

11.3.2　Writer

字符输出流基类 Writer 也是一个抽象类,本身不能被实例化,因此真正实现字符流输出功能的是由它派生的子类,例如 BufferedWriter,CharArrayWriter,FileWriter,OutputStreamWriter,PipedWriter,PrintWriter 以及 StringWriter 等。其中 OutputStreamWriter 子类又进一步派生出 FileWriter 子类,其继承关系如图 11-11 所示。

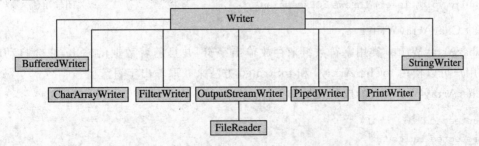

图 11-11　字符流输出基类 Writer 的派生子类

Writer 基类的构造方法如下：

```
protected Writer()
protected Writer(Object lock)
```

Writer 基类提供的方法有如下几个：

```
public void write(int e) throws IOException
```
//将整型值 c 的低 16 位写入输出流
```
public void write(char[] cbuf) throws IOException
```
//将字符数组 cbuf[]写入输出流
```
public abstract void write(char[] cbuf,int off,int len) throws IOException
```
//将字符数组 cbuf[]中的从索引为 off 的位置开始的 len 个字符写入输出流
```
public void write(String str) throws IOException
```
//将字符串 str 中的字符写入输出流
```
public void write(String str,int off,int len) throws IOException
```
//将字符串 str 中从索引 off 开始的 len 个字符写入输出流
```
public abstract void flush() throws IOException
```
//刷新输出所有被缓存的字符
```
public abstract void close() throws IOException
```
//关闭字符流

下面对 Writer 的各个子类分别作简单的介绍。

（1）BufferedWriter

BufferedWriter 与 BufferedOutputStream 类似，都对输出流提供了缓冲功能，它的构造方法如下：

```
public BufferedWriter(Writer out)
public BufferedWriter(Writer out,int sz)
```

第一个构造方法对字符输出流对象进行了包装，输出缓冲区大小为默认值，第二个构造方法则对输出缓冲区大小作了设置。另外，BufferedWriter 类提供的其他成员方法如下：

```
public void write(int c) throws IOException                           //覆盖基类方法
public void write(char[] cbuf,int off,int len) throws IOException     //从基类继承
public void write(String s,int off,int len) throws IOException        //覆盖基类方法
public void newLine() throws IOException                              //向外输出流写入一个行分
                                                                          隔符
public void flush() throws IOException                                //刷新输出流
public void close() throws IOException                                //关闭输出流
```

（2）CharArrayWriter

CharArrayWriter 类用字符数组来存放输出字符，并且随着数据的输出，它会自动增大。另外，用户可以使用 toCharArray0 和 toString0 方法来获取输出字符流。

CharArrayWriter 类的成员变量如下：

```
protected char[] buf
protected int count
```

//存放输出字符的地方

//已输出字符数

CharArrayWriter 类的构造方法有：

```
public CharArrayWriter()
public CharArrayWriter(int initialSize)
//创建字符数组为缺省大小的输出流对象
//创建字符数组为指定大小的输出流对象
```

CharArrayWriter 类提供的其他方法有：

```
public void write(int c)
public void write(char[] c,int off,int len)
public void write(String six,int off,int len)
public void writeTo(Writer out) throws IOException
public void reset()
public char[] toCharArray()                              //返回输出字符数组
public int size()
public String toSlring()                                 //返回输出字符串
public void flush()
public void close()
```

（3）FilterWriter

FilterWriter 是从 Writer 基类直接继承的一个子类，它本身仍是一个抽象类，且从它的构造方法看，它还是一个包装类，Sun 的 JDK 开发人员并没有给 FilterWriter 增加功能，但是，在 JDK 1.4 版本中，并没有出现 FilterWriter 的派生子类，不过，相信在以后的 JDK 版本中可能会加进来的，这点也体现了 JDK 本身在设计时就充分考虑到了将来的扩展性，的确值得大家学习。

（4）OutputStreamWriter

OutputStreamWriter 类可以根据指定字符集将字符输出流转换为字节输出流，它有一个派生子类：FileWriter。FileWriter 是设计用来输出字符流到文件的，如果要输出字节流到文件中保存，则需要使用之前介绍的 FileOutputStream 类。FileWriter 的构造方法有 5 个：

```
public FileWriter(String filename) throws IOException          //文件名关联
public FileWriter(String fileName,Boolean append) throws IOException
//文件名关联,同时可以指定是否将输出插入至文件尾
public FileWriter(File file) throws IOException                //文件类对象关联
public FileWriter(File file,boolean append) throws IOException
//文件类对象关联,同时可以指定是否将输出插入至文件尾
public FileWriter(FileDescriptor fa)                           //采用文件描述对象
```

FileWriter 类的其他方法都是从它的父类继承来的。在实际应用中，常将 FileWriter 类的对象包装为 BufferedWriter 对象，以提高字符输出的效率。例如下面的一段程序，实现了 FileWriter 和 BufferedWriter 类的组合使用。

程序代码如下：

```
import java.io.* ;
public class TestFileWriter
{
    public static void main(String args[])
    {
        try
        {
            InputStreamReader isr=new InputStreamReader(System.in);
            BufferedReader br=new BufferedReader(isr);
            FileWriter fw=new FileWriter("out.dat");
            BufferedWriter bw=new BufferedWriter(fw);
            String str=br.readLine();
            while(! (str.equals("#")))
            {
                bw.write(str,0,str.length());
                bw.newLine();
                str=br.readLine();
            }
            br.close();
            bw.close();
        }
        catch (IOException e)
        {
            e.printStackTrace();
        }
    }
}
```

上述程序的运行结果如下：

```
D:> java TestFileWriter(运行程序)
One World,One Dream! （第一行输入,输入完成按下回车键）
2008 Olympic Games! （第二行输入,输入完成按下回车键）
北京欢迎你！     （第三行输入,输入完成按下回车键）
#     （第四行输入,输入完成按下回车键）
```

当第四行的"#"号被输入并按下回车键后,程序就正常退出了,打开 out.dat 文件可以看到,上述输入的 3 行信息都已经被写入文件了。需要特别说明的是："bw.newLine();"语句在不同系统下实际输出的行分隔符是不同的,在 Windows 下是"\r"（回车）和"\n"（换行）,在 Unix/Linux 下只有"\n",而在 Mac OS 下则是"\r",因此,如果在 Windows 下用记事本程序打开在 Unix/Linux 下编辑的文本文件,将看不到分行的效果,要想恢复原来的分行效果,可以通过将每个"Ⅵ"转换为"\r"和"\n",这样,就可以恢复 Unix/Linux 下的分行效果了。

（5）PipedWriter

PipedWriter 为管道字符输出流类,它必须与相应的 PipedReader 类一起工作,共同实现管道式输入/输出。PipedWriter 的构造方法如下：

```
public PipedWiiter(PipedReader snk) throws lOException
```

第一个构造方法创建与管道字符输入流对象 snk 相连的管道字符输出流对象,第二个构造方法创建未与任何管道字符输入流对象相连的管道字符输出流对象,该对象在使用前必须与相应的字符输入流对象进行连接。PipedWriter 类的其他方法包括下面几种:

```
public void connect(PipedReader snk) throws IOException
public void write(int c) throws IOException
public void write(char[] cbuf,int off,int len) throws IOException
public void flush throws IOException
public void close() throws IOException
```

除了以上方法外,还有一些方法是从父类继承来的,这里不再列举。下面看一个关于 PipedWriter 和 PipedReader 的管道示例程序。

程序代码如下:

```
import java.io.* ;
class Producer extends Thread
{
    PipedWriter pWriter;
    public Producer(PipedWriter w)
    {
        pWriter=w;
    }
    public void run()
    {
        try
        {
            pWriter.write("OneDay!");
        }
        catch (IOException e)
        {
        }
    }
}
class Consumer extends Thread
{
    PipedReader pReader;
    public Consumer(PipedReader r)
    {
        pReader=r;
    }
    public void run()
    {
        System.out.println("读取到管道数据:");
        try
        {
```

```
            char[] data=new char[20];
            pReader.read(data);
            System.out.println(data);
        }
        catch (IOException ioe)
        {
        }
    }
}
public class TestPipe
{
    public static void main(String args[])
    {
        try
        {
            PipedReader pr=new PipedReader();
            PipedWriter pw=new PipedWriter(pr);
            Thread p=new Producer(pw);
            Thread c=new Consumer(pr);
            p.start();
            Thread.sleep(2000);
            c.start();
        }
        catch (IOException ioe)
        {
        }
        catch(InterruptedException ie)
        {
        }
    }
}
```

执行上面的程序,输出结果如图 11-12 所示。

图 11-12　执行结果

（6）PrintWriter

PrintWriter 类主要用来输出各种格式的信息,与 PrintStream 类似,它的构造方法如下：

```
public PrintWriter(Writer out)
public PrintWriter(Writer out,boolean autoFlush)
public PrintWriter(OutputStream out)
```

```
public PrintWriter(OutputStream out,boolean autoFlush)
```

前两个构造方法用 Writer 对象来构造，而后两个用 OutputSlream 来构造，autoFlush 参数用于指明是否支持字符输出流的自动刷新。其他常用方法有 write(),print()和 println()等,几乎所有的数据类型都提供了相应的输出方法,这里就不一一列举了。

(7) StringWriter

StringWriter 类用字符串缓冲区来存储字符输出，因此，在字符流的输出过程中,可以很方便地获取已经存储的字符串对象，它的构造方法如下：

```
public StringWriter()
public StringWriter(int initialSize)
```

第一个构造方法创建的输出流对象存储区为默认大小,第二个为指定的 initialSize 大小。StringWriter 类提供的其他方法如下；

```
public void write(int c)
public void write(char[] cbuf,int off,int len)
public void write(String str)
public void write(String str,int off,int len)
public String toString()
public StringBuffer getBuffer()
public void flush()
public void close() throws IOException
```

11.4　文　件

11.4.1　File 类

File 类与 java.io 包中的其他输入/输出类不同,File 类直接处理文件和文件系统本身,即 File 类并不关心怎样从文件读取数据流或者向文件存储数据流,而主要用来描述文件或目录的自身属性。通过创建 File 类对象,可以处理和获取与文件相关的信息,例如文件名、相对路径、绝对路径、上级目录、是否存在、是否是目录、可读、可写、上次修改时间以及文件长度等。此外,当 File 对象为目录时,还可以列举出它的文件和子目录,一旦 File 类对象被创建,它的内容就不能再改变,要想改变就必须利用前面介绍的强大的 I/O 流类对其进行包装或者使用 RandomAccessFile 类。

File 类的构造方法如下：

```
public File(String pathname)
public File(String parent,String child)
public File(File parent,String child)
public File(URI uri)
```

下面来看一个程序：

```
import java.io.* ;
```

```java
import java.util.* ;
public class TestFile
{
    public static void main(String args[])
    {
        try
        {
            File f=new File(args[0]);
            if(f.isFile())
            {
                System.out.println("该文件属性如下所示:");
                System.out.println("文件名:"+f.getName());
                System.out.println(f.isHidden()?"隐藏":"没有隐藏");
                System.out.println(f.canRead()?"可读":"不可读");
                System.out.println(f.canWrite()?"可写":"不可写");
                System.out.println("大小:"+f.length()+ "字节");
                System.out.println("最后修改时间:"+ new Date(f.lastModified()));
            }
            else
            {
                File[] fs=f.listFiles();
                ArrayList fileList=new ArrayList();
                for(int i=0;i<fs.length;i++)
                {
                    if(fs[i].isFile())
                        System.out.println("  "+fs[i].getName());
                    else
                        fileList.add(fs[i]);
                }
                for(int i=0;i<fileList.size();i++)
                {
                    f=(File)fileList.get(i);
                    System.out.println("< DIR> "+f.getName());
                }
                System.out.println();
            }
        }
        catch (ArrayIndexOutOfBoundsException e)
        {
            System.out.println(e.toString());
        }
    }
}
```

执行该程序后的输出结果如图 11 - 13 所示。

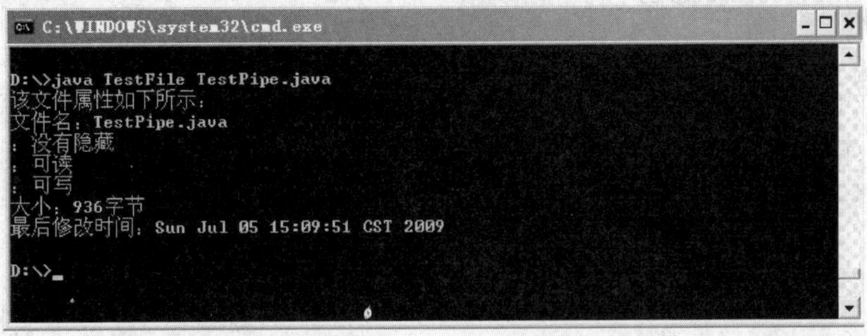

图 11 - 13　输出结果

11.4.2　RandomAccessFiles 类

前面介绍的 File 类并不能进行文件的读写操作，必须通过其他类来实现读写的操作，RandomAccessFile 类就是其中之一。与前面介绍过的文件输入/输出流类相比，RandomAccessFile 类的文件存取方式更加灵活，它支持文件的随机存取，即在文件中可以任意移动读取位置。RandomAccessFile 类对象可以使用 seek()方法来移动文件读取的位置，移动单位为字节，为了能正确地移动存取位置，编程者必须清楚随机存取文件中各数据的长度和组织。

RandomAccessFile 类的构造方法如下：

```
public RandomAccessFile(String name,String mode) throws FileNotFoundException
public RandomAccessFile(File file,String mode) throws FileNotFoundException
```

在正式介绍如何使用 Java 的输入/输出相关类来进行文件存取前，先简单地通过使用 java.io. RandomAccessFile 来存取文件，以认识一些文件存取时所必须注意的概念与事项。

文件存取通常是循序的，每在文件中存取一次，文件的读取位置就会相对于目前的位置前进一次。然而有时必须指定文件的某个区段进行读取或写入的动作，也就是进行随机存取。

为了移动存取位置时的方便，通常在随机存取文件中会固定每一个数据的长度。例如长度固定为每一个学生个人数据，Java 中并没有直接的方法可以写入一个固定长度数据（像 C/C++中的 structure），所以在固定每一个长度方面必须自行设计。下面的程序先设计一个学生数据的类。

```
package onlyfun.caterpillar;
public class Student
{
    private String name;
    private int score;
    public Student()
    {
        setName("noname");
    }
    public Student(String name,int score)
    {
```

```
            setName(name);
            this.score=score;
        }
    public void setName(String name)
        {
            StringBuilder builder=null;
            if(name!=null)
                builder=new StringBuilder(name);
            else
                builder=new StringBuilder(15);
            builder.setLength(15);                          // 最长 15 字符
            this.name=builder.toString();
        }
    public void setScore(int score)
        {
            this.score=score;
        }
    public String getName()
        {
        return name;
        }
    public int getScore()
        {
        return score;
        }
    // 每个数据固定写入 34 字节
    public static int size()
        {
        return 34;
        }
    }
```

对于每一个学生数据的实例在写入文件时，会固定以 34 字节的长度写入，也就是 15 个字符（30 字节）加上一个 int 整数的长度（4 字节）。上面的程序中是使用 StringBuilder 来固定字符长度的，可以使用 size()方法来取得长度信息。

RandomAccessFile 中的相关方法实现都在批注中说明了，可以看到读写文件时几个必要的流程：

（1）打开文件并指定读写方式

在 Java 中，当实例化一个与文件相关的输入/输出类时，就会进行打开文件的动作。在实例化的同时要指定文件是要以读出（r）、写入（w）或可读可写（rw）的方式打开，可以将文件看作是一个容器，要读出或写入数据都必须打开容器的瓶盖。

（2）使用对应的写入方法

对文件进行写入，要使用对应的写入方法。在 Java 中通常是 write 的名称作为开头，在低级的文件写入中，要写入某种类型的数据，就要使用对应该类型的方法，如 writeInt()，write-

Char()等。

（3）使用对应的读出方法

对文件进行读出，要使用对应的读出方法。在 Java 中通常是 read 的名称作为开头，在低级的文件读出中，要读出某种类型的数据，就要使用对应该类型的方法，如 readInt()，read-Char()等。

（4）关闭文件

可以将文件看作是一个容器，要读出或写入数据都必须打开容器的瓶盖，而不进行读出或写入时，就要将瓶盖关闭。对于某些文件存取对象来说，关闭文件的动作意味着将缓冲区（Buffer）的数据全部写入文件，如果不作关闭文件的动作，某些数据可能没有写入文件而遗失。

习　题

1. 简述 Java 中的标准输入输出是如何实现的。

2. 简述 java.io 包是如何设计提供字节流和字符流输入 / 输出体系的。

3. 简述 File 类的应用，它与 RandomAccessFlie 类有何区别？

4. 编写一个程序，该程序能够实现文件内容的合并，即将某个文件的内容写入到另外一个文件的末尾处。

5. 编写一个递归程序，该程序需要实现的功能是：列举出某个目录下的所有文件以及所有子目录（包括其下的所有文件和子目录），要求同时列出它们的一些重要属性。

6. 编写一个程序，要求如下：

（1）在当前目录下创建文件 students. dat；

（2）录入一批同学的身份证号、姓名和高考总分到上述文件中；

（3）提供查询第 n 位同学信息的功能；

（4）提供删除第 n 位同学信息的功能；

（5）提供随机录入功能，即新录入的同学信息可以插入到第 n 位同学之后。

参考文献

[1] （美）Deitel H M，Deitel P J. Java 大学教程［M］.4 版. 奚红宇，等译. 北京：电子工业出版社，2003.

[2] 周晓聪，等. 面向对象程序设计与 Java 语言［M］. 北京：机械工业出版社，2004.

[3] （美）Bruce Eckel 著. Java 编程思想［M］.3 版. 北京：机械工业出版社，2005.

[4] 孙卫琴. Java 面向对象编程［M］. 北京：电子工业出版社，2006.

[5] 郎波. Java 语言程序设计［M］. 北京：清华大学出版社，2005.